《彭阳文化丛书》编委会

彭阳文化丛书

小说卷

主编　马文山

黄河出版传媒集团
宁夏人民出版社

图书在版编目（CIP）数据

彭阳文化丛书. 小说卷 / 马文山主编. —银川：宁夏人民出版社，2013.9

ISBN 978-7-227-05484-9

Ⅰ.①彭… Ⅱ.①马… Ⅲ.①文艺—作品综合集—彭阳县—当代 ②小说集—中国—当代 Ⅳ.①I218.434 ②I247

中国版本图书馆CIP数据核字（2013）第221748号

彭阳文化丛书・小说卷 马文山 主编

责任编辑 刘建英 管世献

封面设计 雷秀云 余文花

责任印制 杨海军

黄河出版传媒集团 宁夏人民出版社 出版发行

地 址 银川市北京东路139号出版大厦（750001）

网 址 http://www.yrpubm.com

网上书店 http://www.hh-book.com

电子信箱 renminshe@yrpubm.com

邮购电话 0951-5044614

经 销 全国新华书店

印刷装订 银川天之健文化传媒有限公司

印刷委托书号（宁）0013870

开 本 787mm×1092mm 1/16 印 张 16.5

字 数 220千 印 数 1500册

版 次 2013年9月第1版 印 次 2013年9月第1次印刷

书 号 ISBN 978-7-227-05484-9/I・1387

定 价 219.00元（全七册）

序　一

彭阳县县委书记　张国彦

彭 阳 县 县 长　赵晓东

彭阳历史悠久，文化灿烂，是古代文明与时代精神高度融合、交相辉映的地方，孕育出了丰富独特的文化资源。

三万年前，就有先民沿茹河而居，由此翻开彭阳文明第一页。自秦迄明，置郡设县。秦长城、汉城郭、唐宋石窟堡寨、明清古塔寺院故址犹存，丝绸之路穿境而过。帝王将相、文人墨客多有造访。秦惠文王"投文诅楚"朝那湫(今彭阳古城镇镜内)；秦始皇西巡、汉武帝北巡均途经朝那(今古城镇)；武帝北巡时，司马迁曾随驾记胜。彭阳人杰地灵，人才辈出。皇甫家族，崇文尚武，学子迭兴。东汉将领、军事家皇甫规抚羌宁疆，荐贤委位；东汉朝臣皇甫嵩，文经武略，戎马倥偬；魏晋间作家、医学家皇甫谧，针灸之祖，文史通人。

明清民国时期，境内有"东山文化之乡"美誉。"东山文化"既包含历史文化传承，也蕴含现代文化因子。其底蕴深厚，内涵丰富，涵盖以礼仪、民居、饮食、婚丧、庙会等为主的民间习俗，以书画、剪纸、刺绣、泥塑、彩绘、根雕、石刻、社火等为主的民间艺术，以伏羲出生地、白马庙、孟姜女哭长城等传说为主的民间文学。"东山文化"是彭阳县地域文化的主脉和象征，集中体现了彭阳人民以待人宽厚、为人诚实、以和为贵、以信立身、民风淳朴、勤劳朴实为核心的人文精神和尊重知识、重视教育的优良传统。

革命年代，彭阳属于陕甘宁边区的一部分，在民族解放和新中国诞生过程中谱写了一曲壮丽的凯歌。红军长征翻越六盘山，一代伟人毛泽东先后宿营小岔沟、乔家渠，写下了壮丽词篇《清平乐·六盘山》。红军西征，建立了红色政权，留有峁堡地下交通站、红河地下党支部、虎家小园子地下党支部等早期革命遗址。解放战争时期，在任山河打响了解放宁夏第一仗。这些红色文化资源，激励着家乡人民在新中国建设和改革开放征程上，以“不到长城非好汉”的凌云壮志，取得一个又一个辉煌成就。

1983 年建县以来，彭阳生态环境的改观形成潜在的人文资源。彭阳坚持“生态立县”的建县方针，30 年来，坚持不懈地改山治水，绿化造林，不断提升了生态环境建设水平。森林覆盖率由建县初的 3%提高到 24.8%，先后荣获全国生态建设先进县、水利建设先进县、造林绿化模范县、退耕还林先进县、水土保持生态文明县、全区生态建设模范县等殊荣，阳洼流域、大沟湾流域等被国家环保总局列为第八批全国生态示范区，茹河生态园、茹河瀑布被列入国家级水利风景区，这都是彭阳县生态建设的典范，已经成为休闲观光旅游的地方。彭阳人民在建设秀美山川的长期实践中孕育出的“彭阳精神”和“彭阳经验”，是彭阳生态文化的精髓。

近年来，彭阳立足现有的文化资源，通过进一步发掘和整理，确立“皇甫谧文化、东山文化、红色文化、生态文化”四大文化品牌，即“皇甫谧故里、东山文化之乡、红色热土、生态绿色新家园”。这些文化资源已成为彭阳地域文化的有机组成部分，是彭阳人民生产、生活的精华积淀，是促进彭阳经济社会发展的重要动力。

自 2005 年彭阳县第一次文代会召开以来，文化建设进入了大发展、大繁荣的时期。县文联及各艺术协会在县委、政府的正确领导下，在区、市文联的精心指导下，团结和带领全县文艺工作者坚持文艺工作的“二为”方向、“双百”方针和“三贴近”要求，开展每年一届的“文化艺术月”“书香彭阳”等主题文艺活动，狠抓《彭阳文学》《彭阳摄影》《彭阳文艺网》等文艺主阵地建设，创作出了一大批弘扬先进文化、反映时代精神、富有地方特色的优秀文艺作品。文学、书法、美术、摄影、音乐、舞蹈、戏剧、民间艺术等各个艺术门类，从无到有、由弱变强，百花齐放、异彩纷呈，呈现出团结、和谐、繁荣、发展的良好局面。

风雨兼程三十载，和谐盛世谱华章。建县30年来，彭阳始终保持了政治民主、经济发展、社会进步、民族团结、人民安居乐业的良好局面，城乡面貌发生了巨大变化，文化事业、精神文明建设更是呈现出勃勃生机。为了让外界更多地了解彭阳、关注彭阳，进一步激发全县广大干部群众热爱家乡、建设家乡的热情，县委宣传部、县文联在彭阳建县30周年之际，编辑整理出版《彭阳文化丛书》。丛书分小说卷、散文卷、诗歌卷、报告文学卷、文学评论卷、书法卷、美术工艺卷七个部分，以宣传彭阳为主旨，以提升彭阳知名度和美誉度为目的，力求多层次、多角度、全方位反映彭阳建县30年来的文学艺术成就。

丛书的编写，是一项系统工程，得到了有关部门的支持，各编辑人员夙兴夜寐，忘我工作，保证了丛书编写工作顺利进行，在此深表谢意和敬意。丛书的出版，是我县文化艺术工作的一件大事、盛事，是我县文化艺术工作辉煌成果的一次大检阅、大练兵、大交流。以丛书的形式集中反映我县文化建设成就，这在我县还是第一次，所以该丛书在我县文化建设史上具有里程碑的意义，可喜可贺。

“国民之魂，文以化之；国家之神，文以铸之。”文化作为一种精神力量，越来越受到重视，并成为一个地区推动经济社会发展的重要动力。近年来，彭阳县在积极发展经济的同时，充分认识到文化对于经济发展的重要作用，建设好、打造好促进经济和社会发展的文化环境，从文化环境建设中获得发展动力，以适应全面建成小康社会的新要求，是我们应积极研究探索的新课题。

文化凝结着历史，文化开拓着未来。我们相信，勤劳智慧的彭阳人民不仅能够不断创造新的经济奇迹，而且能够不断提高文化的传播力、影响力，让彭阳文化放射出更加璀璨的光芒，为加快建设“生态彭阳、宜居彭阳、富裕彭阳、诚信彭阳、和谐彭阳”与全国、全区同步进入全面小康社会做出积极的贡献。

序　二

彭阳县委常委、宣传部部长　马文山

党的十八大报告强调，全面建成小康社会，实现中华民族伟大复兴，必须推动社会主义文化大发展大繁荣，兴起社会主义文化建设新高潮，提高国家文化软实力，发挥文化引领风尚、教育人民、服务社会、推动发展的作用。这充分反映了我们党对当今文化趋势和我国文化发展方位的科学把握，为文化建设指明了前进方向、提供了基本遵循。如何贯彻落实好党的十八大精神，扎实推进社会主义文化强国，是基层文艺工作者一项重大而艰巨的任务。

今年是彭阳建县30周年。30年来，全县广大文艺工作者认真贯彻“二为”方向，坚持“双百”方针和“三贴近”原则，深入挖掘彭阳地域文化资源，大力培育彭阳特色文化品牌，不断创新文艺表现形式，通过文学、美术、书法、民间工艺等艺术载体，充分展示了全县经济社会发展的辉煌成就，展示了全县人民团结奋斗的精神风貌，文化艺术事业蓬勃发展、成绩喜人，特别是文化艺术活动丰富多采、主题鲜明、形式多样、独具特色，全面反映了我县文艺发展成果，激发了全县广大干部群众同心同德、团结奋进、干事创业的热情，唱响了主旋律，为丰富和活跃基层群众文化生活、推动文化事业大发展大繁荣、构建和谐彭阳提供了强大的精神动力。

《彭阳文化丛书》是彭阳建县30年来部分优秀文学艺术作品的集锦，既有对生活在彭阳这块土地上的人民的精神状态的忠实记录，也有对全县翻天覆地的变化的热情讴歌；既有对社会热点和弱势群体的强烈关注，也有对不良风气不文明行为的有力鞭挞。其中许多作品可圈可点，感人至深，不乏振聋发聩之音。这些文艺作品寄托了彭阳广大文艺工作者的思想、情感和期盼，字里行间无不流露出心系彭阳经济社会发展的情感和指点江山、激扬文字的豪迈，充分体现了广大文艺人才"铁肩担道义，妙手著文章"的精神品质。《彭阳文化丛书》的整理出版，为新时期推动全县文学艺术发展提供了范例，让全县广大干部群众更加深刻地了解彭阳的过去、现在和未来，从而更加热爱彭阳，更好地建设彭阳，对进一步宣传彭阳，让外界全方位、多层次了解彭阳的历史文化和当前的发展实绩起到巨大的推动作用。

面对这套浓缩了彭阳县经济社会发展、文化民俗和精神品质的文艺作品，仿佛重历那些波澜壮阔的岁月，感受变革带给人们的心灵体验，其中的艰辛探索和不懈奋斗，已为今天的巨大成就所印证。这足以告慰前人，激励今人，昭示后人。而这样一部作为涵盖彭阳文学艺术全貌的书籍，较为全面地反映了彭阳文艺创作所取得的丰硕成果，作为一种精神资源，其史料价值和文化价值当不会被低估。

当前，面对党的十八大提出全面建成小康社会，实现中华民族伟大复兴的的重要时期，在新的起点和更高层次上推进彭阳经济社会大发展、大跨越，是时代赋予我们文艺工作者的神圣职责和庄严使命，是全县人民的共同心声和热切期盼。全县广大文艺工作者一定要高举社会主义先进文化旗帜，树立高度的文化自觉和文化自信，进一步拓宽视野，大胆探索，创作出反映时代精神、体现地方特色和民族风貌的优秀作品，更好地满足人民日益增长的精神文化需求，更进一步为加快推进生态彭阳、宜居彭阳、富裕彭阳、诚信彭阳、和谐彭阳建设提供不竭的精神动力和智力支持。

目录

CONTENTS

穹宇小说

蝴 蝶

人家在城里,不光有工作,而且有房子,你就去吧。妈妈说。

嗯,她一边剥着玉米棒子的外皮,一边心不在焉地说,我知道。

下月初五人家可要来了，王武兴领着来，你怎么一点高兴的劲头也没有？妈妈将那些剥下来的棒子皮往一块儿拢了拢,提醒她。

妈妈的情绪是显而易见的,自从王武兴说了这么个人后,妈妈一直嚷嚷着的风湿性关节炎就不见踪影了似的，走路的脚步比往日利索了不止一倍,好像原本她自己的腿就从来没有疼过一样。弟弟是不知道这回事的,他在县城里读高中。她将手里这颗玉米棒子剥剩下的最后一层皮逆翻过来,一捋,变成了它的小尾巴,将刚才剥的另一颗拿过来,把它们串联在一起,又细心地拣了拣棒子上面的玉米缨子,说,我去城里干什么？听说那里到处都是假的东西,吃着加了漂白粉的水,吸着汽车排出的臭气,住着鸟笼一样的房子,说不定在街上不小心让车给撞了,也没人管呢。

妈妈拾起地上的一颗带皮的玉米棒子,扔了出去。呵呵,瓜女子叫电视给看糊涂了。

作者:穹宇,本名李向荣,宁夏彭阳县人,文学杂志编辑,专业作家,发表短篇小说若干,出版短篇小说集《去双喜那儿》。

附近几只多嘴的鸡被轰跑了，妈妈就这样打断了她的话。

下午，她到小河里挑水时，在响桥又碰到他了，他推着一辆崭新的摩托车过桥呢，她挑着两只空桶站在桥上，问他，为啥把摩托推着？牛皮不是吹的，火车不是推的，你难道不知道这样的话？

他笑着说自己刚从县里给车挂了牌照回来，还不太会骑，所以就推着过了。他笑起来露出两颗虎牙，她就想起了不知是谁曾经说的那句话——长虎牙爱女婿——再看他时就有些不好意思起来。

他们站在桥头说话，小河的流水在夕阳的映照下灼灼发亮。

县里县里，你们县漫子都欢喜这么说，要知道，那是你们的县，不是我们的哩，你们在甘肃，我们在宁夏，她抢白道。

他只是笑着，也不辩解。

她便说起家里给自己介绍了一个城里人的事，说还没见过面呢。

他说：嗬，要到城里吃商品粮去呀！他总是没心没肺的样子，什么也不放在心上似的，这倒是她喜欢的。

她是在她们县城物资交流会回来的车上才注意到他的，以前，或许见过他，或许没见过，但她没有一点印象。

那天中午，在会上看完午场戏，本来还有时间在街上转一会儿的，天却下起了毛毛细雨，眼看天气变了，她就和同村的姐妹一起赶到汽车站，搭班车回去。她们两个赶去，很快挤上了车，坐了车上最后一排仅剩的两个座位，这趟车就坐满了人。

他就上来了，头发被雨淋得很湿，他在车门口往后看，往车上一排一排的座位上看，他便哦了一声说没座位了啊！就准备往下跳了，这时从他身旁的一个位子上站起一个人来，说小伙子坐吧，我家电褥子忘了关了，我不走了，你坐上。那人说话间就匆忙下了车。

他弯腰把手里的蛇皮袋搁在脚下，捋了捋头发上的水珠，就坐在了已空出的座位上。

坐满了人的班车从县城里出发，冒着蒙蒙细雨行驶在去往乡下的路途，在城外岔道口，交警上车检查了车上是否有超员的情况，之前，司机一再提醒说有小孩的人把孩子抱到怀里，因而车上一个人也没有多出来，很快被放了行。

在车驶出离城约有半里地的时候，又停了下来，车门打开，有几个人站在雨中，他们并不急着上来，问车去不去青石。司机说去。他们说两块钱拉不拉？司机说五块。他们说三块吧，我们总共要六个人呢。司机让他们赶快上车走。几个人这才拥上车来，他们身上的衣服几乎被雨淋透了，上来还提着大包小包的，其中有一个大着肚子的年轻妇女，怀里还抱着一个小孩，随着车的启动，一个趔趄差点摔倒了。

他起身将座位让给了抱孩子的那位大肚子妇女。一会儿车又停下，又上来七八个人，他们都拥在过道里，车里顿时拥挤了起来。不知怎么的，他被挤到了最后面，站在了她的跟前，她看时，发现他也在看她，她便将头勾下去，而后眼睛扫到了别处。

车行驶当中，陆陆续续地停，陆陆续续地有人拖着大包小包下车，车就越来越空旷，他后来找了个空座位坐了下来，她也与她的小姐妹两人换了几次朝前的座位，车越来越空，随着车上的人越来越少，车速就越来越快，路却越来越不好，车就越来越颠簸，只有把座位不停地往前换，才能减少颠簸。

车到终点时，她才发现，车上现在只剩下他们三个乘客了，她很奇怪，怎么就没见过他呢，应该是这附近的人啊，或者，是来这里走亲戚的外乡人吧。

终点站他们均下了车，她发现他冲周庄方向去了，就明白是怎么回事了，难怪他在上车找座位时把“座位”说成了“错位”，那是地道的外省口音啊。周庄虽然跟自己的村庄离得近，却是外省管辖，她所在的村子正是处于两省交界的地方。隔山不远隔水远，隔水再远，也没有隔省远。虽离得近，两个村庄的人却不怎么打交道，连说话的口音也大相径庭，怪不得这么陌生。

妈妈跟她商量着，待那人来了，准备给人家吃些什么，家里的那只老母鸡是非宰不可了，还得让谁到县城里给捎着割二斤牛肉，买一条鱼，打几斤豆腐回来，青菜、萝卜是家里自产的，水果家里也不缺，那几棵果树，苹果呀梨呀桃呀核桃呀，都是你爸爸在的时候栽的呢。说到这儿，妈妈却噤了声，随后叹了一口气。

刚开始她也就嗯啊地嘴里应者，拔那些还冒在地皮上的干枯了的洋芋秧子，将手里的锄头一下一下地刨下去，就会有些埋在土里的洋芋被锄头割破了，防不胜防。她将刨出的洋芋一一拣出来，随手扔在身旁的堆子上。听到妈妈说到爸爸，她心里也不禁有些忧伤和惆怅。

每天放学后，她都要提着藤条笼到野外去打猪菜。

第一次打的时候，她差不多跟笼畔一样高，她一手提着藤笼，一手掂着镰刀，她努力地去找寻苦苦菜、苦子蔓和灰条，将这些野菜割下来再拾到藤笼里，可是，它们就像跟她藏猫猫一样，总是躲着她，让她寻不到它们。她满眼尽是那些讨厌的毛莠莠、狗牙刺、冰草、蓑草胡子还有黄蒿头子，而这些，都是猪不吃的野草。

她远远地就看到了那一大片的打碗碗花了，它们张着粉红的小脸正在冲她打招呼呢。有花就有草，苦花结在苦蔓上。而一朵一朵的打碗碗花，正是结在苦子蔓上的。她快到花跟前时，却发现花上停留着一只金光闪闪的花蝴蝶。那蝴蝶时而停在花朵上，时而翻飞而起，又小心翼翼地落下来，落到另外的一朵花上面，并不飞远。她被它深深地吸引了。

后来，蝴蝶飞起来，她跟着这只蝴蝶飞去的地方走了好远。

回到家时，天已经黑了。她的藤笼没有打满猪草，抱着弟弟做晚饭的妈妈很生气，而两只小猪在圈里饿得嗷嗷直叫。她不但没能割够猪菜，而且将自己的手指弄破了。她没有告诉妈妈手指让镰刀割了，她已经用苦苦菜奶子止住了伤口的血。

爸爸从地里回来时，她正在月光下吃力地用那把老菜刀在菜墩上剁猪菜，爸爸一句话也没说，只是将她打的半笼猪菜倒在她的脚旁，提着空笼出去了。一会儿，爸爸就回来了，提着满满一笼猪菜，而这时她还没有把她割的那点菜剁完。

爸爸接过菜刀，一下两下地就把猪菜全剁完了，然后和了面食和捣碎的熟洋芋弄了满满一石槽猪食给小猪吃。爸爸很容易就发现了她指头上的伤，爸爸唏嘘着说，我女儿还小呢。她这才哭了，哭得很伤心。爸爸一边给她用布条缠伤指头，一边说不疼不疼，怪刀刀不怪我，怪刀刀不怪我。她破涕为笑，她知道那是过年杀猪时，捉刀的鲍老汉常常要说的一句话。

上到初中毕业，她没有去参加中考，因为爸爸去世了，她要回家帮妈妈的忙。她的成绩很好，老师说肯定能考上县一中，可惜了。但她似乎没有什么可惜的，弟弟正上小学，家里除妈妈外，再没有别的人了，妈妈一个人在家里实在太苦了。她退学了。

再次见到他时，是在去往他们县城的一辆蹦蹦车上，她姨娘在县里的城关镇，妈妈说正好那里四月八有交流会，你到你姨娘家去跟会，顺便要些酵子和莜麦面回来。不知为什么，他们的那个县，交通一直不便，连班车也不通。有交流会，少不了有蹦蹦车去那里。

她和他坐上了同一辆车，不同的是，这次是在车斗里，而且是站着的。

他问她，你去县里跟四月八去呀。

他认识她，这她并不感到奇怪，因为好多人都认得她。可他一开口说话，她就忍不住想笑，是由于他的口音的缘故。他和她虽然同吃着一条河里的水，走着同一条乡间小路，但说话的发音却差别很大。她便故意学他的口音回答他，他也笑起来学她的口音，两个人的对话听起来就有些不伦不类，他

们两个人都试图努力向对方的口音靠拢，却还是有些字音弄错了，所说的话就显得阴阳怪气。好在车里只坐着个老太太，耳朵有些背似的不说一句话，眼光古怪地一会儿盯住他们的口型看，一会儿又不看他们。

他知道了她的名字，她也知道了他的名字。

他俩一起在他们县城下了车，那里的交流会很大，街上摆满了农具，耱啊，木耧，犁张。扫帚、竹席一垛一垛，满街都是。这与她们县的交流会上大多是服装摊是完全的不同，这里跟会的都穿得很精干，这就是所谓县漫子的风格了吧。尽管他四姐家离她姨娘家隔了好几条街，他还是帮她拎了包，将她一直送到她姨娘的家门口。

老早的时候，好多人都当着她的面，还有妈妈的面称赞她的勤劳能干，心灵手巧，她的脾气乖爽，美貌如花。大家都说，啧啧，将来，这女子肯定是要嫁到城里去的，也许妈妈也慢慢认定了这样的事实吧。因而，当有待嫁女子的人家门槛都要被说媒的人踏断的时候，她家里很少有人来提亲。

她知道，自己家里是一贫如洗的。弟弟的书一定要念好，这是妈妈最大的心愿和奔头。弟弟已在读高中了，原先的成绩也就是个不显山露水的中上游水平，但自从上高中后，成绩一次比一次冒尖，老得学校的奖学金。

弟弟上高中后，一次次的学费，开始让家里吃紧起来，妈妈有时候对着她说，女子，你说怎么办呢，你弟弟马上要考大学了，上大学，咱们可拿什么供他呢？她安慰妈妈说，车到山前必有路，实在不行，我劳务输出到南方去，供弟弟上学。妈妈就会抹眼泪，说不能去啊。于是她便知道，打工两个字给这个家，给妈妈造成的伤害太大了。

父亲在山西煤矿上出事了，电报发来时，二爸、三爸连夜赶了去，过了三天，他们回来了，抱着一个骨灰盒回来了，妈妈哭，她哭，弟弟哭，他们哭成了一团。二爸、三爸主持着将爸爸下了葬，妈妈问他们为什么不将人完整地拉回来，为什么要烧掉，他们说去时，矿上已经给火葬了，只赔了八千元的人命价。于是妈妈又哭了，哭得很伤心。过白事花掉了两千元，剩下的二爸、三爸借去了，他们说反正她家一时没有大的花销，借给他们，她家用时再还给她们便是。这之后，过了些天，二爸新买了一辆蹦蹦车，三爸也给自己买了一辆摩托车。

她却再也不提打工这两个字。

她知道他的家境一般，他们那个省的农业税很重，什么乡统筹村提留的，名目繁多，地里打的粮食，有一半都交了农业税，这个她是清楚的，因为姨娘家同属他们那个省那个县管辖，原先他们那里种过烤烟，好过几年，他家很早就买了电视机，添了蹦蹦车，但后来上面说这个地方不是统一规划的烟草种植区，烤烟就不让种了，连收烤烟的点也撤了。但他看上去很乐观，因他是家里的老小，他的姐姐很多，据说个个长得好看，就都嫁到城里去了，有他们那个县城的，也有她们这个县城的，据说市里还有一个。姐姐们帮衬他，于是他常常奔波在去姐姐家的路上，他还买了手机和摩托车。她把这些在心里不知掂了几十几回，虽然谁也从来没有提出过什么，但她却在有意无意中收集了这些关于他的信息。

那个城里人是初五早上到的，妈妈还是让她把二爸、三爸叫了来，家里没有人陪也不是个办法，按妈妈的意思，还要叫上高中的弟弟请假回来，她没有同意，说高中的课程太紧张了，不能叫弟弟分了心，影响了学习，妈妈就同意了。

那人很胖，这是她和妈妈完全没有料到的，年龄大，二婚，这些情况介绍人王武兴都说过了。那人比她大十一岁，也就是说他今年三十三了，但看上去比三爸都年轻，三爸比她只长五岁呀，也许是城里人不显老的缘故。

她和妈妈头天就开始准备了，宰了鸡，剖了鱼，择了菜，煮了牛肉，切了豆腐。第二天，那人来了，由二爸、三爸陪着吃饭喝酒，菜是妈妈和她现做的，酒却是城里人自己的，那人很能喝，二爸、三爸划拳老是划不过，但那人义气，尽管赢了也会代他们喝，于是二爸、三爸很是感激。

那人是开着车来的，又开着车走了，走时给她留下了一枚很大的金戒指，说是在婚礼上要互戴的。看上去那人就像没喝酒一样，而二爸、三爸已是面红耳赤，连连点头。

她在响桥上等他，他推着摩托车过来了。他说响桥上，自己从来都是推着过的，从来不骑着过，桥太窄了。

她告诉他说，那人来了，又走了。

他说，嘀，恭喜你呀。

她说，还不知道是喜是忧呢，城里又有什么好！听说那里到处都是假的东西，吃着加了漂白粉的水，吸着汽车排出的臭气，住着鸟笼一样的房子，说不定在街上不小心让车给撞了，也没人管呢。

他静静地听完，然后说，那你还去。

她说，又有什么办法呢。头转向了河的对岸。

他说，你别见怪，我是随便说说的，我给你留个手机号，说不定以后到城里，还要到你家喝水去呢。说着，就立好摩托车，从口袋里掏出一个通讯录本本，翻到一页，写了自己的手机号，撕下来，然后笑着递给她。她将那纸片捏在手里说，明天，你到白马庙跟集去吗？

他一愣，说，我准备到县里去。

她说是你们县，又不是我们县。

他也不辩解。

她说，明天你用摩托车捎上我到白马庙去跟集，你敢不敢去？

好久，他才说，我明天真的有事，县里我四姐家里的事，我四姐夫押宝要赌博给治安大队抓去了，白马庙，我是顾不上去了。

她说，跟你说着要呢，看把你为难的。说完将那有他号码的纸片放进了自己的口袋。

后来他骑上摩托车笑着跟她道了别。

而她在桥上站了好久好久。

那家光迎亲的轿车就来了六辆，把她家崖背上的打麦场给停满了，而且还来了个摄像的，把整个她上马的过程和车在路上行进的情景都摄了去，那人没有来，据说城里宴席摆得很大，忙那一头呢。这一点，入了本地的乡俗，在本地娶亲，新郎是不会来女方家的。

她穿着大红的嫁衣，勾着头，小声地啜泣着，妈妈也抹了一会儿眼泪，将她送了出来，送上车。弟弟这次请了假，换了身新衣服，她就发现弟弟已经长大了。

彩车一路驶向城里，在县城繁华地段的一个大酒店门口停了下来，那人迎出来，打开车门，伸手扶着她下车，这时候鞭炮齐鸣，她头顶上那人头顶上好多彩色的小纸片纷纷飘落下来，她想，终于把一个完完整整清清白白的自己交给了这个城里的人。

（《黄河文学》2007年1期原发，《小说选刊》2007年2期、《中外书摘》2007年5期转载，入选《2007文学中国》一书）

婴儿车

方大明此刻推着他的婴儿车，在去往十一区C区的人行道上。早晨的光线，以平铺直叙的方式，柔软地笼罩在这个温情的男人身上。他停下脚步，撩开婴儿车前的白纱罩，往里看。此刻，小姑娘正在安睡。垫在她身体下面折叠的毛毯，正好从四周分别翻卷上来，成一个长方形的布巢，小小的她躺在里面，舒适而安全。他检查了一下尿布，是干燥的。他小心地拉拉她枕的枕头，将她歪在一边的小脑袋摆正。他担心会将她弄醒了，但他的担心是多余的，她睡得很香。

阳光竟有些强劲有些干燥，没有一丝风。

他整理好那纱罩，转身回到他原来的位置，在抬手推车的那一刻，他感到了天气的燥热。那件他一早穿在身上的外套，这个时候，就似乎一下子成

了一个拖累，一种多余。他解开衣扣，将外套脱下来，随手将它搁在车扶手的横杆上，只穿着线衣，推起他的婴儿车继续往前走。

父母住在C区，他住A区，都属十一区，两家相距两站多地，不算远。从他这儿，往那里走，就这么推着小姑娘慢步走，有四十分钟左右的时间就到了。他要将女儿送到父母那儿去。

妻子彭小莲一大早上班去了，她是城郊初级中学的一名英语老师，她早上五点钟就起床，骑着她的电动自行车上班去了。她去这么早，是要赶着跟学生的早操，赶着去辅导学生早读，一直到晚上十点过后跟完学生的晚自习，才能回家。

她晚上进门的第一件事就是赶忙给孩子喂奶，喂她自己的奶，她就是要坚持。她克服着一天的疲惫，尽着一个年轻妈妈的责任。晚上她搂一会儿孩子，还和小姑娘说说话，讲个小小的故事什么的给她听。大多数情况下，小姑娘很快乐，不哭不闹显得很乖。而少数时候，她会哭。她哭了，彭小莲就将她抱在怀里，嘴里哼一支歌词含混的儿歌，哄一会儿，再哭，一检查，的确是尿了拉了。她就让女儿仰躺在床上，给她换尿布，用温开水洗那小小的屁股。一会儿让他端盆水来，一会儿又要他递来毛巾，将他支使得团团转。他倒显得十分乐意，也跟着忙一阵子。当彭小莲衬好干净的尿布，那小姑娘便不再哭了，在她的怀里，噙着她的奶穗子，吮吸着，一会儿就睡着了。彭小莲轻轻地放下她，给小姑娘盖上小毛毯，确定她真的睡着了，才去了卫生间里，给孩子洗尿布，还有小姑娘刚刚换下的小内衣小内裤。她不开洗衣机，因为夜已很深，再说，也就几片尿布和小孩的小衣服，她用手在盆里洗，一会儿工夫就洗毕。她将它们一一展开，搭晾好了，她才顾得上洗个澡。

洗澡的时候，她不是一个人洗，先进去了就会喊他，方大明，你洗不洗？听她问了，他便脱掉身上的衣物，也进去了。她那样问他，实际上不是真正地问他、征求他的意思。因为曾经他回答说不洗了，她马上会接着说，不洗，就别上床上睡，看你睡什么地方去。结果，他只好乖乖地进去洗澡。他们两人一起洗，相互给对方搓搓头发什么的，更重要的是，这当中他们要交谈。说起各自单位上的轶闻趣事，商议着家里近期的安排，需要交哪些费用，需要添置什么物件，存折上又可以打进多少钱等等。

小姑娘早已睡熟。她的睡眠一直很好，她是个健康的小宝宝。

他提议，让孩子晚上在父母那里睡，反正二老也心疼自己的孙女，真是“噙到嘴里怕化了，顶到头上怕吓了，装到口袋怕压了”的那种喜爱，恨不能天天夜夜跟小姑娘在一起，且照看孩子，老人确实比他们有经验。但彭小莲一口就回绝了他，她说，必须保证天天有母乳喂养，哪怕是晚上，哪怕每天只喂这两次，她也要坚持。她说她一天见不着孩子会受不了，况且，按科学的说法，母女同床睡，这对增进母女情感，对小姑娘的健康成长，非常重要。

也就只能这样。一早，由方大明推着婴儿车将小姑娘送过去，送到父母那里，晚饭后，再从父母那儿把孩子接回来。周一到周五，每天如此，周六周日也不例外。因为彭小莲课余还带了几个家教，她要利用周末教研组的办公室，给学生补课。这课，也不得不补，几个孩子，都是掰不开面皮、推托不了的熟人家的孩子。补课，也就是补那些推不掉的人情。起先，彭小莲刚坐完月子、休满产假刚上班的那几天，原是由方大明的母亲抱送孩子的。母亲步行着，早上由 C 区到 A 区，把孩子从 A 区抱到 C 区，下午从 C 区抱孩子过来，然后再由 A 区返回 C 区。来回两趟，也不坐公交，走着来去。方大明过意不去，就要自己来抱，当母亲看到他抱着孩子的样子后，就马上接过去，她说你哪里抱过孩子呀。说什么也不让他抱了。母亲有风湿性关节炎，腿疼，但她从不承认自己有病，她拒绝吃药，只是每周抽空去一次本小区一位退休的老中医开的中医诊疗室，针灸一次，却也不见有什么疗效。走路的时候，她尽量努力着往正常里走，但还是有些许的深一脚浅一脚的迹象，她还以为自己掩饰得十分高明。

于是，方大明便到商行里，买了一辆婴儿车。

那是一部好质量的车子，“爱婴”牌。这名字他喜欢。卖车子的是一位名

叫朱玉秋的他的初中同学。当然,一开始,他不知道这个卖车子的女人是他的同班同学朱玉秋。她对低头只顾看车子的他说,嗬,方大明,你不认识我了吗?他惊讶地抬起头来,然后她说了她的名字。他当时有点蒙,他觉得朱玉秋这个名字他还是有点熟。哦,他还是从她嘴角处,或许是额头、下颏等地方,渐渐找到了昔日同学朱玉秋的一些记忆。可以说,现在的朱玉秋与他曾经的同学朱玉秋相比,完全可以套用"女大十八变,越变越好看"那句话。少女时期的朱玉秋,怎么说呢,印象中胖矮矮的,并不起眼,好像还有那么一点自来胖的样子。朱玉秋随即给他推荐了"爱婴"牌。自然,都留了对方的电话号码,是朱玉秋用她的手机拨到他的手机上的,还说,过去的一些同学,都失去联系好多年了,往后,还说不定有什么忙得找老同学帮呢,留个号码,以后联系就方便多了。

车子买回来,听说此事后,彭小莲很高兴。她说,这种名牌的婴儿车,她打听过了,咱们至少少掏了一百块钱。说起同学朱玉秋,他也没有料到,他说都好多年没见过面了。彭小莲半开玩笑地说,方大明,你的什么初中的老同学,该不会是老情人吧?他笑了起来,彭小莲也笑了。他这么一笑,彭小莲就知道不会是了。因为,他们谈恋爱时,彭小莲早就把他的那些情事种种翻了个底朝天,她可以说太了解他了。他在她之前,给谁写过情书,跟谁拉过手,又跟谁亲过嘴,跟哪个睡过,都让他交待几次了。跟哪个其实并没有睡过,她问了又问,了解了又了解,还将他的前几次交待跟最近的说法仔仔细细地一一对照下来,搞得一清二楚。这事儿,曾让方大明对自己的嘴巴不严出言不逊大大叫苦,追悔莫及。但这些,却让彭小莲最终认定:方大明同志是个诚实可靠的男人。她就义无反顾地嫁给了他。

他推着婴儿车,每周的周日到周六,每天早上从这条街上走过。

他们为了父母照顾孩子方便,在彭小莲腆着大肚子的时候,就从别的小区与十一区A区的一位住户调换了房子,搬到了这里。刚开始,他推着婴儿车走在人行道上时,会迎来一些好奇的目光,特别是那些街边上的米面行、理发店、小饭馆里的女人，总会透过那些门窗玻璃向他观望，瞄上一眼两眼的。这让他更觉得自己的业务不熟练，脚下的步子就显得有些慌乱，手都不知道放在车子的上扶手好，还是下扶手好；是迈完左脚迈右脚，还是迈完右脚迈左脚。好在，渐渐地，他就熟悉了这样的目光。住在这儿，他会经常就近到这里买面呀、理发呀，偶尔下个馆子什么的，就与她们顺便搭几句话，也彼此就不再那么生疏了。有时，她们在店外面忙时，碰上他推车过来，就会打招呼。天气好的时候，也会随手揭了车上的白纱罩，看孩子，嘴里啧啧地逗小孩玩。那时候，他就在边上看她们，就胡思乱想，想象谁的腰身好，谁的屁股大，谁的奶子圆等等。恰好，她们在逗完小孩之余，会顺便看他一眼，往往大概是刚看过孩子，她们的眼睛里便有着别样的东西，也许只有生过孩子的女人才有的那种特别的眼神。这样一来，他就自己不好意思起来，好像此刻自己内心的龌龊已被人家窥到了一样，他便推着婴儿车快步赶路了。

小姑娘早晨醒来，第一顿奶粉，在送孩子之前，由他来冲。当他看到她香甜地吮吸奶嘴的样子，听着小姑娘由于吮吸奶水而发出的吱吱的声音，他会觉得，作为一个婴儿，作为一个婴儿的父亲，是多么幸福、多么好玩的一件事。

方大明原先在银行部门工作，现在内退了。他们这个地级市，是成立不到五年新划出的。由于是新成立，所以有很多机构是刚组建起来的。他早先是城郊中学的一名政治老师，同彭小莲在同一所学校，他是从学校调到银行去的。当然，调动的事，他是费了一定的周折，尽管他没有上过大学，只有成人大专的文凭，但还是调过去了。很多人都羡慕他。

刚进去那几年，银行部门的待遇实在是太好了，而就近这一两年吧，他所在的这家商业银行，说改制就改制了，加之他们这个市中心支行连年亏损，终于让上面决定给撤销了建制。“皮之不存，毛将焉附”，单位撤销了，人员便分流的分流，调动的调动，内退的内退，“树倒猢狲散”了。行里的一部分人，有文凭的，有资历的，或者什么也不具有，却有强硬后台的，被调配到其

他市支行或下派到各县支行，有的还上调到省分行去了。还有大部分的人，包括像他这样的，就被指定为内退。改制是大势所趋，也就是这样，必须有一部分人出来。当然也会有人继续进去，到一些相应的新成立的部门，那却是方大明们无法左右的事情。三十来岁的人，他就这样提早拿了退休工资，坐在家里也不用上班了。为此，他找过领导。他的那个领导，现在是邻市中心支行的工会主席，偌大的办公室，冷冷清清的，老领导边给他倒水边说，我也是“泥菩萨过河”了。他只认识他们原来这个领导而已，没有谁会帮助他，给他说上话，也只好作罢。好在银行毕竟是管钱的金融部门，“瘦死的骆驼比马大”，即便是现在他内退了，每月的退休金也比彭小莲的月工资高了许多。这个时候，多年不孕的妻子彭小莲却怀孕了，随后，便为他顺利地生下了一个女儿，这让方大明空寂郁闷的内心有了很大的慰藉和充实。于是，他静下了心，安下了神，一心一意地做起了居家的男人，全职的丈夫。

听谁说，彭小莲外面早有了情人。那是一位不怎么熟的熟人告诉他的。那人说是她和她学校主管教学的副校长有关系。他不会相信，因为他曾当过老师，他清楚彭小莲现在的工作有多忙。

彭小莲，她带着三个班的英语课，每个班都超过七十人，其中两个还是毕业班。光学生作业，每天要批改二百多本，每天还要备写两个课时的教案，加上辅导早读，搞校园“英语角”活动，安排学生到语音教室训练听力，组织学生参加各级各类的英语竞赛等等，够忙了。却还当着班主任，每天跟班管理学生，必须早操、早自习、课间操、课外活动、夕会、晚自习“六到位”。晚上一回来就忙家务，哄孩子睡觉。她哪有时间干别的呀。他并不相信这样的传言，一笑了之。

倒是他自己，那一天，在父母家蹭了午饭后，正要午休，却接了个电话。他那会儿正一个人斜靠在沙发上打盹呢，手机铃声就响了。他一听是个女的，就马上说，你怕是打错了。就挂了。因为他认定，除了妻子和母亲，再不会有第三个女人给他打手机,除非是打错了。可手机又接着响了,他本不想再去理会,但那铃声竟有些顽固,有些不依不饶。他有点恼怒了,抓起手机正要发火,只听得那人大声说,我是朱玉秋呀。诸——与——什么?哦,你呀。他一下就记起了这个以优惠价格卖给他婴儿车的初中同学了。显然,他当时并没有记下她的手机号,她却记下了。朱玉秋在电话里口气很急促,说她家的水管子破了,水流得到处都是,让他帮她看看。她一个人弄不了也没法弄,连家具也泡到水里了,她不知道怎么办。她说她家住十一区B区,二号楼三单元二〇一室。他想,这倒离得不远。原来自己每天接送孩子,推着婴儿车都要从她家窗前经过。接了电话,他就匆匆赶了过去。

此时的朱玉秋看上去有些狼狈。她用一条毛巾裹在厨房的水龙头上,用手紧紧地捏着毛巾两头,她是想努力地止住水往外冒,但那里还是源源不断地冒水不止。只见她的头发上脸上挂着水珠,半个身子的衣服全湿了,地上的积水差不多有半寸厚,她光脚站在水里,一条裤管挽着,一条却没有。怎么说呢,此刻的朱玉秋多么像一条泡在水里的鱼。面对这种局面,他应对起来很容易,他在橱柜底下的某一处找到了阀门,当即将水关住了。原来,是厨房里的水龙头坏了,而恰好她在车行里照看生意,而水池的排水塞是堵着的,没人管,水先是注满了水池,然后溢出灶台,最后流到地面。一位邻居在楼道里,看到她家防盗门下往外冒水,知是她家遭了水灾,便赶紧打电话通知了她。

看着流水已给控制住了,他指使她,让她这就去外面的水暖门市买一个水龙头回来,他也当即回到自己家里,把自家的管钳拿了来。

帮朱玉秋换好水龙头,在通水试水的那一刻,朱玉秋显得很快活,伸手一次一次地在新水龙头下试水——刷地打开水,又拧上,拧上后,又刷地把水打开。这让他一下子就把中学时期的朱玉秋与此刻的朱玉秋重叠为一个朱玉秋了。那时候的朱玉秋,似乎就比别的女生显得活泼一些。他喝着她递给他的饮料,看着她拖地收拾厨房,心安理得地享受着她对他劳动成果

的报答。

从换水龙头开始，他们一边干活一边说话，他便知道了她的一些情况。结过婚，后来离了，一直没再找，没有孩子，目前一个人过，没有正式的工作，开了家自行车行，生意还行等等。一个下午的光阴，悄悄地就过去了，他都没觉得时间有多长。他跟她告别后回到父母家接孩子的时候，他一看表才知道，比往常晚了二十多分钟。

父母看他手里掂着把管钳进来，有些吃惊，他随手将它立在门口。那一天在父母家吃晚饭，他的胃口好极了，吃了自己的那一份饭后，还外加了两个花卷和一个馒头。

晚上彭小莲回来，他心急火燎的，在夫妻洗澡的时候，在淋浴器下，做了爱。彭小莲说，好长时间，你没有这么兴奋过了，你怎么啦？他在心里说，我也不知道我怎么啦。但他并没有说出口。不过，彭小莲也就只是随便问了这一句，看上去她也挺高兴的。那一夜，小姑娘在半夜里照常醒来，在彭小莲给她喂第二顿奶的时候，她还在灯光下面给小姑娘念了几首唐诗。

现在，在送小姑娘去她爷爷奶奶家的路上，往日的情景都纷涌而至。他再次停下车子，撩起白纱罩，只见那小姑娘睁着眼睛，正看他呢，她看上去很乐意有人敞开了她的视野似的，眼睛亮晶晶地看他。他往里凑了凑，冲她做了个鬼脸。之后，他放下了纱罩，跟往常一样，他是担心，说不定会有一些飞虫或者飞动的尘埃要趁机靠近她，飞进她的小小的鼻孔呀眼睛的，对她造成一种侵害。她还太小，只有三个月多一点儿，还没有一点儿自我保护的意识，是个很小的小朋友呢。他将纱罩拉严，继续推着婴儿车往前走。

对面街边的超市，昨天开张时那些满地红色的鞭炮屑还在，虽然一大早，门可罗雀的景象大不如昨天，但那红色拱形的气柱门还在，上面的“开业大吉，优惠酬宾”的标语还很醒目。他想，是不是去那里看看，看有什么特价的日常用品置一些回来，卫生纸呀，洗衣粉呀，饮料呀什么的生活必需品，总是很费的。

这时，他感到脚下被什么绊了一下，手里的车轻微地停滞了一下，他没有再推，而是停下了脚步。他发觉并不是脚下绊了，而是车子被挡了一下。他看见，那是一个谢了顶的中年男人，往边上快速地跳闪过去。由于他手里提着东西，怀里好像还抱着东西，看上去很笨重，这似乎给他躲闪的动作带来不便。那人对挡了他的婴儿车表示着歉意，他欠了欠腰说，那边超市有好多特价的东西，购满三十元，还能当场抽奖呢。这时他才看清他怀里抱着一大堆洗衣粉、牙膏、毛巾、洗洁精、鞋油，什么都有。原来他刚从对面街新开的那家超市购完物，横穿马路走过来的。

他说，不要紧不要紧。他知道，只不过是被那人的衣服给带了一下而已。

他却在那人走过的位置不远处，看到了一张微笑的脸。他突然为自己的这一刻被一个熟人看见，而且还是一个认识的女人看见，而有那么点不好意思。但只那么一丁点的难为情，很快就过去了。

他说，哦，朱玉秋，是你呀，你的车行谁看呢？她笑着往前走了几步，他就一下确定了刚才的那一幕，真是被她给完全看去了。

噢，我正要回去呢，托一位熟人看着，我回家取样东西。她说话间，随手撩起婴儿车前的纱罩往里看，惊奇地说，嗬，你女儿她冲我乐呢。然后，她正顺路，就自然而然地跟他走在了一起。

很久，方大明都没有这样跟一个女人如此并排走路了，他觉得自己仿佛又走在了一个遥远的梦境一样的路上一般，总之，是那么虚幻，那么真实，还有那么一种新异。

走到她住的楼前时，她说，进去坐坐吧。他们刚才边走边说的话题，这时候其实还没有要结束一样，听到她说到了，他其实还有一些想跟她继续谈下去的兴致。她看着踌躇的他又说，新水龙头很好用，你不进去看看吗？

他说，那好呀。他便推着他的婴儿车，在她的帮助下，没费多大劲儿就进了她的家。

他将婴儿车停放在她的饭厅与客厅之间的那块空地中央。他又看了一

次小姑娘，这个时候，她睡着了，睡得是那么香甜。

他坐在沙发上，她忙来忙去，冲茶、拿饮料、洗水果，将那些并不复杂的物件在取放间弄出一些声响。他没想到，一个女人，而且是在自己家里，也会这么笨拙。她忙着，他坐着，也是继续了在路上的一些话题。

后来她去了卫生间，他便一个人坐着了。他一个人坐在沙发上，一下子有了一大段的空出的时间，属于了他一个人，他感到有些无所适从，他甚至听到了她墙上石英钟表针走动的声音。他想起身去看看小姑娘，却又马上把这个打算在心里给否定了。他歪头看了看，那婴儿车，它就停在她的卫生间门的正当口上。他甚至想到厨房去看看他给安的水龙头，当看着那从客厅穿过饭厅到厨房的长长的走道，又将这个想法给否定掉了。

他站起身来，也不过只是舒了舒腰而已，他又坐了回去。

这时候，传来一种声音，那声音很清晰地注入了他的耳朵。他马上听出那是马桶抽水的声音。这让坐着的他一下子就担心自己把这声音给想偏了，可越担心他就越没法煞住自己思绪的自由游走，他节制它，却好像很难做到。就这样，坐在沙发上，他，一个人在头脑里进行着艰苦的斗争。

她回到了他的面前时，他发现她换了件衣服。那衣服在他看来，与她刚才的那件相比，无论是大小还是款式，都显得过于窄小，过于简约。以至于他的目光躲来闪去，他都不敢拿正眼那么去看她。

这时候，却好像不约而同的，两人都想不起来说什么了。他坐在这样的一个空旷的房子里，沉默着，一句话也没说。此刻他的心里有了什么阻碍，他无法走近它，排除它，进而去突破它，空气好像在这一刻出现了凝滞。表针滴答滴答走动的声音，更加重了空间的压抑和寂静。

哇——她的嗓门足够大，声音足够嘹亮。从婴儿车里传来这一声啼哭，把沉默里尴尬的两个人给激醒了，他们同时向婴儿车奔过去。

只见小姑娘挤着眼睛，嘴巴张成一个倒置的元宝的样子，蹬着腿，大声啼哭。他有些慌了，一看手表，他才知道，不觉间，又过去了好长时间。往常这时，在父母那里，小姑娘早晨的第二顿牛奶早都喝了。他说，她这是饿了。

她问，带奶瓶了吗？带奶粉了吗？

他说，家里的一套，路又不远一直没带过，我父母那里也有一套。要不，干脆，我将她这就推过去吧，反正离得也不远。

她说那怎么行呢，孩子哭着，这样在大街上走，很容易引起上呼吸道和肺部感染。我这里有纯牛奶，我给她喂点吧。哦，不行不行，我这里没有奶瓶呀。勺子，勺子不能喂她，孩子哭着，会呛着她的。她看上去非常着急，语无伦次。

她说话间就伸手抱起了在婴儿车里哭着的小姑娘，在地上走来走去，拍着，小幅度地抖着她，但她似乎哭得更厉害了。这时的她，便再也不管不顾了一样，解开了自己的衣扣。

小姑娘一下子就止住了哭声。

他感到他的眼前亮了一下。她里面什么也没穿。他没有料到，她看上去这样清秀的脸、纤巧的胳膊和小腿以及瘦瘦的腰身的一个人，她的乳房竟是那么饱满，那么圆润。

此刻，她低头对小姑娘说，哦，小姑娘，阿姨一大早洗了澡，可是卫生的噢，吃吧吃吧。他只觉得，这一刻，那口吻、那声音竟如天籁般的好听，这一刻，他充分感到了那声音当中饱含了的女性柔情。她继续喃喃着，哦，尿泡泡了，阿姨这就给你换尿布。说着她将她自己移向了婴儿车。

而他只那么呆呆地无所事事地傻站在那里，像个孩子。

这时她仿佛才发现他的存在一样，抬头对他说，你愣着干吗，快去取奶瓶呀。这样如彭小莲一样的口气，一下把他从沉浸的梦境中给叫醒了。

他一个人出了门，快步向自己的父母家走去。

母亲看他一个人进门，奇怪地问，小孩呢？他说，托别人看着呢。母亲说，吃奶了没？他说正吃呢，哦不，还没呢。他觉得他从来没有这么口齿不清过，他的语言一下子就失去了表意的作用。

母亲边给他取奶瓶奶粉边叹道，唉，可怜价的，一个大男人，整天闲着在家里看孩子。头迈向一旁，好像是对着一边坐着的父亲说话，你说，都能看个什么呀。

他什么也没再说，接了奶瓶和奶粉，快步出了门，他这是要赶着去推他的婴儿车。

（《人民文学》2008 年 1 期）

韩聆小说

女像与菠萝拳

1

第一次给房房他们上课，若特意去搜寻房房的身影。在教室里靠阳的第四个窗户下,若看到了沉默的房房,并重新打量他一番。直到此时,若才感到有些惊讶。他那么不起眼让人不经意,可他一闪身就来了。

长长的夏季还未过去,新学年就又开始了。

那是开学后的第三天,院方允许一个叫房房的同学参加摄影系新生入学后的一项特殊能力测试。

若是这次测试活动的组织者,若还将与新生们同场竞技。命题:沿 G 市第四大道两小时内拍一张纪实性照片回来。背景:午后,奇热。还没出发,许多同学早已志得意满,优越感彰显在脸上,一副副熟谙于心的样子,似乎就等着自己的果实让年轻漂亮的若老师“百里挑一”在手里。

而房房躲在他们圈外,显得很索然。

结果房房以绝对优势胜出。有意思的是房房的取材竟然与若的一模一

作者:韩聆,20 世纪 60 年代生于彭阳县。系中国作家协会宁夏分会会员、固原市作协副主席,现供职于彭阳县委党校。著有散文集《边缘情感》《简静与沉浸》,纪实文学集《是太阳,不是调色板》等。

样:花坛的围栏旁边,一只酣睡的小狗头底下枕着一瓶晶莹透亮的纯净水,四肢舒展,显得懒散可爱,一副爽气的样子。房房的照片取名叫《清凉》,若的取名叫《酣梦》。两帧照片摆在那里,同学们的眼睛都看直了。他们冲房房和若齐声喊,"要恶作剧还是给予款待?"若笑言,没什么,不过你们以后得学会从事物的正面绕到侧面去。其时,不知从哪儿飘来罗大佑的《野百合也有春天》的曲子,大家为此鼓掌。而房房还是静立在旁,一言不发。大家的第一印象便是:房房是一个忧郁的少年。

房房考美院因为差3分没考上。最后一场试开考后半小时,房房像只刚从河里跳上岸的鸭子闷头溜进考场。房房是个孤儿,据说开考时他和一位他称作老爸爸的,他们爷俩考场外拍现场了。

那位老爸爸后来就在院招生委制造了一段经典的话语。他说知道考场前面那条马路当时是个什么情景吗?那是物满为患人满为患是伏尔加桑塔纳摩的328他爷他奶他娘他老子他姑他姨他小舅子地铺地摊小雨伞大雨伞吃的喝的玩的用的救生的让交通堵塞在太阳光黯然失色中一声铃响人们的目光刷一下子全触电似聚焦成一束撞那一扇狠狠关上的大门并且企图溜进铁栏杆落在他们孩子的卷子上看是不是又做错了一道题……镜头快快快镜头在哪儿小王八羔子房房快拿镜头来给我拍拍拍拍拍……

而负责招生的季畅教授那会儿奇怪地就坐在这个话语现场的一个角落里。

她似乎对眼前的一幕颇有感触,完了她叫走了这一老一少。

看见那个如一阵风急速地穿过宽敞的楼道的瘦小的身体了么?那就是房房。房房穿一件亮紫红的高领毛衣,挎一只土黄色的帆布包,里面永远是两个本儿,一架米诺塔900,35毫米单反相机。

房房身上带着从楼道穿过时的凉凉的气息,在楼道口喘着粗气。若站在远处不无欣赏地说,站在楼道口的房房腼腆中带几份忧郁,秀气中带几份顽酷，整个是一个例外。若后来再次测试过房房。她让房房与另一位同学共同面对半杯水并一句话陈述第一印象。那位同学说这里有半杯水。房房说这只杯子的一半是空的。若就想房房心里那些冰冷的东西是哪来的？

房房的确是一个性格孤僻的孩子。据说艺术天份高的人一般都孤僻且早熟，抑郁的情绪常使他们把许多外在的行为内心化，一般表现就是跟别人不一样。显然，这与他的出身也有很大关系。房房平时对别人称自己不说"我"，而说房房怎么怎么。他说他称自己说"我"很别扭说房房不。

2

房房在东方美院那座很古典的摄影楼里年龄最小，又最具天赋。十七岁大二。八岁开始摸相机，有百余幅作品问世。大一时就有"蓝色系列"组照亮相《中国摄影家》，赞誉声自然如同夏天田野里的蝴蝶飞扬漫舞。

季畅教授有回望着房房的身影也矜持而欣悦地对旁边的若说，这孩子是我见过的学生中绝少具有那种纯粹的艺术感觉和天才气质的一个，这个印象让我体味到一种少有的安然。若就耸耸肩嚷嚷，教授哎不得了了呀，若都快要被蒸发掉啦，您就这样不在意我了哦！若也是季教授的学生，留校给房房他们教《西方摄影史》。教授以前似乎也说过"若是我教过的学生中最棒的"这样的话。若这样给教授比喻房房，说要说房房呀，他现在只能算是个天才的白纸片，你们把他捧向天空，那"蓝色系列"不过就是借阳光闪动的一道螺纹线。

实际上从内心讲，她是比谁都更偏袒房房的，况且"蓝色系列"是怎么诞生的，只有若最清楚。而同时她又更愿意在别人面前掩饰掉这一点。她觉得这样很有意思。有时候她又为此笑了，一个人摇摇头。这时候她会老老实实坐回办公桌前的椅子上去，或抱着胸，或两腿交叉，装出一副懒洋洋的样子从窗户上去看蓝天，直到看得蓝天从遥远的天际迫近过来，直到脑袋里出现诸如日本纸、尼康镜头、栅壮红外线信号、暗点测光、B.纽霍尔的自拍头像、M.怀特的"幻影说"……这些意识流。她想这时候的她更像是一个美术

学院的讲师而非一个似有什么隐情的红颜秀发的女子。

房房来得太突然，太陌生。

想想又似乎来得太迟，却来得那么丰富。他不来你不会想到他会来，想不到会这么来。来了就觉得他早该来了呢。

房房从他的世界里携着他的孤独的心灵所依所靠的荒寂的过去同来。在第四大道，房房凭那一瞬间一闪的光线就把这一切连同一帧《清凉》很美很透明的推移到他的前面来了。

当时若只觉得房房真棒。现在重新打量过一番，就觉得不仅如此，房房比她想象的更丰富。

房房来了是一定的。

房房坐的那个位置本该是房房的。

这么想，若觉得心里甚至有一种从未体味过的明亮与燦然。

或许有一天我会找你，我要让你吃惊。我要让你的同学看着我把你领走。然后如果你愿意，我们一同潜入你的过去你的童年，听那里的风声和那一点点潦草地燃过的心思。

若走出教室的时候，不由自主地在心里对房房这么说。还似乎有些激动甚至兴奋。我就应该走进房房的世界，就该这么做。

可若没有想到，正像她于心里给房房说的那样，当她在一种纤敏成熟的力量指引下走近房房时，房房却躲开了。

那一刻，他的脸涨红着，像被开水突然烫着了。他不能说好一句完整的话。

若望着房房急速穿过楼道的身影摇摇头，心里说我理解你，可是你需要关爱。你不能只有老爸爸。你还是一个孩子，你需要全身心的成长和蜕变。你必须走离过去。

事实上，房房在把自己伸送到这样一个他曾经唯有仰视才能望见的地方时，是没有来得及细想他仍将要有的成长之蜕之痛的。这里已经不是那座只有老爸爸的栗树林里的石头房子，这里也已没了为他一人安宁的成长而有的阳光草地，他的生命及他所理解的艺术已经在自然的意义上延展开来。这个他已走进的他必须进入的世界里，那些另具色彩的生命在听着他渐渐走近的还很稚嫩的脚步声的同时，也希望用他们的声音渲染他，更深透地唤醒他。

房房毕竟是房房。

而现在，房房不仅仅是房房。

有一天，房房终于对若说，你的声音房房听到了。

若说，房房，你终于说话了，还以为你只知道奔跑呢。我想去你的童年走走，可以吗？

房房说，那是房房一个人的。

若说，知道，那是属于你自己的。它们有理由永远存放在一个人的心里。

其实没什么，可你是女人。

若笑，女人咋啦？

房房讨厌女人。女人是房房不了解的那一类，她们离房房很遥远。在房房眼里，她们和一棵老槐身上生出来的木瘤没有什么区别，或者她们是身后的什么，房房看不见她们，也不愿看见她们。房房见得最多的女人是在电影院的黑暗中。

若说房房，知道你这么说是因为你把受伤的感觉当作了对待整个女人的经验。其实所谓的男人和女人，不过就是"人"的两个侧面，本质上并不存在你所想象的那种可怕的区别。他（她）们有时候连在一起不分彼此，有时候分开相互感知，这其实很正常。比如现在，一只青蛙可能突然间就从你的心里的某个角落跳出来了；在第四大道的那个午后，你小心翼翼地把一块清凉枕在一只小狗的头底下，然后将镜头对准它，而眼下你却并未感知到小狗的存在；你坐在一个小小的未来的女人面前，她在用心对你说话，怀着真诚，难道说你的心就不是醒活着、热动着的？

3

接下来房房是一个“述者”。在东方美院单身教工寓所，在若的那个温馨别致的小屋子，时间被分割成一些段落，融在一小片一小片的故事中……

这儿是孤儿院。

你知道这是房房生命的第一个驿站。它在城南面，一条显得很疲惫的巷子，像在这儿徘徊得久了，想要走掉又不能，就只有这么困着。困着坐落在十年前。房房更觉得它是在一百年前的城南困着坐落着的。

有一个嘈杂的土院子。一群孩子正尖叫哭喊，一个老女人高声责骂着，还有水龙头嘀嘀嗒嗒的声音。这些声音像鱼的内脏从鱼肚子里挤出来，把土院子里一个一个早晨翻天覆地的填满。

早饭后房房躲到屋后的枣树下去了。房房不喜欢和别的孩子一起玩。房房觉得自己和他们不一样，因为房房虽然不知道自己身上曾经发生过什么，但他敢肯定自己身上发生过别的孩子身上不会发生的事情。房房依稀地知道，别的孩子是慈善机构抚养着的，而自己是靠一笔神秘的遗产。房房想那些孩子的身后是一片白色，而他的身后是黑色的。所以房房不觉得因为自己的出身与别的孩子不一样而感到优越，反而觉得正因为这样，他比别的孩子就多了一份孤独，隔了一段距离。他害怕它。

这时房房听见老女人有一声没一声地哑着嗓子喊“小灰嘴”，还间骂着墙缝里蹦出来的。“小灰嘴”就是房房，是老女人专门叫给房房的。房房竖在枣树下不出声，他看着屋脊，看着屋脊上的青紫色的一楞一楞的苔藓，还有瓦缝里挤生出来的蒿草发呆。然后他记起什么来了。他掏出鸡鸡撒泡尿，再迅速和出一团尿泥来。老女人又在喊“小灰嘴”。房房于是就用尿泥狠狠捏出一只老母猪，再折一根枣树枝使劲插在老母猪肚脐眼那儿，嘴里叫着让你喊让你喊。

房房有回就用尿泥捏出“老爸爸”来了。

老爸爸让房房亲昵地捏在手里，直到捏出手印捏得热热的。然后张开手端详一会儿，对着面目还有些模糊的小泥人说，你是老爸爸。又说，你是老爸爸么？是，你是老爸爸。

老爸爸是房房的梦想。老爸爸从此让房房揣在怀里睡觉，藏在袖筒里吃饭，玩耍。老爸爸被藏着掖着，房房不再感到孤独。有了老爸爸房房感到从未有过的快乐从头到脚裹着他。并且，房房认定这个世界上从此就有了一个叫“老爸爸”的人一直潜伏在他的视线里……

若静伏在房房对面的藤椅里，听房房叙述。她觉得她是在和房房一同经历那个带着淡淡的忧伤的童年。

她再次打量房房。她想这个有着早慧的眼神和本能上的率性的少年，真有他的呢。她说，房房你一开始就掌管着自己，就学会了不自认，那个用尿泥捏出来的“老爸爸”真是有趣极了，那是你的一个秘密的情愿的记号，在你生命的底片上，是其他任何意义上的物象都无法替代的。它把你的童年拉长了，拉出了暖意，你说对么？

房房动一下嘴巴，表示认同。他说老爸爸在房房心里确是个界线呢，那边的房房像个装在瓶子里的小泥鳅，全身灰灰的，散发着腥味，没有眼睛，无法看到这个世界。这边的房房睁大了眼睛，好像走累了在那里间歇着，什么东西都清晰起来了，从此好像坐在一条游动的船上，而不是固定在一个点上。

若目光亮闪着。她说房房你真是个不错的述者呢，以后我们还会一节一节地支取这样的时光，我们一起护送你的船，好吗？

4

关于真实的“老爸爸”这个话题，以及在石头房子的那段生活。房房的叙述：

有人说意识到的事情是不会发生的，房房身上发生的事情就不是这样。正因为意识到了，后来才发生了。比如房房捏造出老爸爸，有一天老爸爸真的就来了。他站在巷口。我们互相对视，互相探索着对方，似乎并不觉得陌生。就像早年便认识了的，本来就是一块儿的因为什么变故走散了，于是就开始互相寻找，就这么突然间又找到对方了。当然，房房主要是因为老爸爸胸前挂着的那架“傻瓜”相机吸引的。老爸爸端起那家伙就冲着房房照。后来那片子做出来了，被定格在片子上的房房惊喜得绷圆嘴巴，傻气得没样儿。老爸爸题那幅照片叫《相逢》。相逢就是有话像要从嘴里跳出来。面前这块东西是能扑住如“相逢”这样的能住进人的心思里的影子的。房房想，老爸爸，“傻瓜”机，这两个家伙房房都喜欢上了。

老爸爸就这样把房房领走了。

他说他是天津人，清华生物系毕业的。他孤身一人，以前似乎有些什么问题。

建造石头房子是老爸爸的主意。它为房房而建，因为房房什么都没有，所以房子筑垒成了时，老爸爸说，你以后就叫房房，房房就是你。其实房房知道，石头房子是我们俩人共同的领地。不知道他以前是住哪儿，反正有了房房，我们都把以前所有的一切忘得干干净净了。

老爸爸给我们俩找来一条在那片林子里生存的理由：护林志愿者。其实我们维护的不仅仅是一片林木，而是那里的一切。比如一块草地，草地里的念珠藻、葫芦藓、凤毛菊，水塘里的灰背泥鳅，毛榛子灌丛，还有野鸽与斑鸠。我们常常发疯似地劝回那些患枪猎癖者，还有贫民窟里的打柴人。石头房子前有一棵老槐树，树上有两个鹊窝，夜里有雏鹊叽叽咕咕的说话声引来了猫头鹰，那个夜晚就充满了警惕与终于护住了雏鹊后的轻松和愉快。

我们经常到街头上去，不仅仅是拍相片，在行人攒聚的地方，老爸爸讲达尔文进化论，讲生物链，讲穿山甲怎么爬树，香港和广东的柑橙为什么留有很大的蚁巢，树蛙什么时候呈亮绿色，什么时候呈泥土的颜色……他讲的时候，有的人一边做着手中的活计一边听着，有的人走开了，摊儿上的妇女们冲老爸爸哄笑，说一些粗话，这时老爸爸便拿起相机。

我们拾回林子里的枯树枝，然后折碎、码成垛。我们用它做饭、烧水。水是我们自己发掘出的。在我们的领地靠西边有一条不易觉察的小隙沟，当初只是土面泛着潮气，老爸爸说兴许从这里能弄出一眼泉水出来呢。掘了坑，果然就渗出水了，一夜便积聚了满盈盈的一坑来，清澈得能数清坑底的沙砾。那眼水自从被发现，就一直在我们秘密的看护中被爱惜着，就像我们爱整个那一片林子。我们还在石头房子后面开出一块椭圆形的园子来，用最简易的工具，从那一小块的劳作中体验时间、秩序以及别的一些道理。那是我们都要做的功课。在收拾好的园地里间撒些花籽、蔬菜或是葵花、芝麻之类，还有生地、黄芪等几样药材的根种也被弄来移植进去了，反正是不论收成的，只要生长得旺，我们的忙碌便不断反复下去。

石头房子是房房的小学堂。老爸爸在那里教给房房比书本上多得多的知识。我们听半导体播放古曲，轻缓地合唱《牧场上的家》，用朱红色的胶泥捏出一只圆形空出了心的乐器来，"哇呜哇呜"用六个音吹奏。识字的方式特有意思，老爸爸先用树根编扎出两只笸篓来，再上木材场剥回松树皮，是表皮下的那层如纸的淡粉色的薄皮，回来又刷一层胶在上面，然后剪出方寸的卡片，正面为字，背面任意构词，装满一笸篓。房房的任务便是把那满满一笸篓卡片从"认"到"识"再到会用，一张一张捡到另一只笸篓里去。一般是他在前面造，房房在后面识，有时他的速度竟远远落在房房后面去，以致他盯住房房的眼睛认为对方在偷懒，于是变着法考证一番后说，好小子，真有你的，今天就干到这儿，咱们上城割肉去。

房房爱石头房子。那儿同样有忧伤但没有孤单。那儿很温暖。

这之前的房房觉得自己被扔在一边，倔犟而执拗，一件小小的事情都会给心里留下伤口。而下雨跟房房无关，刮风跟房房无关，日子一个跟着一个来了又去了，昼夜晦暗不明，成长是那样茫然和令人难过。老爸爸和石头房子把这样的生活推向身后去了，房房觉得自己是刚刚和这个世界碰面了的，是刚有了生命的，正好赶上成长的时分，于是就不顾一切地疯长起来了。

做“影中人”是房房与老爸爸真正的心灵暗合。如同走长路渴得厉害，突然记起口袋里还有一瓶啤酒，便起了盖你一口我一口地仰头猛喝起来，忘乎所以。我们有在当时不算差的器材，更奢侈的是我们有一间暗房，是在石头房子靠左肩的位置上又砌垒出一间小的石头房子，再与大房子间打一道拱形的小门相连接。晚上我们钻在黑暗里洗照片，怀一种崇仰的心情，小心翼翼。我们拍摄的对象都是路边上那些人，主要是城外盲流区住窝棚的“边缘人”。他们拥挤、疲惫，他们窘迫而潦倒。他们野着嗓子吆喝。他们像河里的暗流，与他们相关的那些影像粗粝而芳冽，它们叠印在我们的镜头前，你不留神它又会迅速风化掉。我们融在他们中间，没有距离。我们听着他们的呼吸，捕捉那些雪花一样飘动的影调，然后一次次让胶片曝光。

我们始终拍黑白片。黑白片很清洁。当然不是经济上的原因，老爸爸有一份不菲的工资，落实政策后就一直享有的。其实老爸爸还曾有过在一所中学当生物老师的很不错的工作，但不知为什么他放弃了。

黑白片为我们构成一些可视的成果，有时我们放弃其中的一部分，以便从头开始，目的是让我们的成果世界更加牢固。黑白是不能替代的。如果艺术是抽象的结果的话，那么黑白便是最靠近艺术的抽象，房房是这么理解黑白的魅力的。当然，这跟我们始终拍“盲流”有关，跟我们的生活与女人无关有关。

5

若曾经搞了两个创意颇为新颖、诗意的专题。因为个性纷呈的缘故，不少外系学生跑来摄影楼蹭听，很古典的楼一时热闹非凡。楼道的小黑板上不知哪位胆大妄为者写着："若老师，别说你没有渴望，你的心情我知道！"后半句都知道出自《花灵》，应该是一段感伤的旋律，不定这家伙是暗恋上我们的才貌俱佳的若老师了呢，弄得若上楼时很理解地摇摇头。

那是在房房的《蓝色系列》问世之前。

专题之一的"一往情深——三位大师的风度"，效果颇佳。幻灯、纪录片结构，诗化配白。当时摄坛有几位很活跃的青年摄影家提出所谓"摄影家是飞翔牌"之论调，季畅教授认为这种过分依赖直接、快速的优势而浮光掠影的艺术取向是极不健康的，让若搞个讲座，以示回应。若正好也有类似的一些想法，加上别的一时还无法说清的原因，便做了两个课件。

一往情深——三位大师的"风度"的核心内容是处在东西方不同地域的三位大师不同时期的六十余幅作品及其一些资料。片 A：安塞尔·亚当斯，美国摄影大师，饮誉四海。塞米提峡谷，叠印着大师半个世纪的足迹。国会议员们为此啧啧赞叹，因之大峡谷被辟为世界著名旅游区。片 B：法国，巴黎市。罗贝尔·杜瓦诺深邃的目光死死盯住故乡那些古老的大街和建筑物。二十多年幽默和谐的无数个瞬间。片 C：冈田红阳的《富士山风光》。几十幅作品。不同作品立意、构图、意境迥异之比较分析。

好美的一个片子。色彩和话语跳荡着，一如鸣奏一首关于艺术的古歌。真是诗影合璧，相得益彰。

若沉浸在大师们的世界里。她寻找着那些凝聚在胶片上的作品的美学意义及艺术价值的契合点。她询问那不褪色的一往情深究竟源自哪里。"我猜想着，在许多年前，大师们曾有过一次不约而同的关于摄影艺术的对话，自信与勇气，永不放弃，我仿佛听到了这些声音……"

有人把教室里的灯关掉了。

教室里真静。

若讲完了，但她好像并没有讲完，甚至只是开了一个头。若闭上眼睛。她

在想自己做这个专题的真正的用意到底是什么。

她不愿睁开眼睛。她觉得她想着的事情很重大。

以前可从来都没有在讲台上这样过呀。这很失态么？不，我这么坐着，姿势一定很美，同学们也一定觉得我很疲惫，他们都爱我，他们不会认为我在故作姿态。这些家伙们楞坏，把灯熄了。他们为什么也坐着不离开教室？她顺手开了灯，这才发现教室里空荡荡的，人都走光了。她摇摇头，眼睛不自觉地投向教室靠阳的第四个窗户。房房？房房还在。他坐在那里，歪着头，注视着若。见若看见他了，便冲着若调皮地做个鬼脸。

房房你怎么还没走？若这么问房房。突然又觉得不是她本来要问的那句。

房房知道你也没走。

你怎么知道的？

凭感觉。

感觉？

是，感觉。

若似乎有些惊异。不是单单针对房房的“感觉”，而是“他”和“她”，他们，在彼此的视野里，为何有那么多无法避开的“感觉”一次次狭路相逢？感觉之力，究竟能承载多少心灵的语言？

房房，你还是个孩子么？你还是个在安宁中成长的少年么？有人说有遭遇的人有感觉，遭遇跟年龄、性别都无关，遭遇很美。两个人共跳一曲舞可能不算遭遇，同一宿舍睡上下铺甚至同床而眠，可能也不算遭遇，一同背井离乡、天涯沦落回首时可能也不是；但一个从未吃过糖的穷孩子突然得到一颗小洋糖却可能算遭遇，两人擦肩而过，几年后他们无意间记起了对方的眼神，这可能算遭遇，无须面对面却想了解对方，为对方思考，情不自禁，可能算遭遇。那么，有感觉便是遭遇么？房房，我们是有遭遇的人么？

是的，我们是有遭遇的人。房房不愿相信的事情，现在愿意相信一次。

就一次，别无例外。房房歪着头，坐在靠阳的第四个窗户下，充满自信。

房房和若，一个男孩和一个女孩，一个学生与一位老师。他们两个人，在美术学院一间多功能教室里，在夏天的一个晚上，在进行一次很另类的对话。有一种特别的情愫在他们之间自由的回旋。

他们不愿走开。

他们塌下心来端视这份似乎伴着某种创痕的面对的分量。

若接着说，房房，知道我们为什么能够这么坐在一起吗？因为我也有一个我不能知道的身世。从我记事的时候起，我就在这所学院里。当然，我的成长过程就像在冬天炉火旁的圈椅里打了一个盹儿，温暖而平淡，早已让现在所取代。但我一直渴望着等待着，能遇上让我悸动让我有话想说，甚至能让我流着泪去面对一段经历或情感的什么。现在，我觉得我的渴望已经现实地存在着——你的罕见的成长，你的目光，你的整个。总之，你意外地走来了。知道我为什么做这个专题么，我也是现在才明白，是你所讲的“盲流区”那些粗粝而芳冽的影像，雪花一样飘动的影调。它们让我想起塞米提峡谷，想起罗贝尔·杜瓦诺以及冈田红阳。房房，我还有个想法，这个想法和我做专题时的心情一样，很美好。

房房撇一下嘴角说，去见老爸爸，拜谒石头房子。

对，让故事延续下去。

6

城南。

那里其实伸手可触。

心想不定有多遥远呢。那是受故事影响，故事里的事都很遥远。

对于房房，回一趟城南，这和“离开过去”并不矛盾。他想到的是“房房并没有走”，或者部分地没有走，而不是“房房回来了”。事实上，过去的也并不是一下子全过去了，进美院后，房房已多次秘密潜回，还与老爸爸一起去拍“盲流”。和以往唯一不同的是这回有女老师陪着。若为此说，是否觉得很浪

漫?房房嘟哝说感觉怪怪的，主要是觉得这样很世故，蜕变得像迷了路。若说哟，房房一夜成大人了呢，是不是像富商，衣锦还乡的那种，或者就是让圣瓦顿小镇用钟声救过的那个在森林里迷了路的，那是在英国，也是位富商，人家可是心怀了感激呢。

石头房子可真像是一个隐喻。在它面前，若感觉更明显的是：它似乎不该是一间用来生存的房子，而是更有理由当它为一种怀念的对象，甚至当初建造它就是为了有一天放弃它，离开它。世界一拥挤，它会被人流卷得离这里远远的，并渐渐消逝，只留下心灵上一抹图像。若记得，这种感觉在她曾读着海尔曼·黑塞的《红房子》时很细腻地有过：

> 我心灵中有家乡。
>
> 绿色中的红房子，周围一片寂静，远离村落。在小房间里，朝东放着我的床，我自己的床；在小房间里，朝南摆着我的桌子，那里我也会挂上那幅小小的古老的圣母像，那是我在早年的一次旅途中，在布雷西亚买到的。
>
> 我曾对你有过体验，我可不想再次体验了。我曾经有过家乡，建造过一幢房屋；丈量过墙壁和屋顶，筑过花园里的小径，也曾把自己的画挂在自己的墙上。而把我变成另一个模样，这不是我的事情。这是神迹的事情。谁要寻找神迹，谁要把它引来，谁要帮助它……

若带给老爸爸一瓶翡翠绿的果酒，是季畅教授从美国加州带回的。她让若带绿酒给老爸爸，是要表达一个意思：不管怎么说，这是一位值得尊敬的老人，不仅因为他以他“更丰厚的一半”设计了自己的生活，还因为他用特殊的教育方式“塑造”了房房这样一个让我们惊喜的真实，感谢他让我们耳目一新。

对老爸爸，若自然觉得亲切。他戴着眼镜，显得有些沉默，这和别人对他的一贯做派的描述似有相异。若为此觉得老爸爸既是一个认真执守的人，同时他的沉默显着尊严和特别的经历的痕迹，一种冰冷的宿命的力，在暗暗地撞击它的四围。若想,房房的离开,也必然给他心灵上留下伤痛。

当然,老爸爸让若像一盆清水似地洗净他面前布满尘土的一切。荒芜不是最终的结局。

若端起相机,她要让老爸爸过一次爱与真情的生活。石头房子是绝好的背景。若跳跃着寻一些特专业的角度出来,拍过了老爸爸,又让老爸爸为她拍,然后又拉着房房的手一次又一次找镜头,似乎青春的每一个细节都是最美的。再然后,若让老爸爸和房房坐定在有细碎的紫花的草地边一块白石上,摆弄好机子,就跑过去从身后搂住他们……这时,她隐隐地听到一声温情融融的喊声从很远的地方飘过来,像一道光伴着纷纷落英,一缕一缕洒在他们身上。她搂紧他们。她不松开。

在夏天的林中,在博大寂静的时空中,听一种远远的喊声怎么通过一位青春女子的手臂传入面前这一老一少两个男人的心里,若觉得她的心跳就融在那声音里,那可能是母亲的,或者是父亲的,再或者是一个女子,一个少年,是亲人是爱人的,曾经像冰块一样揣在他们心里的声音。不管那声音是善是恶,是生是死,是绝望是罪孽,它都曾在心里陌生地疼过、小心地想象过。若知道这就是她心里一直存放着悸动着却又一直不知道它是什么的东西,原来它是一种声音,一种既冰冷又温暖的声音。

在石头房子里,若看到老爸爸为房房制作的柏皮的粉红色的识字卡。它们呆在两只竹筐里,泛着清爽馨郁的木香味。

主要还是看老爸爸与房房一起拍摄的有关盲流的照片。老爸爸打开一只存放那些照片的木质本色的箱子,像启一瓶积年陈酿。他挑出那些房房拍的片子给若看,每挑出一张,眉宇间便堆起如同护佑一个婴儿诞生的憨悦的表情来。照片有上千幅之多,若一张张翻看,每一张似乎都能透视出一种以摄影者为轴心的全新的体验,本真而别致,实录趣味,随意自在中蓄含独特的发现甚至抽象理念的意象提升。这些片子中几乎看不到一般的情节性的描述或者拼凑式的概念组合,这会是出自一个没有经过专业艺术素养

熏陶和严格技术训练过的孩子之手？这会是一个曾经孤单地一人来到这个世上的孤儿眼里的世界？在人间的另一边，他哪里来的这么自在而又闪动着创造灵性的艺术自觉？其中有一幅,若久久凝视着它,不忍放下。在她面前,有一个小男孩,在一场暴风雨洗劫后显得一片狼藉的窝棚前,他静静地在捡拾残砖碎瓦拢小房子玩。他那么小,小得像只蚂蚁。房房,你是怎么从瓦砾堆里把他找到的?你的意旨是在绝望之外对么?这是视角的极致,是可玩不可看,更不能想的景象。你把它找到并留下来了,这就是你吗?

老爸爸,我有个请求。若看着看着,突然涨红着脸这么说,我请求您允许我带走这些片子的小样,我想它们需要用更专业的眼光去策划,需要再创作,需要精心整合,它们需要上路。必须是这样的,请您答应我。

不容置疑,老爸爸答应了若。

其实,房房不是早就交出去了吗,老爸爸明白他交出去的同时还有房房的命运。他迟早要拉开房房未来的帷幕,这是一定的。不过,老爸爸说他也有一个请求,他说时显得有些犹豫,但最终还是说了。他指着房房的那些作品说:

就此打住。

这是让若既疼痛委屈,又不明就里的一句话。

7

若后来无意间向房房问及老爸爸生活的另外一面,那就是老爸爸的生活中是否有过女人。

房房对此说,这很重要么?

若就被弄得很被动。她头一次对房房生气。

房房这么说，是因为他知道若无意的背后有着怎样的郑重。房房于是赶紧以守为攻,你不是知道房房讨厌女人吗,房房说过女人是木瘤,是木花,是……他没敢再往下说。

若说看来房房永不会长大了,就算淘气也显得不够水平。

房房说,知道你见着一张照片了,可她不是女人,是女人的影子。

对,若说。就是菠萝拳背后,镶紫红边框的镜片里的女像。她可真漂亮。她穿一件米黄色的连衣裙,站在海滩上,一头长发被海风吹散了,抛向靠海的那一边,裙裾一撩一撩显得充满生气与活力。她的头稍向上仰,目光悠远。有人说有野心的女人照相时不看镜头,若自然不信这话,至少“野心”这个词应改成“梦想”或“懂艺术”什么的,还差不多。反正照片上的这个女子应该属于心中有珍藏的那种。可她是谁?她和老爸爸是什么关系?

房房说,房房不知道她是谁,房房也不愿知道。她是房房讨厌过的另一个女人。房房来到老爸爸身边时,就看见她在一丛长得很茂盛的菠萝拳的簇拥中,老爸爸每隔一个礼拜,都要把镜框拿下来细心地擦拭一遍,而且都是早晨,九点左右,老爸爸刮了胡子,便开始进行这项仪式。他擦过镜面上的灰尘,然后长时间和她对视,有时他嘴巴动了一下,好像对她说了句什么话,然后摇摇头,放下镜框再给菠萝拳浇水,整个过程显得木然而安静,是任何事情都阻不了的。他做这件事时,似乎根本不知道房房就在他跟前正一声不响地看着他,好像这事情是他与房房共有的,房房的任务就是在一旁看着他做。完了他走开了,房房便凑近镜框。房房变换各种角度看那女人的脸,房房试图捕捉她的眼神,去印证一件事情,并且觉得这件事对于老爸爸有多么重要。看得结果,房房很失望,因为房房发现照片上的女子根本就没有正眼看过老爸爸,就是说老爸爸看她时,她却看着别处,他们的眼睛从来就没有对视过,她根本就不知道这件事在老爸爸心里有多么重要。后来每当老爸爸在进行这项仪式时,房房便觉得胸部隐隐地憋得难受,于是跑得远远的躲起来。房房嫉妒这个女人,甚至讨厌她恨她,他想他总有一天要毁了她。有回房房偷偷将她弄到外面,他想把她压到茅坑里去,可动手做时又不忍心了,他想老爸爸要知道了,非揍扁他不可。房房知道老爸爸爱她,就像他爱老爸爸一样。

老爸爸,他的生活中竟然有着如此情凝意守的另一面,对此,似在若的

意料之中,又在意料之外。若想,在那个不明色彩又充满无限变数的至情的世界,能让老爸爸几十年呆在原地未动的,可能是爱,但也可能是恨,是背叛甚至伤害。可不管是什么,它都在血液的深处,是别的一切都无法代替的。恨与伤害,有时正是因为有太深刻的爱,因为有痛。爱有时让一切都瞬间崩溃,只留下无边无际的虚无,当你再度回味起它的时候,它是一缕精神上的光和影,在时空中漫流。而这种纯精神上的孤旅,同样能让一个人丰富,充满魅力。女像,也不会因为时间的推移而有丝毫褪色,它依然美丽。

不管怎么说,让一个人走进你的情感的视野,都是生命的幸事。与女像有关的不论是一个温暖的故事,还是一个冰冷的故事,和房房一样,若愿意放弃望得见它的可能。

让若费解的另一件事是,老爸爸为什么要像呵爱那帧女像一样,去精心护养一丛菠萝拳呢?那丛仙人球属的肉质植物,是那么辉豪有力,充满了雄性质感,粗硕而别致。在老爸爸的屋檐下,竟然有七八盆之多。把女像放在其间,用意何在?那突硕的茎块上向天而生的鳞片状绵毛刺丛间,莫非也藏有一样别人所不能知晓的什么隐喻么?

房房说他和老爸爸拍人像,主要是男性。他说拍男人更有意思,因为男人是“打得出水的井”,摄影家往往让女性占尽春色,这很不公平。女人情表于形,男人更包容,所以男人更有味道。

若吃惊说, 这和老爸爸培植菠萝拳难道有关?房房你怎么还有男权思想呀,还当你只是讨厌一两个女人呢,宙斯制造夏娃与亚当就是互为吸引的,这个世界缺了男人不行,缺了女人简直无法想象。

房房说,这个道理至少对老爸爸和房房而言是毫无意义的。

若说,那你怎么解释菠萝拳背后的女像?

房房说,所以这就是悲剧么。

……

像这样的争论,最终若还得摆摆手只言也罢,房房小么。

8

开始做《蓝色系列》时，若奇怪女像与菠萝拳怎么一直萦绕脑际，并频频为她带来灵感。

反复看过房房所有的有关“盲流”片子的小样后，先是觉得脑子里塞满了想法，但一样都无法变成有价值的创意。是女像使她的脑子里蹦出了“蓝色系列”这个命题，它像一束光照在她脑门上。

给学生讲课，讲到“究竟是哪些规律支配着艺术作品中的情感”这个问题，她的结论是“对立原理”。她讲到几个例子，其中有比尔·勃兰特。她讲了下面这段话：

> 在超现实主义摄影大师比尔·勃兰特的眼里，对比是魅力产生的唯一途径。他在1952年的作品《女像》，就使用了极硬的相纸从而使图像神奇地消隐掉任何的颗粒，形成强烈的对比感。“人的柔软的形体”与“坚硬的山川”放在同一图像中，勃兰特便是充分地调动抽象、变形、虚拟等手段使它们意外地却又唯美地融为一体。
>
> 所谓用内心的现实代替现实的外界，用活泼的形式表现揪心的思念，用白色大理石塑造黑人……在虚与实之间，在是与不是之间都会有对比美的光线在闪烁……

再翻房房的片子时，她从图像的背后读出了“房房影调”这个大胆的词来。她沉浸在这个亲切而又熟稔的叫法里，进而她又想到“内在的不协调”这个判断，她想，“房房影调”的灵魂就是它，它是一种特别的美。

“房房影调”犹如房房自己，像一股风，犀异的风。

《蓝色系列》是献给老爸爸的，凄美中着染怀念之色。老爸爸在房房和若去看过他不久，就得知他失踪了。他们去找过几次他，而石头房子似乎已经永远成了一座怀念之地。房子里住进一位老妇人。她也说，老爸爸再也没回来过。那帧女像不见了，菠萝拳还在，它长得依然莽莽粗硕，老妇人每天为它浇水。

之后,若就常常把自己关在暗室,经她的手让那些从石头房子里带来的底片一次次重新曝光,并为之赋予新意。《风的颜色》是大风撕扯着的"盲流区"内一张有着无数个破洞的棚布上的雨色;黄昏一家六口人骑在一辆自行车上在幽深的暗背景中走向《心之南》;一片静躺在瓦砾间的房子是《未知的云》……

若三天让房房来敲一次她的门。房房见若的眼圈黑暗黑暗的,少年的心说不清缘由地热疼一下。他想说什么,若说我们已经交换过看法了,没你的事儿了,把这三天的果实送邮局去。

房房去了,可那种说不清的感觉还在。

接着,喜讯就像爆竹声中的雪花,纷纷扬扬在房房眼前飘落。而房房却不觉得高兴。他的心里还是那种说不清的感觉,一想便漫过全身。那是自己从未感受过的一撩一撩顶着胸口的那种,它让他感到郁闷。他想摆脱它,他努力过,可是不能。房房弄不明白这是怎么回事,但他敢肯定这和他的作品无关,与老爸爸的离开似乎也没有直接的关系。

房房开始显得焦虑,好像总在等待什么,心情黯然。他害怕临近窗口,窗口让他觉得自己是在一种莫名的困厄中,如果有一个什么念头稍稍鼓动一下,他一定会像鸟儿一样从那里飞出去。他发觉自己心里什么时候揣着了一样火焰似地窜燃着的东西,想想,其实是很具体的,那就是"三天里敲一次若的门"。天呐,房房想,你这个狗东西,你想哪儿去了,你真该让一只手揪了耳朵倒拎着掼出窗外去才对呢。

再三天后,房房绯红着脸,一进若的门就背台词似的说了下面这段话:

若老师,你别再做了,丢弃吧,它们本该是一堆毫无用处的废纸片呢,房房没有你想的那么优秀,相反的,房房很坏,很劣根;而且,房房根本就不懂什么叫艺术,"房房影调" 那是你强加给这堆废纸片的粉饰之词,它让房房感到别扭和不安。房房,他也不会再来……您这儿了,再见。

若在房房突然推门进来“背着台词”时，她慢慢站起身，再转过头，然后瞪大眼睛。她不知道发生什么事了，她想说房房你怎么啦，可没等她说出来，房房一闪身已经跑出门去了。她追出门，就看见房房急速地飞奔过楼前铺着碎石的甬道的身影像一只风筝，好像要飘起来，又好像要落下去。

9

房房也失踪了。

在摄影楼里，对这个消息首先做出的最具情感意味的反应是，季畅教授觉得整座楼在瞬间发生了从未有过的倾斜。她看见房房就在慢慢倾斜的楼道里大口大口地喘气。他还穿那件亮紫红的毛衣，他笑着，样子还是那样可爱。

而事实上，房房已经不在了。他失踪了。

季畅教授闭上眼睛。她进一步觉得这座楼似乎一下子成了一棵失掉了最鲜艳的那颗果实的树的秃楞楞的枝杈，也随之没有了过去的那种圆融整饬。

几天前一个阳光灿烂的午后。房房站在季教授的办公桌前，像一条被搁浅在岸上的小鱼。季畅坐在桌子后面的圈椅里。她是教授，是系主任，但她这时候看上去更像是一位母亲。她端详着房房，有一会儿。她开始说话。她说房房，听说你最近上课总是走神，没精打采，是不是因为老爸爸的缘故？知道你们感情很深，但我觉得他的出走，肯定有他的理由，比如他想叫你能很快自立或别的什么，其实学院就是你的家么，况且这里又有多少人在以不同的方式关爱着你，这都很自然。房房不说话，他的目光好像在天花板上搜寻什么。季畅接着说，还听说你经常去“盲流区”抓拍现场，我并不反对你这么做，但做什么事情都要分清主次，你现在才大二，主要是好好完成学业。你的情况又很特殊，这你是知道的，你在学院又有些名气，就更应该自爱才是……教授沿着她的思路寻找着恰当的语汇，按她的经验，她显然有信心将面前这位她所疼爱的“天才少年”的目光从天花板上拉回来。不料房房却

突然说，教授阿姨，房房能不能给您照张相？说话间，他已经从容不迫地从墙壁上取下了教授的尼康F-501，顽童似地仰躺在朱红色的地毯上。在一束突兀的却又无比烂漫的光感中，教授突然觉得，她就在这一瞬间变老了，她有一种从未体味过的孤单。

也许正因为有这么一次失败的谈话，房房失踪了这个事实才更让教授惋惜。难道这个孩子就这么轻率地扔弃了自己不成？这究竟是怎么回事？她突然想到了"心理咨询"。G市能想得起来的就那几家心理门诊，可季畅清楚，这些门诊医生平时大体上都只是在为咨询者提供着一条倾诉与劝慰的渠道，或者便是一些民俗性的点拨，而她又非房房本人，所以这种咨询就只能是泛意上针对一类现象的平庸的说教，这显然对"房房哪去了怎么了"这个具体的事实毫无意义，于是放弃。

接下来教授自然是找了若。她说一看到房房的身影就为他担心，以前就这样。若说您肯定希望我知道这究竟是怎么回事，可惜我不知道，我不能猜测房房，只是担心不必，怀疑不必，奇怪更不必，房房是单纯的，若躲避教授探究的眼神，她似乎有委屈，她隐瞒了房房失踪前对她说的那段话。她想她以前不是这样的。

若知道房房的事让季畅很伤心，甚至很清楚这样的心情至少有一小半是因她而生。从房房一到来，她们俩人的心里似乎从此就伴着了教一个有特殊成长经历的少年如何面对自我以及人生责任的教育，季畅在以一个母亲那样的目光远远注视着这一切在她与房房间如此敞亮地展开来，并在自然的意义上凝聚为一种具有特别的师承关系的"忘年情结"，或者是比这更重要的犹如生命伴着创痕的承受。现在，因为房房的避开使这个情结瞬间瓦解并丢掉它应有的意义和情味。

若在心里说，真对不起了教授，但请您相信一点，那就是房房的头顶绝不是牺牲者的天空。

若为教授做房房用尼康为她拍的片子。她细心冲底放大，修饰装帧后再偷偷置于教授办公室的墙上。她想让教授独自面对房房眼中的自己时自然抚平感情上的褶皱。若不相信这不是一幅摆拍人像而是抓拍出来的,从画面构成的控制节奏到影调对比的旋律感,人物身份气质刻画的准确细腻,尤其是那跳动闪烁于发际间的明暗有致的光感效果的象征意味,都在说明这是一幅迷人的具有征服感的人像摄影的成功作品。

正如若所说,当季畅教授真正面对自己的这幅肖像时,她的确有种被征服的疼痛感。这种疼痛感来自于房房眼中的她的目光中,那是她最信赖的能代表她的人格气韵,能让她心定神闲的目光,教授在凝神与自己的目光的对接中渐渐视线幸福地模糊了……

这是一幅感恩的照片。

它是为着一种纪念的。

是的,是这样的。这么体味季畅更觉得有一种茫然的不舍。

其实,内心最不能平静的还是若。若记得不久前她和房房讨论一张片子时,房房突然就有些离神,目光躲避着她,面颊红红的。若说房房你是不是哪儿不舒服?说时顺手在房房的额头上摸了摸,觉得那儿烫烫的,都收回手了,又觉不放心想再摸摸,手刚碰着额角,房房便急急地把她的手拿开了。若感到房房的手很潮湿。当她意识到就在那一瞬间,有一种很纤敏很甜蜜的不自然罕有的渗进她和房房拥有的那份真纯友爱里时,她也变得像个孩子,是比房房更小的一个孩子。她用“噢,房房知道害羞了”这句话把事情掩饰掉。但若知道那份异样的感觉他俩是同时觉到了。他们自然是从觉到躲开那里只留有短短的几秒钟,并且似乎都愿意把这几秒钟流过心里的东西理解为不是离得太近,而是相隔遥远的空间里发生的一件可以忽略不计的自然现象。然后他们继续讨论片子。中间房房说,房房不想拥有权利,房房不知道以后他会变成什么样子。若就说,你以后会变得越来越像你自己。

而房房的出走像房房自己么?房房是为了躲开若才出走的么?

若在想这个问题时突然觉得,房房似乎另有一个能让你怔住的秘密的,

他会用它来解释自己，而不单是为了“躲开她”这样一个很直觉的原因。

她怕别人就房房的事追根究底地问她，尤其房房的同学。他们问她也许都没有别的意思，但她总会觉得他们脸上都写着《花灵》里那句歌词。她还怕看见教室里靠阳的第四个窗户下的那个座位，那里是不是因为她才空着的？是她把一个充满朝气的少年推向了众人，推到了未知的一个地方么？

若处在巨大的空茫中。

直到有一天，若在自己的讲义里发现一本日记和一张纸条。直到那张纸条摧出她的眼泪。

若老师：

这是房房的日记，是我从房房的枕下发现的，为您我偷看了它。因为它能解释你的心。而对于我，我知道这是一个不小的犯规动作，但因为它是一次告别，一小片歌，一只昆虫那样太细太轻的歌，我就会连同那个犯规动作一起忘记了……

纸条上的字迹若见过，是写《花灵》的歌词在楼道的小黑板上的。

10

房房的日记如诗，却乱得像是一河滩碎屑的石子。那里有些故事的，有些心情的。有些像一种无名的亚状态图形。有的凸出来，有的孤立着，有的攒在一起像干活累了在那里歇着。有的忧伤了，像丢失了一个好不易才查着的信息码。还有些隐藏在沙土底下，不小心踩在脚下了，就露出来，显得很淘气的样子。有的只是一个日子里很别异的符码，需要逆推下去，才显出一个意思。

若沉潜在那里。渐渐地，她还是破译出一些并尽可能地连贯读出来。

○一只鸟仔。

……（4月5日见青柳如雾）

○傻瓜。谁在后面像个坚硬的贝壳丢在水泥地上那样地骂过来？课做完了。想在梦里休憩一会儿。不知道该把脸掩藏在哪儿。

想有一弯臂间。

想有一弯臂间。

房房想有。(时至今日)

○谁喊醒房房,如同降生。是木材和火谁唤着谁。

房房追随了一小段路程。

好像过去是从黑夜的边上走过的。智慧而沉静。但人是从哪儿开始的?

把房房喊醒,像谁触着心窝。

把房房牵走,像谁赶他出门。

喊醒房房。(十五岁。星期六。让这一刻留着。房房入美院。十五岁屠格涅夫入莫斯科大学语言文学系。草原上刚刚醒来的行人。到处是足迹、尸骨、野兽。四周空荡荡的,隐伏危险。)

○房房十二岁。房房和老爸爸做一项实验。老爸爸说,给你三天时间,出一趟门,走出这个城市。不许饿肚子。可以不说话。不许哭鼻子,看着这个世界。路有尊严,无人时同样不可无礼。房房走过了,绕了一个圈,回到石头房子。老爸爸说走过的路不一定都是路。房房想在十七岁之前再出一趟门。是十七岁。(房房十六岁。记起自己什么时候过一次生日。)

○星期五。星期五不是鲁滨逊的奴仆吗?鲁滨逊解救过这个荒岛上的土著,鲁滨逊还出卖过海盗奴隶小男孩佐立(可怜的佐立)。佐立和他一起逃跑成功了。有人愿出个好价钱,鲁滨逊犹豫了一下,略讲价钱,就把小佐立卖了。

谁让鲁滨逊流落荒岛?

〇十七岁他们都干吗?

黑人R·热佛尔十七岁在监牢里打垒球。年老的无期徒刑犯对他说,你是有能力的。

失恋的故事。拜伦十七岁这年,他所钟情的邻居另一产业的继承人玛丽·查沃斯小姐嫁给了别人。这位苏格兰贵族少年为此很少听课,沉湎于少年情怀。他射击、饮酒、旅行、打猎。三年后他住在伦敦的旅馆里写诗。1816年写作与这段失恋的故事有关的梦,泪如泉涌。

房房十七岁为谁发一下愣。

〇豆腐块样一篇文章。说河北某县某村,有一屋坑,坑壁为凳,坑沿为桌,每个坑里坐一个娃。是一地萝卜?是一国教育?(雨丝。指南指北?)

〇韦斯顿说《甜椒第30号》拍的是一个甜椒,但又不仅仅是一个甜椒。(时间。)……

若把自己关禁三天,只留给房房。三天里没有城市的扰攘,但三天里却无限丰富。三天像是一次旅程,跨临界的相随。若在等待,她等待房房再次返身,还像当初,一闪身便走进门来,直面而来,断然而透亮地来。他们已精心地互相用清水濯洗过心灵,如同经历又一次人生。他们都是被唤醒了的生命。若说房房,这回你正在走的肯定是路,是木材与火的相互招呼回应。如果外面有风雨,你知道该怎么抵挡,如果你走的已很累,就随便把脸掩藏在一个地方休憩,不管你的脸靠在哪儿,你就当是若的"一弯臂间"。你已有了一弯臂间。你有了,你早已有了。

三天里,若在一种宽柔燃漫的梦幻之境中徜徉。但她不知道她胸中涌荡着的不尽的情愫是母性的还是女人的。她觉得"母性"和"女人"这两个概念既模糊又分明,而她就站在这两者间面对着房房,因为房房哪一样都缺着,空白着。她想她就像季畅之于房房,一面是教授,一面又透着母爱;她又像老爸爸之于房房，一面是父亲，一面又是朋友，亲情和友情相融而受予。再或者，她与房房的亲近，是因为她和房房都不知道自己是从哪儿开始的而同病相怜？

的确，这一点竟有些扰乱若了。

11

还有一个事实存在着。

如愿做过要做的事以后，房房觉得他身体的另外一半空间落寞得像刚收割过麦子的茬地。他不敢走上前去，细细端详。他想他也许走得已经早已离开这块地段了，但只要闭上眼睛，他就看见自己还站在原地，连半步都没有动过。他想，他这只鸟仔两条细瘦的小腿，原来一直抓在两枝救赎的树梢上的，一枝是老爸爸，一枝是若。他悬在半空，靠它们支撑。天亮时他飞走，天黑了又不自觉地飞回来，落在那里。

现在两枝树梢都不见了，房房向远处张望，世界灰蒙蒙一片，像在酣睡中。

房房比任何一次都更强烈地感到了孤独。

接下来他去了榕市。房房知道老爸爸是榕市人，他也许落叶归根在这所城市某一个他能见得着的巷子里，就像在石头房子前的菜地边还等着他回来吃饭，梳理羽毛，在暗室里做片子。他在这座靠近渤海湾的港口城市的大街小巷里茫然飘荡，在心灵最干燥的区域垦荒、创世，在想念与疏离掺杂的沼泽地里培植信树。他深信老爸爸就在这所城市里面，甚至就在靠他不远的一面窗户向他招手，只是他看不见，他的眼前挡着一层可恶的迷雾，飘浮着，一团一团隔离着他与老爸爸相认的目光。后来他垂着双手，走向不远处一座休闲园区里的一把链椅，像一个丢了东西不敢回家的倒霉蛋。

房房靠在草坪里的椅子上睡了一会儿，甚至打了几分钟的呼噜。然后他睁开眼，这时他就被眼前一团夸张而又奇静的似乎是天造地设的静物逼得绷圆了双眼。菠萝拳。好大的菠萝拳。它们一共是五株，均是两人般高大，

似乎生得太鲁莽，有太过的沸腾的激情憋在体内，就聚成了那样累累而奇绝的身形了。

房房让几个家伙逼得有些喘不过气来。他想，它们也许本来是在一个与世隔绝的什么地方隐姓埋名地生长着的，见这个城市的人都一副昏昏欲睡的样子，都情迷意乱、花花草草的样子，就惊人脱俗地偷偷抵达这里，于是拯救了满满一城的人，也因此在滚滚红尘中成为与众不同的特别象征了呢。

它也是为拯救房房而特意竖在这座园里的么？

房房在惊异中透望过这群菠萝拳后，他突然明白，菠萝拳是一样信物，它告诉他，老爸爸在他看不见的地方。

他垂下头转身。就在他转身的一瞬间，他就看见了石头房子里那丛菠萝拳间茕然独立的女像。恍然间，他觉得女像里的女子与他脑际里盘存着的另一位女子在哪一点上似乎很相像，可那个相似的点一晃又隐去了。

在房房急切地离开这个城市返身归途时，他已从对老爸爸的缅念中走出来。这时的他很想做另一件事情。那是一个心愿，在他的心底在时间之外。但它很美很美，什么都比不了，像彩虹那样绝艳亮丽的，停泊在蓝天上，摇晃着然后化成雨水，和阳光一起洒落。

两天以后房房和若一起过生日。

这是一个假设，也是一种心灵预约。假设他俩的生辰就是眼前这个日子，就在同一天，而且以后永远不再改变。

自然是房房的创意。他把它命名为“独影自命”。若说这是川端康成谈自己“私小说”的命题，好是好，就是显得太伤感。你知道么，就是你和老爸爸生活在石头房子的这个年龄，川端康成也是和他几乎双目失明的祖父在一所古老的大房子里孤单地度过了许多年，十五岁时，他惟一的亲人也辞世而去。房房说，这是艺术的一大母题，禅机告诉房房，你们从哪里背过身去，你们就从哪里醒来。生日，咱们共同背过身去，面对它一次，我们从此醒来，一直朝前走，永不再回头。若说这就是房房此次出走的所获？房房说就算其中之一吧。

天黑时，他们溜到大街上，买了生日套餐，两只硕大的蛋糕，还买了红酒，“17”加“23”一共40支红蜡烛。他们的心共同为即将到来的时刻“突突”跳着，好像他们是满街的人里头最奢侈、最野心勃勃的两个。房房说咱们就在外面吧。若指着街上的行人说，那他们都会分享了我们的快乐去，还是在我那儿，显得温馨，过生日么，想着也该是在家的吧。他们相互看一眼，觉得心蠢蠢地热动了一下。

若领着房房往回走，可去的却并不是学院的单职工寓所。而是离学院不远的园湖村。这是G市的一个艺术穴位，周遭清一色的古建筑，绿树掩映，名人雅士荟萃，气息亨定。在一处双层面的红檐绿瓦的屋前，若站定，说我新买下的新挖掘出的，那边搞教学，这边搞艺术，这是我的平衡观。房房惊叫，你也有突出重围之念？若说不，它只是一个栖所，若即若离，缓冲的意思。房房见门楣悬一匾额，“若影工作室”，就说，题意果然不凡。

当四十只红红的蜡烛依次目光似地在“若影”静静地亮燃起时，房房和若坐在桌子两边相互会心地点头，然后端起酒杯。

若说，只要这个日子是属于我们的，给我地球上最小的一角，我都会心满意足的。

房房说，且把你一生中的空隙留在原地，不管时间把我们推向哪里，房房愿和你一道拥抱这个日子直到永远。

——生日快乐。

——生日快乐。

蜡烛熄灭了，黑暗像落叶纷纷扬扬飘落下来。他们静静地坐着，面对面，在黑暗中静静地交流。

——这是我们最初的日子么？

——是的，这是我们最初的日子，是我们自己派发给自己的那份。

——那天阳光一定很好。

——那天也许是一个飘着雨丝的很诗意的日子。

——反正,那是一个很疼很疼,又很庄严很圣洁的日子,这和别人的那天不会有任何区别。

——我们啼哭,声音像火焰。

——我们幸福地躺在一个温暖的怀抱里。

——可他们会是谁呢?是富商?是乞丐?是个小知识分子?是不惜一切能舍生取义的君子?是为了一点蝇头小利便会抛弃自己骨肉的小人?

——也许是位权贵?是位落拓不羁的画家?是个情种?

——总之,我们享有过"十月怀胎"的孕育之恩。

——我们匆匆赶来了。

——我们彼此唤醒在一个叫"生日"的时间里……

不知什么时候,房房和若,这两个青春火热的身体,就越过垂在他们之间的薄薄的黑暗,忘记了一切地拥在一起。他们觉得他们的身体里激发出某种超越了他们自身的东西,一种超越了他们的年龄、身份、思想和意愿的语言。他们流着眼泪。他们搜索着对方,直到亲吻在一起,泪水融在一起。

他们觉得累了,全身酥软。他们不得不分开,燃起灯。

他们注视着对方,似有一丝羞惭。

若拉住房房的手,她说房房你就这么长大了?再拉紧点说,你的十八岁正在门外向你探头呢,你不觉得高兴么?说着他们又情不自禁地再次紧紧拥抱在一起。在房房憨掘矜持的抚摩中,若突然觉得身体一凉,她恍然看见老爸爸站在房房身后,正很有深意地望着她。她一下子觉得很悲伤。于是她说房房,知道我们为什么这样么?因为面对成人世界,我们突然那么强烈地缅念我们曾经空空地缺着的那份温情,而共同的情愿又让我们相互通透地照亮了对方,所以房房,我们,把我们吻在一起的眼泪就当成是对过去那块干裂的土地的润泽吧,至此,我们依然纯情如初。说完,就使劲闭上眼睛。

房房也使劲咬住自己的嘴唇。他想，房房真该长大了。

然后，房房和若，他们依依不舍地同时让自己的手从对方的手里滑落出去……

12

房房果然心怀让人一怔的秘密。

他走访了在这个世界上也许是绝无仅有的一块地方。一块有着一屋子坑的不足四十平米的地方。那是在河北。屋里孩子们每人一只坑，书放在坑沿上，一个个光头从坑道里伸出来，真的就像一地萝卜，一畦菜地。老师是个扎羊角辫的小姑娘，她只有十三岁。她领着孩子们读汉语拼音，发“*a*”这个音。孩子们把嘴巴从坑沿伸上来一些，张得圆圆的，声音稚嫩却瓷亮瓷亮的。房房拍眼前的场景。房房拍了好几天。房房拍得两腿站不住了，镜头模糊得像落上了厚厚一层霜。孩子们和“娃娃老师”都喊他房房哥，他觉得那喊声既清轻又重浊。分别时他们美美地合影，镜头上密密麻麻的孩子头像晃着一顶向日葵。“娃娃老师”告诉房房，他们马上就会有桌椅了，是联合国给他们捐的呢，到那一天这些坑椅就再也看不到了。说话时她笑着，笑得很灿烂，让人不能忘记。

若听房房说，她也笑着，脸上抹上神往的亮泽。她说房房你挽救了一样东西呢，它是唯一的就要濒临灭绝了，你抢拍下它，亲近它，这是一种建设性的心灵询唤，是凝聚着道义的文化张望，真有你的房房。

房房说，房房有你说得这么伟大么，其实它根本不是什么刻意的找寻，房房觉得它很自然，很本能，好像一间老屋的青瓦间龇露出的茅草，总有人会去亲近这么一种存在。它本来就是一位作家的一小块文章的指引，是他的视野，可房房忘记他是谁了，他好像曾写过很伤痕的小说的。

在“若影”做第一张片子，竟是一段故事。若深信它们相互肯定会带来好运。

可房房决定不再回摄影楼。

为什么？若为此吃惊不已。她说房房，刚说你长大了，你倒越是孩子气了，知道季教授怎么看你出走这事儿吗？她已决定不再追究此事，只要你表个态，原因啊，因为你从头到脚都是个例外么，要换别人早开涮了，可你，你想刚开船就掉进海底去呀。

房房说，既然房房已不再拒斥成人世界，那他就没理由再呆在那个温暖的蛋壳里。那薄薄的皮肤，娇柔的脆弱，一次无意的被忽视都会在他的身上击穿无数个洞来。学院，那仅仅是个存放自由而不是释放自由的地方，那里可供你间歇，让你在一种无名状态里与世界背身而坐，即使自己身上发生的故事也好像是别人的。是的，就是这样。再说教科书上那点东西，房房早已烂熟于心，并非房房不谦虚，事实上现在的教科书一本本全充满智慧的样子，很吓人，其实说白了就那么两页，最多两页值得你亲近，反过来说，将厚厚一本书鼓捣不成两页的学生就全得牺牲在前线上。这是令人伤痛的事情，与房房弄得不像房房自己一样不幸。

好好，你是例外，是特殊养料喂养大的，从一开始你就有权决定你自己。可你当初又为什么要离开石头房子进美院呢？若知道房房目前是处在理智与情感剧烈冲突后找到新的生长点时横着顶住一样东西说这些的。若流着眼泪，显得失落而痛心。但她知道事情似乎已经无法挽回。

房房对若说，进美院那是老爸爸的旨意，若你是知道的。依了他，房房是为了感恩。

感恩后继而背叛，那不等于零了吗！

不，是赢回自己以期弥补。

没有依恋？

有，但那是不该有的。

错了。房房你错了。至此，你还是惧怕成熟，你还在拒斥成人世界，把自己滞留在一个无所依凭的精神的真空里以示坚强，其实这种与你的年龄极不相称的妥协与坚守相持的矛盾心态是不仅不会让你开脱，让你感到安全自由，相反地它会扭曲你的情感理性，你的天份，那才是真正的伤痛。走到那里，就再也没有人能让你回来了。

房房摇头。说已经没有人能让房房回来了。

若闭上眼睛，无言。半晌，她抬起头来。她看着房房，不知道自己该生气还是表示歉意。房房在她面前坐着，能听到少年细腻而确切的像唱片似的呼吸，而她也不知道此时她是一个老师还是一个女人。她动摇了，为房房。她在游走。但她不清楚她究竟该停留在互相对立的两者间的哪一方。她身体的一部分为房房的这个决定飘浮出去了，跟着房房飘向很远的地方，而另一部分却充满委屈地呆在原地，这部分的她一面在心里呼着“房房回来吧”，一面为房房和另一半的自己惋惜着、悠悠地伤心着。

再次打量一番房房。若沉静地说，房房你可以离开美院，但你不能离开若。你距离真正拥有自己只差几步之遥，这是个特殊的喧哗不息的时空，你一个人承受不了向成人世界最后一跃的超升之痛。在这一点上，你必须听话，否则房房就不可爱了。

果然，经若这么一说，房房浓重的眉毛一下子轻浅了许多，显得很乖很听话起来。而弥漫在他心间的难过此时就不加掩饰地延伸到他那清秀的脸上来了。他知道，是若又一次让了他这个小弟弟，又细心地营造出一种温馨、呵暖，叫他在其中沉浸。让心事如此恣肆地延伸伴着甜蜜，房房感觉这是他从未细心地体味过的、与心没有距离的体验。结果是，一切都平息了，留下一种声音，在说着一种提醒，说着一种细致的艾怨，一种分界。这个声音就是他的蔽身之处，他可以在那里舒然滑行，头顶的光和暗都是为他而铺设的，暖意之外还是暖意。随后，就是一些新的从未见过的类似快乐的东西在不知不觉中将身旁那少许的一部分暗一块一块地补满了……

13

“若影”是理所当然的栖所。

房房被迫接受这个事实。晚上送若回学院，若招手笑言，喂，房房可不

许胡思乱想噢，好好读我的私塾。你不是飘浮的冰块，但你可以发动一个人的另一种战争。

看着若的倩影消失在黛青色的夜幕里，房房指着自己忽长忽短的影子狠狠说，小子，别老想着辩解，你永远是个需要别人照顾的小孩，被人牵着走路。可是，那手上磨出的嫩茧，可是疯长的结果？

早起，房房背起画夹一阵风似地旋出“若影”去湖边写生，身上带着凉凉的气息，大口大口地喘粗气。他碰见晨练的人群，那些比他起得更早的老老少少，亮起来的天空像一幅油画挂在他前面的路上。一切都没有例外。他想，是有更多的人此时看不见，但他们不会作一刻停留，他们忙着收割，或许有一个人手中的镰刀不慎砍断了，正生着气；他的同学还坐在多功能教室里听若的“世界摄影史”，或者是大胡子“侯赛因”的“艺术心理学”。他的那张靠阳的第四个窗口下的桌子已经搬走了，那里已经无所谓有，无所谓无了。一个人或者整个世界就这么从原地开始一直无声无息地改变着？这就是似水流年？

10 点，房房拿起丢在冲卷箱上的一篇若复印来的译自《英国摄影杂志》的文章。一位叫 M·哈克的人在讲印度摄影。房房想若为什么注意到印度摄影？看几幅随文配发的黑白片，都是有着自然主义倾向的 20 世纪 60 年代到 80 年代的作品，有些细细玩摩的想法。边看着到阳台，闻到一股馨香的药味直蹭在肺叶上。

1945 年拉亚尔西马的饥荒的一幅——一群妇女伸着手乞讨，形容凄惨，低角度拍摄，天空富有特色。房房低下头仰视图片，嘴里嘟哝，如果再低 1~2 厘米，撞击感一定更强一些。他又反复地多角度审视后，说是的，是这样的。

两幅超现实地运用衬景的——其一：两个孩子同他们的漂亮的英国家庭女教师；其二：一名妇女和一名儿童在住宅后院睡觉。房房看看这幅，又看看那幅。两幅都有意思极了。他觉得它们都有杰出摄影家伯恩和谢波德影响的痕迹，但空间关系的深度感不够。最后他把目光停留在英国女教师怀里的印度小男孩的两只眼睛上，那眼睛圆圆的，透着温暖与安全，但又不仅仅如此，似乎还有一些什么，比如对陌生的小心的认同，也不排除对不明真相的善的躲闪。

之后房房从印度小男孩和英国女教师想到了坑道教室里的"一地萝卜"和"娃娃教师"。他有些激动。他看见自己坐一辆上镇子上去的小型拖拉机蹦蹦地远去，孩子们送他的纷纷的招手与惜惜的眼睛。他于是拿起笔在一张日本产的彩纸上写下"眼神""超现实衬景"等几个词。

中午若从学院给房房打电话过来，说晚上做什么？说季教授为你的事又一次唏嘘感叹，都流泪了，吓得我呀，差点从这个地球上消失掉。

房房说，房房看了印度小男孩。房房把"若影"的每件东西都精心擦洗一遍。不对，是湿擦一遍又干擦一遍。晚上嘛，自然是给房房做片子喽。

"若影"其实是一只明亮的眼，在那里撕一片阳光，会声若裂帛，行板如歌。

片子做得罕有的顺畅，从读毛片到命题炼意，变形抽象，冲印扩放，遴选组合，朝霞夕照，寄情于景，一个礼拜的二度创作，黑白组照《教育》奇崛地蹦出暮色，如礁石一丛，立在"若影"。

若自豪得盖不住，牵着房房的手小鹿似的半夜里绕园湖村一周，还霸气如牛地硬是撞开了环二街口早已打烊的"楚楚苑"，要了小情调的饼盘冷食，外加一瓶洋酒，坦言非荒谬一回不忍再上学院的讲坛。杯盘空旷之余，若竟又有些惜春悲秋起来。她说房房，你觉得奇怪么？房房不解，说房房没有觉得有什么值得奇怪的。是吗，若说都说房房目光犀异，能捕捉到光线之外的光线，却原来一开始便是形而上的，只注意到事物的异处，而忽视掉事物的相同处，眼里是一点都掺不进自己所不喜欢的东西，只敏感于人的尊严需求而忽视其发展需求，这是你的弱点，也许是天才的弱点。噢对了房房，我是说我发现了一个秘密，也许是也许不是，所以现在我不能够说清楚，它只是在我

的怀疑之中,或许是个错觉呢。

房房听不出所以然,急得直挠头。想,自己是太缺乏想象了还是若说得太如云如雾。

不说这个了。若扬起头,眉睫轻轻挑一下。她用她的右手把她的头发撩起,露出很美的额头。她说我的头发太短,我想要一头很秀的长发,能飘起来的那种,我也想做一回长发飘飘那一族,到时候,房房我们到海边去,你给我好好拍几张,能留住的,飘逸的。

等若再牵着房房的手穿过月色斑驳的大街时,房房的脑门动一下,似乎有什么影像要浮出那里,但终于还是没能。

若后来说,房房,生活曾以同样的方式噬咬过你我的心,所以,我们得节俭青春。

14

《教育》选择了芬兰。

若说她仔细研究过,由芬兰摄影家协会与《欧洲摄影》杂志联办的"世界青年摄影家摄影比赛"是值得信赖的。理由:其一,赛事的宗旨是"民众性及在艺术领域引进新的概念",这一点正是《教育》所刻意兼容追求的;其二,赛事组委会主席皮尔先生是国际摄影艺术联合会的高级会士,曾于八年前应邀来我国访问并在东方美院讲过学, 回国后举办过访华摄影作品展览,美院还收藏有他回赠的展出作品精印画册,皮尔先生对发展中国家和人民很友好;其三,赛事得到著名的帕尔斯公司的赞助。房房说这与我们参赛有什么关系?若大叫,说所以说房房小朋友得变谦逊一点,多向若姐学着点喽。给你打个比方:假设现在演员都退场了,舞台上顿时一片黑暗,在观众无声的等待中,一束追光刺破黑暗,舞台又活了,新的一幕又将开场。怎么,还不明白?那"追光"就是芬兰大赛呀,"活"过来的不就是《教育》么。房房悦色说,你有比房房更华彩的心灵,借你的吉言,但愿《教育》的欧洲之旅有一片明朗的天空。

可不知怎么，寄走《教育》，房房却莫名地觉得委屈失意起来，真可谓：乘风追寻一段歌，伴激情迸发的灿烂，而情声泪雨在花与剑里，却不知天真正远离阳光。房房看着世界，世界也回望房房一眼，但有谁知道房房在想什么？若知道么？她那么沉酣呵暖地望着房房，像清晨沿着小路拾级而上的阳光望着路边的小草。她懂得房房，懂得太多，但不是全部，而在她所不懂的那一小块里，房房下意识地竭力护着的便是房房永远也不愿让它长大的那份天真和少年的自尊。它们留在石头房子里，留在弥漫着老爸爸四溢的汗味的森林雨里。

他颇有些形而下地筹划开另一件事，背着若。他想神秘地存在他名下的那笔影子似的钱究尽有多少。他沉溺其中，像从一处深渊的边缘探身俯瞰，随之而来的虚幻感紧紧攫住他，继而又觉得受到了莫大的愚弄，觉得自己来到这个世界上不过就是前世的一次罪孽留给后世的影子，而且浑身沾满了铜臭，忘不掉，洗不净。看不见的东西，却从未看不见过。

房房想着这些，想得周遭无光。

房房无声啜泣。

房房觉得这样与生俱来的伤害对他是不公平的。

但房房最终想明白了，这就是他的凭借。房房凭借它而来，现在还得凭借它而立身。于是他做贼似地去弄清楚了那笔钱的具体数目，然后从那个地方狂奔回“若影”。狂奔着的房房让人想到《天堂小孩》中的小阿里。可是，小阿里的奔跑是为赢得贫穷的芬芳和沌净的幸福，房房的奔跑却是因为害怕一笔在他眼里可算“巨额”的数字的颠覆而扑向栖所里卫生间墙面上的那面镜子——他想看看自己是否已经变成了一只螃蟹或者乌龟什么的。他知道既然生前就有人为他的未来画上了标记，那他目前的工作就该是去打开一扇为他虚掩着的门，那个不知名但无疑是属于他的沿血脉的走向而设的领地——家。然后，他可以买部车，那笔钱足够让他迷失在这样一种形态里：

他每天的工作主要是跑跑出租。当然,盲流区是不能不去的,他将一如既往地到那里去,他记录那些苦难的人们挣扎的身影以及挂在他们脸上的沉重。他还可以像罗伯特·金凯,开一辆旧的雪佛莱小卡车,车里放中型的冷藏箱,两套三脚架,好几条骆驼牌香烟,一个保暖瓶和一袋水果……二百卷各种胶卷,三架照相机,五个镜头,牛仔裤,一只吉他琴匣。穿越喀斯喀特山脉。拍"记忆快照"。拍古老的廊桥。孑然一身。没有亲密的朋友。"几十年后,一位老铜管乐手在天擦黑的时候,把老号弄得呜呜哭,为了一个叫罗伯特·金凯的男人和他管她叫弗朗西斯卡的女人"……

房房想着这些。

他扒在卫生间的镜子上想到了这些。

他再一次无声地啜泣起来。

后来房房听到外面淅淅沥沥下起雨。房房听着雨声，听着流逝如水的时间。他想到扒在镜子上的自己，一个躲在卫生间掩面哭泣的有了几根正探头出来的唇须的小男孩,就有些羞惭起来。他转过身。转过身就触在了一个人微隆的温热着似乎也在痛着的胸上。他木然地立住身，任随之绕拢过来的一双臂轻轻地拥了,同时拥着他的还有一丝他所熟悉的体香和细若游丝的呼吸。房房依在那里,感到自己就像飘在海面上的一叶小舟,眼前晃着霓虹飘带……

知道是若。

这似乎是不能替代的。

若悠然的声音:房房,你的战争充满小溪一样清澈的亮音,若能听懂。不要默默地做沉重的敲击,因为你只有十七岁。十七岁是篱下的菊香,水的微纹。不管是在远处还是在近处,若愿专注地倾听你,注视你。

不,若你别说了,房房有一笔钱,房房想用它为自己造个窝。房房还想买部车,因为房房最终发现,房房有一半是不属于自己的。

你原来在想这个?俗不俗我说你。若乒乒乓乓用指尖敲着房房的脑门,说房房你听着，这儿“若影”，它就是喧哗世间你的蔽身之处，它是为你而有的，为你的，为艺术的。这不是寄篱，是人情之常，你难道触摸不到它为你而生的暖意？你可以离开美院，但你不能离开“若影”，至少现在。我知道，成长是忧伤的，伴着莫名的影子成长更是，而忧伤只是心灵的底色，比如音乐作为背景空间，你身处其间，随便干点什么事情，那都是另一回事；星星之于夜空，它的闪烁永远都是点缀。爱一个人，爱一件事都是心的事与别的无关。噢房房，你看我都快成个唠叨的老太婆了是吗？

此刻的“若影”，依恋所向，它是个很情感的词汇。在它的臂间，房房问最真实的那个自己，放下了的会永远终止吗？生的事情都很难吗？

15

减去魔力，这个夏天简直就是一个柔顺的天使。

若说，真的房房，一切都挺好，包括你这条至少大你二十岁的难看的短裤。“若影”如今是你的另一只手臂，我想让你用你的灵性去抚摸摄影艺术中你还没有碰过的几个肢节，然后准许你毕业。再然后，你可以把一条弧线变成一条直线，沿着它飞翔。现在，我再给你一首钢琴曲《给爱德琳的诗》，让它为你的夏天伴奏，并且把它听懂。

音乐也有质感，如同影像，也有线条和色彩。细微部分像雾状的反光影调。

从“反光影调”表现深度幻象开始，房房尝试用以前未摸过的特种镜头，用光学附件抽象出自己想要的线条，以远视特性压缩画面透视，做“浮雕”“加色”“丝网花纹”等暗室特技。沉浸在精神的裂纹碎片，甚至它的反面或断面中，房房有时甚至感到这一切与自然的椅子、果木以及石块等这些东西之间无须演变翻制的关系，不管手中的活做得怎样远离自然。有时，房房处在一项制作的极其夸张的变态性中，却无端地怀念着以往那些浓浓的写实趣味。

在舒缓而不确定的音乐气氛中做几幅哲理意念的片子，房房觉得一周

的时间是凝缩在一个静极了的晚上的。他说哲学家走了，房房就是留守家园的诗人。

陆续又有几组“盲流”题材的作品登在几家刊物的显著位置上。若从学院带回样刊来，整个“若影”饱满着，有收回籽实装进篮子里的气氛，美好的谈话一直让夏日的阳光从窗外透进来，又像水一样在屋子里荡漾开。

终还是要说到女人，这是若让房房听《给爱德琳的诗》的初衷。换个说法，就是正视一种阴柔之美，这不能不算作艺术的一大母题吧。房房一脸愚昧与荒寂，很决然地摇头，“诗”所有的是金属的亮泽以及冰冷的线条，细微部分像反光影调，而不是什么“阴柔之美”。

若摊手，说房房你想不想将来成为艺术大师？如果你不想否定，那么就跟我走。

干吗呀，房房一脸困惑。

上G市最高档的西服店，去寻找男人的风度。

让若虚虚实实哄骗着去了。回时，手里多一套RGC出来。至圆湖村口，若向房房做个鬼脸，然后招手，拜拜，回学院去了。

二日午后，电话铃响。若在电话那头很磁性地嚷嚷，房房你在做什么？我可没忘记你噢。现在，你赶紧做几件事，听话：第一，脱掉你那件可恶的短裤；第二，洗澡，认真点，不许敷衍了事；第三，把头吹干了，对了吹风在装过DX胶片的那只纸盒里；第四，换上RGC，别忘了打领带，玫瑰红的那条；第五，弄干净屋子，再洒上香水包括身上，要柠檬味儿的，还有准备好摄影器材。好了就这些，有什么困难没？

房房如坠雾里。他说若求你了，告诉房房，你在捣什么鬼。

若说，本来先不想告诉你的，怕你到时怯场就告诉你，有个思想准备也好。是这样，今天让你上最后一课——接待你的模特儿，做泳装拍摄练习。

什么什么？若你别闹了，那样会把房房打碎的。没有战乱，太平盛世你让房房宁静地走过他少年的最后那截路段。

有心理障碍？房房你错了，呆会儿你就是一个职业摄影家，你的眼前只有模特儿，灯光，镜头，道具这种正当而必需的工作关系，那里只有艺术与美，而没有其他任何东西。你必须学会扬起头艺术地面对一团白烂烂的光，而不是低下头，知道么？你可以做准备了。

一个小时后，房房怯怯地打开“若影”的门。若来了，却不见什么模特儿。若说，房房你先到暗室去，我让模特儿先不要见你，等化妆、整发、着装都好了，就进入状态，这样你可能更放松一些。若说着把嘴凑近房房耳畔轻声说，她不是职业模特儿，但很有气质，想必会合你的意的。留住她的美丽，祝你成功。

《给爱德琳的诗》轻轻地漫过琴面。一个声音和在音乐声中从前厅的灯光世界里浮出：我们开始吧，先生请。房房西服革履走出暗室，此时他真像一个男人。红色，红色雾幔。房房用灯光寻找模特儿的身体。看到了，怎么，是若？怎么会是若！若像莲塘中一株清荷沐浴在一片红色的柔晖中，她微含笑意向房房点点头，说房房，别这样看着我，没什么，真的没什么，在你面前的仅仅是一个青春身体的坦诚，以及这个身体里一颗燃烧的心的似梦似真。房房，我的兄弟，像一只鸟那样，衔来干禾与木柴，在我的臂间做窝孵仔，再用火焰洗礼，让卑微燃成烟尘，只留下美与梦幻。

房房呆立在红色光幔的边缘，好像在经历一个人的一生。突然他抱住头，痛苦地闭上眼睛，说不，若。若你为什么要这样，为什么。房房宁可不要艺术，也不要这样。房房按你的愿望脱去了那件难看的短裤，房房细心地洗过了身子，房房把头发吹干了，吹风果然放在装过 DX 胶片的那只纸盒里，房房打上了玫瑰红的那条领带，洒上了柠檬味儿的香水……可是，一切都不该是这样的，房房不要这样。

房房急切地说着话，和着泪说着吹风，说着玫瑰红，说着柠檬味儿，说着不要……

好了房房。若说，调整灯光，我们就这样。我们要杉木直也那样的，要塞

尚的，要毕加索的，要罗丹的。我们要红色的古典，要影调背面的蓝光，要缪斯的升华。我们开始。

16

两个月以后，《给爱德琳的诗》为这个夏天的最后一个夜晚伴奏。

园湖村的紫光环绕天际。

房房从"盲流区"回来。他依旧绕过湖东南面的两个古亭间林荫隐隐的甬道，再向西拐一个"S"形的弯，就看见"若影"靠南的一角呈粉红色的檐壁。房房说嗨，晚上好。说完他站了站，专注地聆听了一会儿"若影"的无声。

开门，进入前厅。打开壁灯，见几期新到的摄影专刊丢在大理石台面的圆桌上。有封信。拿起，泛柠檬味儿。启了急切看，房房听到触在心窝上的敲击似的一震。撞在眼里的是这么一段孤独的留语——

房房：

若在给你写这份留语时触着"房房"两个字心头一颤，泪水让我不能叫出声来。

若走了。去遥远的异校读高一级学位。

走是必然的。就像你的镜头里在地震后捡瓦片拢小房子玩的小男孩，当小房子拢好了，他也会起身走开一样。

没有选择牵着手一寸一寸分离，是因为若更看重你我的相逢，那是我们共有的最精美的生命华章。注入若心里似花环，如话语。等你有一天把它燃成篝火，它会照亮我们再牵手时的微笑。

在异地，若将无时无刻怀念我们曾悉心培植的那些美好的心灵的草木。当然还有你的石头房子，你的老爸爸。

若曾把一个怀疑中的秘密在你面前一晃。如果你还记得，就揭开后厅西墙上蒙着的那块紫红绒，它会印证这个秘密。还有，你一直不愿到学院去，若求你一件事，以后抽空去看看季教授，替我叫她母亲，以示安慰。你我都走了，她想我们会想疯的。

房房，若和你一起等待芬兰的消息。我想会如我们所愿的。

房房，若爱你。让我呼出这个青春的话语。因为我们互相爱着。

珍重。

若留

紫红绒从墙面上轻轻揭去。

一帧女像。

是若。若的玉洁冰清的人体摄影照。

她在对房房微笑，静若至水。深背景是一丛虚处理过的菠萝拳影子。

房房退后两步，细细端详，不禁吃惊。这桢女像上的与老爸爸拥在菠萝拳丛中的那帧上的两个女子，她们的眉宇间至少有一两处是那样不容置疑的酷似，这是怎么回事？

记得若曾说，我想要一头很秀的长发，能飘起来的那种……到时候，房房我们到海边去，你给我好好拍几张，能留住的，飘逸的。

镶紫红木边的像框里的那帧：她是穿一身米黄色的连衣裙，站在海滩上，一头长发被海风吹散了，抛向靠海的那一边，裙裾一撩一撩显得充满生气与活力。她的头稍向上仰，目光悠远。

王秀玲小说

梦见槐米

峁上，紫花苜蓿正在扬花。阵阵沁人心脾的花蜜的香甜，把整个山梁熏染成中秋节的蜂房，蜜香四溢。

这时，从一片苜蓿丛中飞出一两只呱呱鸡，嘎嘎鸣叫着，在空中低低地打着旋，相互交头接耳了一番，双双落在正在推着割草机割苜蓿的满平的头顶上方的地埂上。它们在地埂上继续鸣叫着，似乎在向他打招呼。它们的呼唤招惹得四处都响起了那种嘎嘎声，此起彼伏，从山里的各个角落响起来，使人不由得想到"呼朋引伴"这个美妙的词语。满平停了手里割草机，走出地畔，寻觅着那些声音的出处。满平在地畔上捡起一颗土坷垃，扔向它们，它们突一下双双飞走了。他听到的是更密集的嘎嘎声，夏天池塘里的青蛙一样。

苜蓿刚现蕾，满平就开割了。往年，他都是弓着身子半跪在地里用镰刀一刀一刀揽着割苜蓿。一茬苜蓿割完，他手痛，腿痛，胳膊酸，歇缓不了几个时日，又一茬要收割。满平整个夏天都在割苜蓿，整个冬天都在将苜蓿粉碎了喂牛羊。割草机替代了镰刀，他用了不到一周的时间割的苜蓿比往年他

作者：王秀玲，1976 年生，宁夏彭阳县城阳乡涝池村村民。2008 年开始小说创作。先后有《好大一棵树》《收狗的女人》《打碗碗花》《梦见槐米》等短篇小说在《六盘山》《黄河文学》《朔方》等省内文学期刊发表。

用镰刀割一个月的还多。一溜儿一溜儿，一行一行，顺着山脉的纹理，摊成行的苜蓿躺在山坡上，晒成柔干子，就得捆成捆。父亲把捆成捆的苜蓿一个一个立起来，娃娃一样排成行。歇缓时，父亲望着一溜儿一溜儿的苜蓿捆子说："瓜子，你就这样一茬一茬割苜蓿，一茬一茬养牛羊，你让爸跟在后头给你捆苜蓿捆到什么时候。是该有个女人将你爸我替换下来的时候了。"父亲说到这里，每每会抬了头往山峁上望去，仿佛那里正有一个来替换他的儿媳妇走来。每每这时，满平就低了头看自己的脚背，一直看到父亲将眼光收回来，重新站起来拢苜蓿。

今天父亲还没来地里，他每早都是要喝了早茶才出工的，而满平则是太阳冒花时就上山了。等父亲在家里喝了早茶，来地里时才带上母亲烙的馍馍，打得一个荷包蛋给满平。来到地里，满平喝荷包蛋吃馍馍，父亲并不急着干活，而是蹲在满平身旁等满平吃早点，他在一旁给满平说话，说的都是有关儿媳妇的话。满平对父亲的话一直是充耳不闻，从来不正面回答或者顶撞的，他只是在心里将自己见过的女人齐齐排查一番，又一一否认。

羊瓜子是满平的外号。因了他放羊出身，也因了他三十五了还没娶媳妇，村人都说他放羊放成羊瓜子了。其实羊瓜子的外号在他十六七岁时就有了。

羊瓜子满平坐在地埂上，忍受着肚子里咕噜咕噜的蠕动，看着满山的苜蓿花儿开得正艳。清晨的阳光斜斜地照着，露水刚刚褪去，高的树，矮的草，清清爽爽，给人一种清心寡欲的安适感。有风吹来，苜蓿丛中嗡嗡嘤嘤的蜜蜂，送来阵阵蜜香，像八月十五中秋节时自家的院子。

俗话说，瓜子头上有晴天，满平头顶上的天，一直是晴朗的，即便是下雨天，满平头顶的天也是透亮的，可以依稀看见女娲补天时留在空中的闪闪钻石。可最近，羊瓜子被一种情结困扰着，使他见啥烦啥。

一直困扰着满平的那种情结就是梦，一连串的梦，同样一个梦，苜蓿现蕾时就梦见了，一茬苜蓿割完了，梦还没有断。

满平的梦里有槐米，梦里的槐米对自己笑，笑得灿烂，像一面迎着阳光

的镜子，照耀得满平不敢睁开眼睛。

满平不明白，五六年了，他和槐米，卒走卒路，马走马路，互不相干，连个照面都没有打过。可在梦里，槐米穿着大红袄，甩着腿裤，踩着高跟鞋，掀了盖头甜甜地笑，新鲜得如五六月份刚刚现蕾的青槐子花。梦里，满平前面割苜蓿，槐米后面拢苜蓿，他一回头就看见她羞涩地望着自己笑，割草机前面的苜蓿花儿一样。要不就梦见槐米给自己送馍馍来了，还有酥软的烙饼，白色的洋瓷缸子里静静地卧着一对荷包蛋，往嘴里送时，荷包蛋呼呼的颤动。吃完荷包蛋，他和所有有老婆的人一样在地畔上抽烟，喊得和其他的男人扯扯闲，槐米和雨柱的女人一样，推着割草机嚓嚓的替他走两圈，满平的心里就像灌了蜜一样。

这一连串的梦弄得满平魂不守舍。他就偷偷地在背后里观察槐米，远远地拿眼睛瞅。槐米一个人割苜蓿，男人一样推着割草机，脚下踏着胶底子布鞋；槐米一个人往回拉草，汗流浃背的，头发上挂满草霄，脸被散下来的碎发遮去一大半；槐米去县城里，一个人早早坐车去，一个人悄悄坐车回来；槐米从不叫村里的男人给他帮忙，远远地躲着，包括雨柱。

"羊瓜子，哎，羊瓜子！下来吃馍馍来。"羊瓜子抬起脸时，看见山腰里的雨柱正坐在一捆苜蓿上，背对着层层叠叠的苜蓿地，笑嘻嘻扬着手里的馍馍袋子。他媳妇早已替换了他手里的割草机。

满平摆了摆手。

雨柱说："下来嘛，下坡路又好走着呢，你学你的母山羊一样一跳就下来了，下来给你发根好烟。"

满平摇了摇头，指了指他脚下一层一层一人多高的地埂子。雨柱就嘿嘿地笑，笑得他一口茶喷了出来。

满平满不在乎，反正都羊瓜子了，你说你的，我给你面子傻傻一笑了之。可近期，满平对诸如此类的玩笑很反感，很伤心，很伤一个三十五岁的大龄青年的自尊。对于槐米，满平不是没有想过，可每当他想起槐米时，就不由得想起她和雨柱在一起的情形。走在带子一样的路上，一前一后的雨柱和槐米，走势和脸上都有一种诡秘，这种情景噎得满平吃了苍蝇一样难受。母亲给他做思想工作："瓜子，你都这样在妈手里吃了三十五年的饭了，你还挑剔个啥。你都是三十五岁的羊瓜子了，你说你能等着黄花大闺女吗。"满平默不作声。他很想告诉母亲，你没有见着槐米和雨柱在一起的样子，我看见了，我亲眼看见他们一前一后进了洼地，又一前一后出来，从旋涡里出来的他们的脸上一直会有那种满平琢磨不透的笑。那种笑，让走了三个属相轮回的满平莫名其妙地狂躁。

"羊瓜子，哎！羊瓜子，你下来，你下来我有话给你说。"雨柱隔着三四层地埂子喊着说。

满平被叫羊瓜子的原因还有一个，他口吃，是那种磕磕绊绊的结巴。早年，父亲给满平说媳妇，满平一张口，人家女子就拂袖而去，媒人给父亲丢下一句话："这个样子，被窝里一句悄悄话都说不完整，不害人么。"父亲和满平被噎的目瞪口呆。自此，满平很少说话了，到后来就完全把自己当哑巴了。

你羊瓜子，我羊瓜子，满平只是嘿嘿地笑，一副十足的瓜子模样，父亲直摇头，再也不肯张罗着给满平说媳妇了。

"羊瓜子，你下来，你下来我给你说个话，好话。哥爱跟你开玩笑，可哥从心眼里没有要伤害你的半点儿意思。你下来，我给你说个悄悄话。"雨柱又说。

满平坐在地埂上，看着雨柱镜子一样的脸不动。他太了解雨柱了，他能有啥好话，他的好话都在洼地里说给槐米了。

"你看你，我又没有得罪过你，你老对我有成见。我今天真的有话给你说。槐米前几天在后洼里给我说了，嫌我靠不住，她总不能一直这样跟我在旋涡里过，地气潮得她身子都起疹子了。你说我又不能将她领到热炕上。我想了，既然我给不了槐米幸福，我就应该不吃凉粉了把板凳腾开，把板凳让给等着吃凉粉的你。你看你咋想着呢？"

满平觉着今天的雨柱不是纯粹的无聊，而是找事儿，拿他羊瓜子开涮。你以为我羊瓜子就真的瓜得很，啥事不懂，啥事没有经见过。我好歹还混了个初中毕业呢，我看得懂戏里戏外的男男女女，读得懂手机里发来的骚扰短信。再说了，我放了十来年的羊，山羊一年两茬羔，绵羊一年一茬羔，它们怎样怀上的，怎样生产的，我没见过？我还手把手的帮着它们。人生一理，它们和人一样，通人性的。你就把我当瓜子着呢，就算我真的瓜得实实的，屁事不懂，你雨柱也不能这样侮辱我的人格尊严。

满平在地埂上拔了一撮草胡子，扔向那面镜子。打斜了，轻飘飘落在雨柱一米远的一拢苜蓿上，还弹了一下，满平就觉着那就是自己轻飘飘的所谓的自尊。

“羊瓜子，你别不识好歹，你说你都三十多岁的人了，你以为你十七打八着呢，你还嫌弃个啥。是政策不允许，要不然我直接收了槐米当二房，能轮得上你。”

满平又向雨柱扔了一撮草胡子，他很想听见这面镜子被打碎时散落的声音，他用了吃奶的劲儿将草胡子砸向雨柱的脸，可草胡子还是轻飘飘地落在了雨柱的脚下。雨柱看着接二连三落在他面前那轻飘飘的草胡子，得意地笑了，他拿出父亲或者兄长一般的口吻接着数落满平：“人家槐米肯接受你就是你的福气，你还扭扭捏捏的端上了。你是人，是这苜蓿的话，二镰子都割过茬了。”

满平突地站起来，跑苜蓿丛中抽出铁锹，纵身一跃就跳下地埂。雨柱看见满平握着铁锹发情的公牛一样向自己冲来了，吓得起身就跳下了身后的地埂。

雨柱边跑边喊：“羊瓜子你个瓜种，羊瓜子你个瓜种。”

满平被一股怒火中烧着，跳一层地埂，他心里的怒火就窜高一尺。跳过几层阶梯一样的苜蓿地，雨柱被苜蓿绊倒了。满平一个箭步窜上去，抡起手里的铁锹要拍下去。

雨柱在苜蓿地里驴打滚儿一样滚来滚去,躲闪着满平手里的铁锹。

满平双手举着铁锹对着滚来滚去的雨柱瞄准。苜蓿正在扬花,嫩得水呼呼的,身体结实的雨柱只打了两个滚儿,身上就沾满了绿色紫色混杂的黑水,脸上又淌着不知是泪是汗。

看到雨柱衣服沾的湿印儿,满平眼前忽地又闪过槐米裤子上的那个湿坨坨。他猛地将手里的铁锹举高,使劲儿摔了出去,雨柱"妈呀"一声哀号,圆头锹深深插进雨柱身旁的苜蓿地里,锹把还在那里颤动。

雨柱哆嗦着睁开眼睛,满平双手叉在腰里顶天立地地站在那里俯视着他。他长长地舒了一口气,放松了刚刚等着挨揍的神经,平平地躺在那里,大口大口地喘气,眼珠子一转一转地仔细看着满平,仿佛这时才知道,这个羊瓜子也不是怎么可以随随便便当尿泡玩的。他抬起手揩了一下脸,有些检讨似的说:"兄弟,你把哥铲了去,哥活该,哥拿兄弟的痛楚当欢儿地寻。可哥说的是实话。如果你娶了槐米,哥保证,哥不再骚扰你们小两口的生活。实话,哥心里愧的慌,哥都不敢去阳面子割草了。哥一想到人家槐米年轻轻的,哥就愧得慌。你不知道,就那一次,被你堵了个正着。我再也没有领过她,我啥法子都想过了,还威胁,可槐米那个小妖精,宁死不屈。我猜想她是心里后悔了,她是看上你啦。"他伸手又抹了一下脸,眨巴着眼睛说:"哥替你打探过了,只要你愿意,槐米那边没话可说。"说着,他很大度地挥了挥手。

一锹土灌进雨柱的裤裆里。

满平把锹重新插在地里,一只脚踩在上面,下巴搁在锹把的顶端,高高地俯视着雨柱。

满平吐了一口唾沫:"龌龊。"

"瓜子——瓜子——,你在哪儿呢,馍馍拿来了。"满平听见父亲在峁上喊他,他应了一声,将手里的铁锹扛在肩上,打着口哨向峁顶走去。到地坎子根底,他取下肩上的铁锹往地上一撑,跳高运动员一样跳上了地埂子。

吃过馍馍，喝了荷包蛋，父亲起身拢苜蓿了，满平还在那里坐着。父亲催促着："瓜子，乘着这几天太阳红，抓紧把苜蓿割完，阳面子林带里的杏子熟了，去县里弄些纸箱子来，收杏儿的贩子一来，咱们就下杏儿，今年的杏儿成了，能卖个好价钱。麦子马上黄了，你去红河给你妹子帮忙收麦子去。"

满平说："我躺一会儿。"说着，就将放在苜蓿拢子上的外套铺在苜蓿捆上，躺了下来。

一躺下来，太阳就暖烘烘地照遍了他的全身，慢慢地，从皮肤渐渐渗透，连肠胃都晒在太阳下了。他感到，身上的衣物不复存在了，有那么一张大手，从天空中伸下来，在他的身上暖暖地抚摸着他的身子，他懒懒地伸展着腰肢，长长的打着哈欠。蓝天白云在头顶浮动，苜蓿地里的虫虫牛牛嗡嗡嘤嘤，阵阵蜜香直钻鼻孔，野鸡嘎嘎的叫声此起彼伏，山野是那样的美。他看着脸前的云朵一团一团，在湛蓝的天空里游走。游着游着，云团就塌了下来，遍布他的身旁，软软地轻轻地浮动着，那是他放牧的羊群。他就是这样仰躺在山坡上，任羊儿散在峁上，他看着蓝天上的白云一团一团追逐着在天上奔跑的。那时他老想，人人都说瓜子头上有晴天，还真的，他羊瓜子的天一直那样蔚蓝。

封山了，羊儿要圈养。荒着的草场种上了苜蓿，整峁整峁，紫花苜蓿一旦开花，整个山野都浸在甜蜜里。

他想起来，那年夏天，他就那样躺在一颗小小的榆树底下，数着天上的云团，羊儿撒在脚下，他唱着欢快的信天游：

青线线那个蓝线线
蓝格英英的彩
生下一个兰花花
实实的爱死个人
……

山野是那样的空旷，太阳绵软地照着，他的歌声在蓝天到地面的这段空间里自由地穿梭。

他陶醉在自我的空间里，睁眼看见羊儿有些稀疏，站起来拾了块土圪垯扔走散了的羊儿，这一扔，就打得“哎哟”一声。他随着哎哟声望去，雨柱哥摸着后脑勺从满平脚底下的洼地里走了出来，他边走边拍打着身上的土，抖动了一下肩膀，接着从洼地里走出来的就是槐米了。她也前前后后左左右右地拍打着身上的灰土，用手将头发梳了梳，摘了摘粘在头发里的草屑。他们一前一后双双从旋涡里出来，羊瓜子有些懵了。他们在捉迷藏么？是谁藏谁找呢？

雨柱顶着油光光的头发吃力地爬上来，一抬头就看见满平站在脸前。他被吓了一跳似的身子向后倒了倒，又没有倒下去，向前欠了欠。他怪怪地盯着满平看了一会儿，讪讪地说：“羊瓜子，刚才那土是你扔的？”

满平偏着头，绕过堵在面前雨柱油光光的头，看他身后的槐米。她是低着头边走路边检查身上是否留有灰土草屑等杂物，抬起头看见了满平。她先是惊愕地张了张嘴，而后绯红了脸，而后脸渐渐地苍白起来。她像是做了无法补救的错事一样，神情暗淡地低下头去。她双手玩弄着衣服的前襟，一会儿将它们卷成卷儿，一会儿将两片衣襟挽起来，将好好的衣襟弄得皱巴巴的。

满平把手里握着的那块土丢向旋涡边上的一只山羊，对雨柱说：“你们捉……捉迷藏还真……真能找地方。”

槐米哭着跑了，顺着满平放羊踩出的山路。

满平的眼睛追随着跑远了的槐米，发现她的裤子上有那么一坨坨湿印印。

从那以后，槐米见了满平就躲开了，这一躲，就躲了五六年。

“快起来割草，别再睡了。”父亲将满平从睡梦中叫醒来。他揉了揉眼睛，身后，父亲拢的苜蓿捆子密密麻麻。

“你起来再割一会儿草就回来，我看你今天像是乏了，下午缓一缓，去县

城里取纸箱子去，顺便给咱们秤点儿调料。下杏儿时你妹妹来了就把那个山羊羔宰了去。我腰疼的,先回去了。”父亲倒背着双手,佝偻着微驼的背,回去了。

割草机的嚓嚓声，就成了紫色的花儿倒地时的呻吟。满平的双臂颤抖不已,他突地就想起了槐米裤子上那个湿坨坨。满平扔了手里的割草机,割草机斜斜倒在了地上,还在那儿嚓嚓地响着,满平朝着机身补了一脚,他的脚趾头像是断掉了,他痛得抱着那只脚瘫坐在割草机旁边,它仍旧嚓嚓地响着,满平的泪,就滴了下来。

骑着摩托车出村口时,槐米等在路边上。她围着一条彩色的丝巾,不是真丝的,但很滑,松松垮垮地溜在了脑后。头发被微风吹着,有些散乱。衣服是平常的衣服,收拾得干干净净,紫色的皮鞋亮亮地闪着光,像山里的苜蓿花。好几年了,满平没有这么近距离地看过槐米。槐米的脸上有些许明显的皱纹,眼睛里不再那么清澈了,满满地灌着酸楚。

满平朝着摩托车的后座摆了一下头:“我开……开车冒的很，你坐……坐牢了。”

槐米咧嘴笑了一下,笑得竟是那样的凄苦,那样的无奈。她从兜里掏出一百元钱递给满平:“我不去,你回来了顺路给我打点儿柴油。”

满平就有些失望,他以为她要跟着他去县城,如果她今天跟他去县城,他就给她在刚开的百货公司买一条真丝的丝巾。村里女人隔三岔五地跟了男人去县城里逛,唯独槐米不去,即便去了,也是一个人早早坐车去,又一个人悄悄坐车回来。狗日的雨柱人模狗样地天天往县城跑，可摩托车后座上驮着自家的媳妇。

满平不接槐米递过来的钱,看着面前的槐米,又不时地转过头看自己空荡荡的摩托车后座。

槐米静静地站在他的头前,静静地看着他。他发现她的眼仁里同样有一个羊瓜子,那个小小的羊瓜子撇着腿叉在摩托上,双手掌着车把,戴着头盔。

槐米离满平的车把一直保持一步的距离，很不自在地摇摆着身子，她像是有很多的话给他说，犹犹豫豫地磨蹭了好一会儿才悠悠地说："满平兄弟，你别听雨柱胡说八道，根本没有的事。我对他来说就是一颗烤熟了的山芋，握在手里烫手，扔了可惜。"

她终于说了出来，不敢定眼看满平，别过头去，看着山下的村落。"要说瓜子，我槐米最瓜了。糊里糊涂上了他的当，他吃着碗里的霸着锅里的。他怎么可以把你拉扯进来？"

她有些语无伦次，难过地摆了一下头："既然错过了，我又何必给你添一些没必要的麻烦。虽然兄弟你三十五了，可你人生的花儿才刚刚现蕾。我槐米就是那三镰子苜蓿，等着霜杀了放羊的三镰子苜蓿。我不会不识眉眼害你的。"

槐米猛地回过头来，眼里噙着泪，望了望满平，他看见她眼里的那个羊瓜子此刻正被泡在泪水里，雾蒙蒙的那样的不真实。

满平勉强地挤出了一个笑，动了动嘴，说："我是羊瓜子，即便是头镰苜蓿，也过了花期了，长老了，只能当柴烧了。"

槐米转过脸来，摆了摆头，听了他的话，嘴角上带着自嘲的笑意，望了望满平的脸，走了。

端午时节，经果林开园了。刚刚割完头镰苜蓿的人开始忙着采摘杏子。杏子树的枝头，缀满了红蛋蛋、黄蛋蛋、绿蛋蛋。采摘杏子的女人唧唧喳喳麻雀一样散落在各个山腰里。野鸡在草丛深处嘎嘎鸣叫，喜鹊在枝头跳跃，草丛中各种蚊虫嗡嗡嘤嘤。

羊瓜子满平的天空依旧那样蓝，洁白的云朵在天空中一团一团，在他的头顶游过来游过去，羊群一样依恋着他。

满平抱了满满一箱子杏子，向停在地里的奔奔车走过去。车上还放着从县城拉回来的一台小天鹅牌洗衣机，和花花绿绿装饰新房的材料。满平起了个大早去了一趟县城，将昨天采摘的杏子送到县城经果林总站，拉回预订的洗衣机，顺路直接来到地里拉杏子。

快到中午了，采摘杏子的人们三三两两往回走。太阳直直地照晒着，各个旮旯里照透了，没有一点儿阴影。女人们不怕热，在地埂子上跳上跳下打闹嬉戏。

父亲很高兴，倒背着双手的习惯没有了，年轻了许多。

妹妹偷偷望着满平时调皮地笑，那笑就像红了脸的杏子。

妹妹忽然大声地说："哥，你看，你看，槐米——"妹妹的话没有说完，满平一个趴朴子摔倒了，杏子撒了一地。父亲、母亲都哈哈地笑，笑得满平满脸通红，忙忙爬起来，偷偷将露出裤兜的丝巾的一角重新塞进去。

妹妹咯咯地笑："哥，你看，你看，槐米开花了。"

满平就看见不远处几颗青槐真的开花了，有阵阵蜜香送过来。

（《朔方》2012 年 10 期）

篝 火

龙儿和小伙伴明子将野柴勾在耙子上点燃，拉着耙子把来来回回地在渠子边上奔跑，他们嬉笑着看着那两束火苗在飞奔的耙子上迎着冷风艰难地燃烧着，兴奋极了。今天是农历正月二十三，乡下有点篝火燎干的习俗，也是正月里最后一个节日。从野地里弄回野柴和着麦草、大蒜皮、葱皮以及过年时贴的对联、门神、灶神、纸钱纸条统统丢进篝火堆里燃烧，大人、小孩、老人还用燃香点烧用黄纸剪的小纸人，据说点到哪哪来年一年吉利，不病不伤。一家人围着火堆跳来跳去，将身上的疾病疼痛驱走，完后放春节里最后一次烟花爆竹，这年就算完完全全地过完了。二月二，龙抬头，庄农也就动了，窝了一冬的村民开始了一年之计在于春的活计。

龙儿和明子是来山下水渠道上耙燎干柴的，两个小伙伴不知是谁发明了这种玩火的游戏，拉着耙子奔跑着嬉笑着看着火苗簌簌燃烧，相互询问彼此的母亲今天在这最后一次小年里都为家人准备了啥好吃的。龙儿问明子："婶子今天给你吃啥？""妈妈将挂在梁上的猪头取下来，爸爸在炉子上烧了皮上的毛，烧得黄黄的，一股子焦肉味儿飘了一院子。妈妈用大锅搅了荞面搅搅团，小锅里熬了瘦肉和洋芋丁的汤糊糊。三姐捣了一窝子蒜泥，爸用小锅在炉子上煮猪头肉，弟弟趴在炕头上闻着香等着呢。”明子吸溜着冻紫了的嘴唇描述着此刻家里的温暖。龙儿听得口水淹没了舌头，温习自己家里同样温暖的图景催促着明子道：“咱们不玩了，我回家捣蒜去。”龙儿很熟悉明子说得情景，在这一天里，家家户户基本上都是这样单调温暖充满浓厚的农家乐趣。这年越过越讲究，只有海吃海喝了，来年的收成才好。来人接客更是仔细，生怕怠慢了拜年的亲戚朋友、村邻右舍。正月二十三就是年尾，走亲串友结束了，孩子也要上学了，可这小年也马虎不得，做搅团填穷窟窿，烧猪头肉祭灶神，点篝火燎干迎吉祥，放烟花迎春驱寒，样样被村民经营得有滋有味。

就在龙儿和明子准备回家时，一股旋风呼啸着扑过来，将耙子上的柴火卷走，“呼啦”一下整个水渠边上的枯草干柴全着了起来，旋风向东驰去，微风习习地吹着，火苗在干燥的微风中火势越来越大。龙儿和明子抡着耙子扑打，大声呼喊救火。他俩害怕极了，渠子可是傍着五峰山的，山上丈把高的狼牙刺、山桃树、枯草干柴可是被风吹了一冬，要多干有多干，风一调头那把火苗就会将整个五峰山吞灭。可怕的事还是发生了，那股旋风刮过去又折了回来将渠子边上的火瞬间变成可怕的猛狮怪兽，呼啸着呐喊着扑向黑压压的五峰山山峁。龙儿和明子扔了耙子脱下上衣爬上五峰山，扑向火头用衣服拼命地扑打，此时火势已经蔓延成大片的火海，火头达丈把高，高温炙烤得两个孩子根本近不了火边，他们小小的身体淹没在火海里，喊声淹没在火声里，大火怪叫着吞噬着草木茂密的五峰山。

第一个赶来救火的是爷爷，爷爷在五峰山山顶的庙里守庙看院，逢年过节更离不开庙。庙里的香火终年不息都是爷爷的功劳，香焚完了爷爷续上，蜡烛烧没了爷爷点上，菩萨、大圣、王母娘娘等的神像身子被爷爷擦得锃光

瓦亮，他们身边的卫士也被爷爷擦得发光，整个庙堂里里外外被爷爷伺候得一尘不染。爷爷从山顶冲下来，一把抓住烧得没衣服没头发的龙儿扔出火外，又冲将过去拽过明子将两个小家伙推搡到一边，大声地喊："往山下跑，找大人来救火！"龙儿和明子连滚带爬地在布满狼牙刺的五峰山刺林子里向山下的渠边冲。脸、脖子、手臂、大腿、脚脖子、屁股蛋子被扎满了刺，划破了口子，血嗞嗞地溢出来将身上的黑灰冲将着。龙儿突然刹住脚喊："明子，你看！"明子顺着龙儿手指的方向望去，只见一大群村民和路过的人已经爬上了五峰山，接近火海扑打着，乡里派出所的民警接到报案赶来救火。人势比火势还大，可火势太高了，扑打是无用的。人们嘶喊着，抡着手里的耙子、扫帚、衣服、粮食袋子、破被子无谓地挣扎，眼看着村民世世代代守着的这片野生林子吞没。再烧上去可是庙院，庙里的菩萨等神像可是烧不得，那可是崆峒山道教佛教协会花了大量资金塑的像，庙院也在修建中。整个五峰山不仅仅庇护着山下的村民，还有来自四面八方的香客。县政府还将布满野生狼牙刺和山桃树的五峰山划入了县林业重点保护区，这几年在山周围移栽了不少四季常青的松柏，栽植了大量的杏子树、核桃等具有经济价值的树种，就连五峰山周围的原耕地也种植了苜蓿植了多种树种，哪能让一把火毁于一旦？

龙儿和明子光着身子，秃着脑袋蹲在被大火烧过的地上，呆呆地望着大人们在火堆里拼命扑打。风早停了，正月里的寒风刀子样寒冷，平时穿着棉袄棉裤的龙儿被冻得清涕长流，这会儿却光着身子，棉袄被他脱下来打火了，棉裤被烧着了，棉花见火迅速燃烧，龙儿也将它打火了，只剩个短裤衩也被烧得七窟窿八眼睛的，还被狼牙刺挂破了，丝丝条条地沾满了灰烬以及屁股蛋子上溢出的血点。龙儿和明子依偎在一起，簌簌发抖，偶尔相互对瞅一下，眼里充满了惊恐和不安，他们一声不响地望着大人。刚开始，龙儿还能看见爷爷跛着腿挥舞着东西在打火，火光将爷爷的脸和身子照得通红，甚至有火在爷爷身上燃烧，龙儿眼睛眨都不敢眨一下，生怕爷爷葬身火海。

一会儿，龙儿再也找不见爷爷："爷爷，爷爷，呜呜——"龙儿哭了，他朦胧着双眼在人群中努力地寻找爷爷，可人人都是爷爷，又都不是爷爷，每个人都像火球一样滚动在火海里被火吞没。干燥的狼牙刺上饱满的籽粒烧着了，一股呛人的焦油味漂浮在村子上空。打火的人们奔来跳去，更像每年正月二十三傍晚在篝火堆里跳跃一样。那时大人、小孩、老人的脸颊上写满兴奋和安详，火苗一会儿抚着大人的脚，一会儿烧着老人的腿，一会儿舔着小孩的屁股，人人的脸被烤得通红，眼睛里全是温暖的幸福。当然，也有小孩子被烧了头发和眉毛的，也有跳火堆时叉破裤裆的，这时妈妈是不会怪罪的，把破裤裆看做是一种幸运，来年没病没灾大吉大利。龙儿上小学一年级时还特意叉破过裤裆，妈妈不但缝好了新口子还把旧口子也缝了，不但没骂没说还夸赞龙儿幸运。跨完篝火，灰烬里撒上五谷杂粮，用旧扫帚使劲儿拍打，打一下说一种粮食的名称，哪种粮食溅起的火星高就说明来年那种粮食会丰收，开春后人们可参照着适宜播种，当然这只是一种说法。这几年春天天天刮风，种啥不见啥，还好有五峰山下那条来自茹河水的渠子，二三月份，渠子就拖着满满当当的浪子从上而下，通过村子。有的村民就用耙子打捞浪子，那东西只能用来煨炕。里面还有小孩儿可以玩的东西，大人是不会让玩的，说会感染疾病。龙儿亲眼见到浪子里有死鸡死狗死猫，妈妈说那是病死的。打上来的浪子在渠子边上被风吹上一两个月，用背篼、架子车等工具运回去冬天下了雪时煨炕，煨的炕可暖和了，会烫屁股，一天一夜不加东西还热着，比驴粪牛粪煨炕还实在。村人真正在乎的不是浪子而是把浪子冲下来的水，那东西浇啥啥疯长，浇的麦子要站着割，浇的玉米掰棒子时得踮着脚，夏天吃的蔬菜瓜果就别提有多丰富了。

可是龙儿此时从那群人中找不出兴奋，寻不见安详，更看不见人头人脸，只见一个个人就像牛皮灯影子似的在通红的火海中跳跃，传出一声声惊恐的喊声。大火活了，有声有色怪叫着呼啸着，通红一片，整个五峰山罩在浓烟里，一股浓烟一下子布满村子的上空，一种暴风雨欲来的不详淹没了

村民的心，更淹没了龙儿和明子刚开始玩耙火的兴奋，恐惧驱使着两个孩子将光膀子紧紧靠拢，不敢动更不敢回家找衣服穿，他们真正闯了天祸，眼巴巴地望着打火救火的人们。

就在打火的人们即将绝望时，一股旋风从山顶奇迹般狂奔而来，将几丈高的火头压下来，已经筋疲力尽的众人见火势小了，拼力扑打，火慢慢缩小渐渐熄灭。被烧烤得面目全非的人们跌坐在面目全非并嗞嗞作响浓烟滚滚的山坡上喘息。在龙儿看来足足烧了一年的大火实质上只烧了一小时多一点点，就将五峰山上的两座山头烧燎得焦黑一片，浓烟缭绕，枯草干柴变成一层灰烬均匀地撒了满山。狼牙刺、山桃树、杏子树、核桃树上瘦小干枯的枝丫也成了灰烬，剩下一些生命力顽强的树身树枝黑乎乎地直直竖着，丑陋极了。那座郁郁葱葱刺林密布的山，到了春天山桃花开满山峰，钻进林子，一股甜蜜的风吹来鸟儿婉转的鸣唱，“进得菜子地，不怕穿黄衣”，进得山来你也别怕花粉染了你的衣裤，下得山来远观，五座山峰坐落有序，粉红一片映红渠中水，浇灌山下整块整块的梯田。桃花刚刚开败，狼牙刺银白色的花朵更是将五峰山装扮得犹如一位待嫁的新娘，披着白纱，神秘、庄严。庙里的钟声和着山下中小学上课的铃声，你我有别地各显身手。清晨，村民听完学校里喇叭喊完广播体操后，还可以欣赏一段来自五峰山顶庙里传出的诵经的声音。来自四面八方的村民挽着裤管，握着香裱从崎岖的山路中穿入刺林深处，窜上山顶庙里，在神佛面前许下心愿，祈祷亲人爱人幸福平安，健康生活。此刻，却被龙儿和明子的一根火柴烧成了又丑又脏、又黑又瘦的怪物，春风吹来了，远方的香客就来了，山下的村民引以为傲的五峰山秃了两座山峁，丑陋极了，咋见世人！

龙儿这时感到了刺骨的寒冷，他用黑乎乎的身子碰了碰明子同样黑灰的胳膊：“明子，你冷吗？我好冷，你说大人将火扑灭了咋还不起来回家，坐在地上干吗？”明子哆嗦着嘴唇说：“他们害怕，虽然火扑灭了，可是，这么大的两座山峁烧焦了，咋向世人交代。哪敢回家！”龙儿又说：“火是咱俩引起的，不关大人的事，该不会是烧死了吧？我爷爷还在里面呢！”“我爸爸也在里面——”说着龙儿和明子不约而同地向瘫坐的人们奔去，两个小家伙光着身子，灰黑灰黑的，脸上的灰被泪水和汗水冲得一道一道，头发被烧得参差不齐地曲卷着。明子的破棉裤还裹着腿，棉花和布条呼啦呼啦地飘舞着，一双布鞋前面露着脚趾后面显着脚跟，一走哧嗒哧嗒地扇起灰尘乱飘。龙儿仅仅剩了短裤衩被树刺挂得丝丝条条，像六月里退了毛的母鸡只剩几根尾巴毛，一走一飘一舞，可怜又滑稽。两个孩子踉踉跄跄跌跌撞撞，向打完火坐在地上的人奔去，碰得烧秃的树枝树身吱呀作响。龙儿忽然闸住脚步：“明子，他们起来了！”人们拖着疲惫伤痛的身子爬起来，衣服撕破的撕破了，烧成洞的露着焦黄的棉花，头发也有像龙儿和明子一般被烧光的，脸、脖子、手臂也有被划破的，同样往出渗着血。此刻人们只剩两只眼睛忽闪着，暗淡极了，像从地下爬上人间的煤窑工人，辨认不出模样，只剩个身架子和神情各异的眼睛。

龙儿见人们一个不落地爬了起来，肯定没有被烧死的，首先爷爷活着，那个最后爬起来的人一看就是爷爷。爷爷起身的动作与众不同，龙儿是再熟悉不过了。他老人家有腿病，加上长年累月为庙里的神像烧香点纸，练就了一种特有的起身动作。爷爷先将两条腿收拢并排跪着，再用两手支着地面，先抬起屁股勾下头，起身的同时收起两手并将掌心相向合起靠拢胸前，最后才把头点一下抬起面向前方。龙儿见人们活着，爷爷也爬了起来，心里那股劲一下子松懈了，又跌坐在地面上看着被自己和伙伴的一根火柴烧得秃丑黑瘦两座山峁，懊悔极了。老师常常告诫学生不玩火不玩电，它们是猛狮怪兽不是儿戏，他俩今天咋就忘了，出门时还想着早点回家帮爸爸捣蒜蘸着吃搅团，吃了饭天黑了还燎干呢，他还准备了一把小鞭炮，想扔进火堆里炸开一家人的裤裆好来年全家安康。这会儿天黑了下来，自己不但没吃饭没燎干，还耽误了这么多人过小年，少了两座山和这些人的衣裤，自己只剩个光身子。想着想着，龙儿将光身子向刺林深处移去。

过了一会儿，龙儿听见所有人都跌撞着下了山，天渐渐黑了下来。龙儿正咽着口水想着爸刚出炉的猪头肉和妈端上桌的肉汤搅团。龙儿最想吃的是妈妈舀的第一碗搅团，妈妈把勺子在汤里涮一下，从大锅里舀出一勺子搅团扣在碗里，翻过勺子用勺背将碗里的搅团拍打出一个小坑，再把小锅里瘦肉洋芋熬的红汤倒在搅团坑坑里，香喷喷勾人的口水。可是这碗饭龙儿是吃不着的，爸爸妈妈也吃不着的，那是妈妈舀给灶神的最后一碗饭，再吃这饭就到明年春节了。灶神吃饭谁也看不见，那碗饭放到第二天早上还好好的，爸爸就端给老牛，老牛吧唧着大嘴就囫囵咽了。嚼都不嚼能吃出个啥滋味儿来，龙儿常常想。

“龙儿，龙儿，快出来跟爷爷上山，他们都下山了，爷爷知道我孙子冷，你没穿衣服呀，一个人回去太黑，跟爷爷上山吧。龙儿，龙儿，快出来，我娃都饿死了。龙儿，龙儿，快出来跟爷爷上山，明子跟他爸回家了，你跟爷爷上山吧！”龙儿听见爷爷一声一声地唤他，可是爷爷不知道，龙儿不敢见爷爷，不是龙儿没穿衣服，龙儿烧秃了爷爷守着的山，龙儿没胆见爷爷。龙儿更知道，这场火灾后，受林业局批评的是爷爷，是爷爷没将山守住，被龙儿烧了。爷爷老嘴老脸地替龙儿受批评龙儿哪忍心啊！龙儿想，等爷爷走了他就一个人偷偷溜回去在羊圈里过夜，羊身上的毛可以暖身子，饿就饿着吧，谁让龙儿烧了山呢。可爷爷沙哑着嗓子倔强地唤着：“龙儿，龙儿，跟爷爷上山吧，爷爷不怪你，不打你，你再不出来爷爷可生气了，爷爷再也不给龙儿吃贡品了。”龙儿吃不着妈妈盛的第一碗年饭，却能吃到庙里神仙吃的贡品，每每爷爷回家来，就先到龙儿家门口喊龙儿去，爷爷会从衣襟里摸出各种各样的贡品：上好的点心、油酥馍、水果罐头，各种各样的龙儿叫不出名字的新鲜水果。在龙儿看来，这些其他伙伴终年尝不到的食物、水果自己隔三岔五地饱食，还吃家里的肉食，比神仙还神仙。让龙儿神气十足的人当然是爷爷，是爷爷从神佛的饭碗里为龙儿乞讨的，是爷爷弥补了龙儿吃不到奇珍异果的不足。可是龙儿都做了什么呀，爷爷山上山下跑着守着的山让龙儿一把火烧秃了，龙儿难过极了。

让龙儿不忍心躲着的是爷爷的呼唤和对面山上庄户人家院里的篝火、空中的烟花，借着烟花和篝火，龙儿似乎闻见二十三特别的年饭和煮得烂烂的猪头肉。"爷爷，爷爷，呜呜，呜呜——龙儿把你的山烧秃了，龙儿不敢回家——"龙儿难过地哭了。他哭着还有一个原因，那就是乘着抹眼泪的空当接近爷爷，爷爷的双眼只有接近了才慈祥。龙儿曾远远看见过，爷爷用严厉的眼睛瞪将羊赶进林子的村民时的威严。其实龙儿不知道，爷爷的心都碎了，哪来的精力将威严从眼睛里瞪出来。这座山爷爷守了大半辈子，龙儿的爹像龙儿这么大时爷爷就守山了，虽然有人偷着放过羊，也有人打过柴，还有人砍山桃树用山桃条子编筐打耱，但是大的损坏还是没有，他想着等这把老骨头不动了就埋在山后自留地里接着看山，眼看着自己的心愿就实现了，却让自己的孙子一把火给烧毁了，还烧伤了小孙子，孩子在春寒料峭的夜里光着身子呀，当爷爷的心碎了还用锤子砸！

爷爷把自己的棉袄脱下来裹住泥鳅一样光溜溜的龙儿。龙儿哽咽着："爷爷，棉袄我穿了你咋办？""爷爷有羊毛背心呢。"说着爷爷跺了跺脚。"爷爷你吃饭了吗，干还没燎呢！""唉！哈哈，爷爷的饭是没吃，干可燎了，这干差点燎掉了爷爷的这层老皮。"爷爷先是叹了一口气，后又无奈地呵呵笑了，还用手摸了一下龙儿被烧没了发的头皮。龙儿眨巴着双眼把爷爷从头到脚瞅了又瞅。爷爷戴的小黑帽多了几个窟窿，脸上满是灰尘，脖子和脸上划破了口子，红红的，只是没有血，大概爷爷老了，血黏糊了不容易流出来。此刻，裹在龙儿身上的这件老棉袄到处露着焦黄的棉花，爷爷的蓝裤子也烧出了洞，像龙儿家小花狗的眼睛一眨一斜地逗龙儿开心。这裤子是爷爷三年前去崆峒山路过平凉时买的，爷爷勤快，爱干净，裤子穿了三年还和新的一样亮蓝，膝盖处磨得发白了，龙儿知道那是爷爷在庙里烧香拜佛时跪的，还有打扫庙堂庙院低矮处的灰尘时跪着磨的，爷爷不会坐，两腿不知道往哪儿放，盘曲不了，更伸不直，爷爷有腿病，爷爷除了跪着就是一瘸一拐地在山间

穿梭，再就是回家看奶奶、叔叔、姑姑和龙儿。爷爷的那双大脚不知磨损了多少先是奶奶后是姑姑纳的千层底儿布鞋。爷爷不爱穿皮鞋胶鞋，嫌重，脚还痛，更怕滑。爷爷一瘸一拐在山上山下丈量了二三十年，爷爷高大的身子弯曲了，腿一天比一天瘸，脸上的皮一天比一天干皱，眼睛也暗淡了下来，他老人家守的这座山却一天比一天茂盛，山顶庙里的营生终久不息。龙儿跟在爷爷后面，看着爷爷一跛一跛，嗓子眼里呼哧呼哧喘着粗气吃力地向山顶移走。

龙儿说："爷爷你饿么，龙儿饿了，龙儿这么大人了还惹爷爷伤心。爷爷，你看，对面山上还有人在篝火堆里跳来跳去，多像爷爷讲的牛皮灯影，空中还有烟花呢。爷爷，明天暖和吧，星星多亮呀。爷爷，今晚我们还吃贡品吗？""不，爷爷做了搅团，熬了汤，汤里可没肉，更没有猪头肉，咱爷孙俩明早下山去，奶奶给咱留着呢！""爷爷，开春了山上还会生长出柴草，山桃树还开红色的花，狼牙刺还披银白色的纱，对吗？我们课文里说过'野火烧不尽，春风吹又生'的，林业局的人如果骂你，骂啥你回来还给龙儿啥，好吗？"可怜的龙儿又冷又饿，还怕爷爷伤心。爷爷喘着粗气转过身来，见龙儿一脸的黑灰，眼睛里写满了愧疚，爷爷心疼地又摸了一下龙儿焦黑的头皮："龙儿，没事的，就像你说的'野火烧不尽，春风吹又生'，龙儿别难过了，他们不会骂爷爷，没人敢骂爷爷，爷爷是伺候庙院服侍神佛的，这座山爷爷没看住，不怪龙儿。也不怪爷爷，是风太干了，龙儿不小心，给龙儿俩钱龙儿也不会故意烧山的对吧。其实龙儿和明子还让大伙儿过了个特别的二十三，燎了个集体干，只是火太大了，都烧了爷爷的胡子。"爷爷说着摸了一下下颌，眼里满是泪花。

是啊，龙儿是黄昏出来耙柴的，一把火烧到了夜晚，来救火的谁吃了饭，点了自家的篝火？这一年的二十三过得可真特别，全村人和路人、民警在五峰山上点了山柴山树造就的特大篝火中着着实实蹦跳扑打了一番，燎了头发眉毛烧了衣裤鞋袜。今年还会有病有灾吗？龙儿想。

（原载于《彭阳文学》2009 年第 2 期，转发《黄河文学》2010 年第 2 期）

苏炳鹏小说

麦忙季节

杏娃子蹲在麦趟子里。麦芒被毒辣辣的太阳晒得像针一样坚硬。镰刀是爷爷磨过的,只有爷爷磨过的镰刀才如此锋利。杏娃子蹲在麦趟子里,他尽量将自己的姿势摆得专业一些,但杏娃子知道自己做不好,在全庄子人中,杏娃子知道自己在麦趟子里是做不好的。

杏娃子本来是要去放牛的。他中午已经将牛饮饱了,之后杏娃子就躺在河滩上。天上一丝云都没有,杏娃子看着湛蓝湛蓝的天空,太阳像是一把撩人的手,弄得杏娃子浑身贼舒坦。杏娃子知道自己今天不用去割麦子了,割麦子自己太不在行了。在麦趟子里杏娃子觉得自己像一条虫,一条僵硬的虫,他不是割不动麦子,要命的是他蹲不住,他蹲着走不出一趟,就感觉两腿间像裂开了一样,骨头像散了架子。

杏娃子去过姨娘家帮过忙,那是去年,去年他十二岁。杏娃子去年就能割麦子,他在姨娘家割,姨娘家的麦子长在平地里,不用蹲,他与表姐桃花一起撅着屁股站着割。他割麦时看着表姐撅着屁股,心里动了一下,或者说不

作者:苏炳鹏,1976 年生于彭阳石岔,《黄河文学》首届签约作家。2002 年开始发表作品,主要作品有《呜咽的唐河》《风雪夜行人》《官狗》等;有小说被《小说选刊》选载,并入选《2008 中国年度短篇小说》;荣获第 20 届“文化杯”全国梁斌小说奖短篇小说一等奖。

是他的心里，也不知道是什么地方动了一下。表姐人很好，姨娘、姨父也很好，姨娘不让他和表姐赶趟，让他们俩在地头上割，能割多少就割多少。杏娃子觉得自己能割得动，对姨娘说，我想割趟。姨娘的脸笑圆了，说明年，明年你就割趟，杏娃子的愿望没有实现，他就与表姐桃花在地头上旋。那时候天上的太阳很热，热得刺人，但杏娃子不怕，感觉姨娘家麦田里的太阳和自己家河滩上的太阳一样，热得舒坦，热得人的心美美的。

杏娃子看见奶奶站在自己面前，奶奶的风湿性关节炎越来越严重，她的腿也越来越弯，弯着腿的奶奶个头已经像一丛蒿草一样低矮。奶奶一向很少出门，特别是在阴天或刮南风的日子里。奶奶常说，明儿个天阴了，或者说明儿个要下雨了。杏娃子知道奶奶这样说的时候肯定是腿痛得最难受的时候，奶奶的腿和天气连在一起，只要天气要变脸最早一个就是通知奶奶。杏娃子觉得自己不喜欢奶奶，奶奶每次给他交待的事情至少要说三遍，听得他实在心烦，所以他常常就把奶奶说的话忘个一干二净。你个懒尿，你十几年的五谷白吃了呀，你是想让我死吗？我咋白把你拉扯了呀，你这个不争气的东西，我咋钻到你肚子里说你都不听话……奶奶生气了就骂他。

奶奶说，晌午要发大雨，今儿个的牛我放，你去割麦子吧，多一个人手多割点麦。杏娃子听到这里，眼睛眯了起来，轻蔑地看了看奶奶的腿说，奶奶，你能追得上牛吗？奶奶向杏娃子面前迈了两步，似乎有意识地证明她的腿还是比较利索。杏娃子看见奶奶绷圆了眼睛，眼仁子似乎要从眼眶里迸了出来，她用锄头在地上跺了两下，朝着杏娃子嚷道，我的腿有什么追不上的，我还没到老死呢！

杏娃子懒洋洋地从草地上站起身来，他拍了拍身上的土，将放在一边的鞋套在脚上，鞋已经破了好几个洞，他给这双鞋起了个好听的名字叫“凉鞋”。

杏娃子走到了老牛的身边。牛正卧在地上，它的肚子鼓鼓的，像一个充饱了气的大水囊。杏娃子家里只有这一头老牛，杏娃子平时不把牛叫牛，他平时背地里将牛叫“二爷”。

杏娃子捋了捋牛脖子上的肉，变戏法地从怀里拿出一把野苜蓿，放在牛的嘴边，老牛似乎并不领他的情，嗅了嗅他的手，继续在那里毫不在乎地反刍。杏娃子又去喂它，牛这次理也没有理他，继续着自己的工作，却有一颗眼泪从牛的眼眶里滴落了下来，掉在草上。

还不快去，你磨蹭啥呢？奶奶的喊声在杏娃子的耳边响了起来。杏娃子看见奶奶走了过来。

现在的杏娃子蹲在麦趟子里，汗像油一样从他的全身冒了出来，特别是头上，杏娃子怎么擦也擦不干。杏娃子站起身来找爷爷，他看见麦浪在轻风里微微起伏，深海一般，似乎蕴藏着无法看穿的秘密。

杏娃子来到地里时爷爷还在收拾地头，地头太高，爷爷将高处的麦子一口气都割完了。他对杏娃子说，这样麦趟就平了，人蹲在麦趟子里不吃力。割地头高处叫压地头，不管是种粮食也好，收粮食也好，都需要这样，这是庄稼人一辈一辈探索出来的，到了爷爷这辈，这已经是不争的庄稼经了。

刚开始割的时候，他还能听到爷爷刀口噌噌的响声。麦子在爷爷的刀下都很干脆地卧倒，然后再被抱起放倒，爷爷把用麦秆拧成的捆绳巧妙地放在了麦捆的下边。这个动作爷爷做出来很神气也很潇洒。杏娃子学过好多次了，就是学不会。爷爷说，十三岁了，连个放腰都学不会，你长大了吃屎去。听了爷爷的批评杏娃子心里很难受。他已经学过很多遍了，怎么也不能放好腰，特别是将麦秆头上的麦穗一拧这个动作，他拧的麦粒满地都是，但在摁腰的时候，他放的腰就像是断了的裤带，松软软的，系了这头开了那头，没有一点办法。他只有跟在爷爷的后面捆腰。

爷爷已经割远了。刚才爷爷还在对面的峁峁上，就在杏娃子捆了一个腰的时候爷爷不见了，杏娃子听不见爷爷的镰刀割麦秆的声音了。

杏娃子的屁股落在被太阳烤得发烫的地上，比奶奶煨的炕还要舒适。

杏娃子伸了伸腿，他觉得自己的腿似乎捆在了一起，都伸不直了。

杏娃子重新开始割麦，麦子被太阳晒得铮铮作响，一些早熟的麦粒已经从麦穗里迸了出来，饱满的身子让人看得眼馋。杏娃子想，为什么不能拿个凳子坐着割？又觉得凳子移动不方便。后来他又想，为什么不在凳子的腿上安个小车轮呢？对，还可以安个小型发动机让小木凳自己向前走，后来他的想法把自己都逗笑了。他的腿被屁股压得生疼，骨盆似乎裂开了缝隙，他索性跪在地上，向前挪动。

跟杏娃子同岁的人都不用割麦，割麦子是大人的事，孩子只需赶着牲口在树阴里避太阳。杏娃子知道为什么自己家里要他割麦，那是人口少，奶奶腿疼得割不动麦子了，如果他也不来割麦，家里就只有爷爷了。其实爷爷似乎并不支持他来割麦，觉得他可能割不好，但爷爷在磨镰刀的时候却要准备两把。杏娃子知道爷爷在心里也是希望他能够割麦的。

太阳在天上晒着，麦秸在火热的阳光下剥剥作响，似乎稍微有阵风，麦穗便受不了阳光的炙烤掉进地里。田里没有风，一丝风都没有，土地里不停地往出冒着热气，像是沸腾了的水锅，人和粮食在上面蒸着。麦穗层层向杏娃子的怀里扑来，扎在他的脸上身上，麦芒刺得他身体异常的难受。他的胳膊上，一大片一大片红的紫的，又痛又痒。杏娃子加快了手里的动作，拼命地追赶着爷爷。

麦秸一排排在他面前倒下了，又一排排的麦子在他面前站着，割到地头还要很长的一段时间，四周寂静，只有镰刀碰着麦子发出的沙沙声。地面上亮光光一片，割过麦子的田地裸露着黄色的肌肤，麦茬在阳光里一会儿就变得枯萎了，干燥得似乎要燃烧起来。杏娃子挥动着手里的镰刀，一会儿站起，一会儿蹲下，不停地变换着割麦的姿态，努力使自己向前赶得更快一些。

杏娃子已经割过三个山峁峁了，地头眼看就近了，杏娃子站起来，把镰刀扬在脑后，他希望能看见爷爷，听见爷爷的声音。杏娃子告诉自己地头近了，地头近了。

在杏娃子的心里，特别羡慕表姐桃花。桃花能够站在平地里割麦。在桃花家割麦，大人们总是让他们能割多少就割多少，从不给他们定量。杏娃子在姨娘家却想割很多，而且一点都不觉得累。

杏娃子已经半年没有去桃花家了，虽然桃花家也不太远，但去桃花家总得有个事干。在这之前，奶奶倒是去过一趟，还问杏娃子去不去，那时杏娃子还在上学，所以没有去成。

爷爷奶奶都在夸桃花姐，说桃花姐懂事，勤快，是个好姑娘。有一次爷爷还跟杏娃子丢笑，让杏娃子好好出息，说不定姨娘一高兴，把桃花给他许个媳妇。杏娃子听了爷爷的话，脸不由得发烫，而且以后一想起爷爷的话心就跳。但杏娃子觉得不可能，桃花姐怎么会给自己做媳妇呢？

在姨娘家，桃花姐什么活都干，洗衣，做饭，喂猪。杏娃子在姨娘家跟桃花姐在一起也就变勤快了，他喜欢跟桃花姐在一起干活，桃花姐从来不夸他也从来不骂他，他们边干活还给对方讲一些自己庄子里的事，看得出桃花姐心里很高兴，听他说话的时候一直在笑。一天喂猪的时候，杏娃子讲了庄子里王成他爸去杨杨家偷鸡，把杨杨家窗户当鸡窝了。杏娃子说这是杨杨告诉他的，他妈不让给人说，叮嘱杨杨说，传出去王成他爸就活不成人了。杏娃子说，王成他爸真是个愣蛋，连鸡窝和窗户都分不清，幸亏杨杨他爸不在家，不然肯定死定了。说到这里，杏娃子长长舒了一口气说，杨杨他妈真是个好心肠女人。杏娃子发现桃花姐听得傻笑，浑身抖动着笑，笑得手里的水都洒了，笑得眼泪都出来了，杏娃子觉得桃花姐真是笑得莫名其妙。但杏娃子爱听桃花姐笑，桃花姐一笑他就觉得自己的心里像开了花了。

杏娃子有时想，自己怎么没有养在姨娘家，养在姨娘家就好了，就能每天帮着桃花姐干活，每天都去逗桃花姐笑。

太阳越来越毒，麦穗在阳光下直竖起来，麦芒在人的手上连招呼都不打就直接划开一道口子，远近山上割麦子的人都蹲在麦趟子里拼命地往上赶，似乎今天不借机收拾，明天他们就从田地里消失了。杏娃子从地上站了起来，提起了镰刀，学着爷爷的样子往前赶。麦子一下子在他的手下变得脆弱起来，大片大片地往下倒，麦芒已经不再刺手了，他看了一下手掌，虽然有四五个新伤口的痕迹，但一点儿也不觉得疼痛。

杏娃子感觉腿也适应了，能够蹲在地里了，他知道自己的腿和手已经变得麻木了，但他不能停，他停下来或许今天就有冰雹，前年他们家缺过粮就是因为经历了冰雹。奶奶在一次做饭时埋怨爷爷，爷爷差点上了吊，说自己连两个人也养不活，还活什么。是他哭着喊着拖住了爷爷的腿。

想到这里，杏娃子感觉自己的眼泪一下子从眼眶里全流出来了。他使劲挤了一下眼睛，让泪珠滴落在滚烫的麦地里。泪珠在麦地上浸湿了那么小的两点，却一下子消失了，似乎从来就没有滴落过。杏娃子有序地移动着双腿，蹲在地上，一步一步地往前挪，他的手挥动着镰刀，麦子一层一层被割下来，捆成了捆。杏娃子已经割了一半了，他很纳闷，按他的速度，爷爷早该回来割第二趟了，怎么没见人呢？是不是自己今天割得快了呢？

杏娃子知道自己今天出息了，他能够蹲在麦趟子里割麦子了，他明白，不是所有的人蹲在麦趟子里就能割麦子，这是一个过程，需要忍耐需要煎熬的过程，他知道爷爷会高兴的，看着他能够割粮食，爷爷再也不会为吃饭的事发愁了。

杏娃子抬头看了看天，天上一丝云也没有。他加紧了手里的动作，使劲地追赶着爷爷，他想，要是把爷爷追在趟子里那是多么有趣的事。

杏娃子边想边笑，镰刀在手里加快了不少，阳光似乎也没有上午那么热烈，晒在人的肌肤上并不那么难受了。

爷爷终于从地头上走了过来，他弯着腰，边走边用手捡掉在地里的麦穗。镰刀这时候看起来多余，在他另一只手里耷拉着，只有刀刃在阳光下闪闪发光。爷爷割过的麦地非常干净，用眼睛看几乎找不到遗落的麦穗，只有整齐的麦茬在田里排成队伍。爷爷的大脚从这些麦茬上趟过，留下深深的印痕。

听到爷爷的脚步声，杏娃子直起了腰，尽量使自己的姿势更专业一些，他知道在爷爷的眼里，装腔作势是多余的。

爷爷好像并没在意杏娃子今天在麦趟子里的进步。这让杏娃子的心里一下子失落了起来，他觉得被爷爷忽视是件伤心的事。杏娃子回过头，看见了一捆捆麦子整齐地摆放在地里，像一头头吃饱了的牛犊卧在那里反刍。杏娃子不知道一捆麦穗能打多少麦粒，他和爷爷奶奶一顿饭是不是要吃一捆麦穗，如果是那样的话，那自己身后这些麦子就够他们吃一个月了。

杏娃子！杏娃子！

杏娃子听到爷爷在喊，站起了身。

你奶奶在哪里放牛？

在沟里。

哦，你姨娘和桃花来了，你别割了，把捆好的码起来，今儿个有暴雨。

姨娘来了，桃花姐来了！

怪不得爷爷这趟麦割了这么长的时间，原来是在地头上和姨娘说话去了。那边的地头正好在路边，杏娃子有一种受骗的感觉，爷爷和姨娘说话为什么就不喊自己一声？他也是好长时间没有见到姨娘和桃花姐了。这么一想，杏娃子心里就埋怨起了爷爷，对爷爷的话也就装作没有听见，他觉得暴雨来就来了，平时码麦捆这种轻松的活他也不想干了，他手里的镰刀加快了速度，继续在麦趟子里割麦，以此来表示对爷爷的不满。

今天的麦秆特别脆，一会儿杏娃子就向前面割了五道腰的距离。其实杏娃子这会儿割得正起劲，他想证明给爷爷看，我杏娃子能割麦子了。

哎哟哟——

杏娃子听到爷爷咆哮了一声，他被爷爷的声音吓住了，爷爷从没这样凄厉地叫过。杏娃子第一反应是爷爷的手被镰刀割破了，而且伤得厉害。

杏娃子放下镰刀，跑到能看见爷爷的地方。

爷爷呆呆地站在地上，两手僵在那里，抬头痴痴地看着西边的天空。

太阳热辣辣地照着，但明显地能够感觉到它没什么威力了。西天边出现了一道黑色的云浪，像被一只巨大的手推动着，翻卷着咆哮着，怒奔而来，将经过的地方用硕大的阴影覆盖了起来。

四野无声，山川寂静。

爷爷又吼了一声，扭过头对杏娃子说，我收拾地里，你快去找牛和你奶奶！暴雨来了！

杏娃子转身向沟里冲去，他在路上看到四野沸腾了，人的喊叫声，牲口的嘶鸣声，尘土飞扬，山地惊慌。

杏娃子看见山前山后的人都像疯了一样窜动了起来，他心里意识到今天的暴雨不同以往。下暴雨最怕待在沟里，因为山洪一旦爆发，四处的水都会汇在沟底，谁都能想象得到那是多么可怕！而奶奶，腿脚不便的奶奶正在沟里赶着牛。

翻滚的乌云一会儿就掠过了杏娃子的头顶，整个世界一下子笼罩在黑暗之中。忽然地上传来一阵急响，豆大的雨滴从天空倾盆而下，一瞬间，山坡上就汇起小溪。

雨水浇灌着杏娃子，他站在沟里一块较高的平滩上，看见奶奶拄着锄头大声地呵斥着沟对面的老牛。

河水已经上涨了，人已经无法趟过河去。如果老牛这时候往回走，应该是没有问题的。但无论奶奶怎样吆喝，老牛依然在暴雨中甩着尾巴，似乎对降临的灾难并不害怕，只是偶尔甩甩头，让雨水不要流入眼睛。

牛啊，你回来啊！你快回来啊！那边的崖快要塌了啊！

暴雨中，奶奶声泪俱下的哀求听起来显得那样无奈，那样可怜。

在这一瞬间，忽然雨水小了，似乎要停了，连斜吹的风也停下了脚步，让人感觉它无所适从。

杏娃子知道更大的暴雨就要来到了，这是风调头的迹象。

对面的山崖在雨水的冲刷中开始落土，要坍塌了。杏娃子撕破喉咙喊，二爷，你回来啊，你回来……

不知是风小的缘故还是老牛对杏娃子的声音熟悉，它抬起头向这边张望，那神情充满迷茫，像一个耳聋的老人，似乎不明白即将到来的危险。

杏娃子见自己的嘶喊起到了作用，便使出了浑身的力气，使劲往回唤牛。

奶奶这会儿瘫坐在地上，双手紧攥着拳头，浑浊的眼睛紧紧地盯着老牛的举动。

山崖开始坍塌了，一块一块往下掉，尘土在雨中刚抬起头便被压了下去。老牛终于意识到了自己的危险处境，开始步履蹒跚地往河边走。这会儿杏娃子的心提到了嗓子眼上，他绷圆眼睛等着老牛趟过河来。

天空像炸裂了一样响了一声惊雷，随即四周雷声不断，调过头的风如同一只发怒的狮子扑向大地，暴雨如注而下，世界一下子进入到了另一个昏暗的空间，山崖坍塌了，黄土堆砸向了老牛，老牛被冲进了河里。

奶奶和杏娃子一同叫了起来，随即两人都撕心裂肺地嘶喊，似乎想唤醒被汹涌的河水冲昏的老牛。

泛滥的河水并不是很深，牛头还露在外面。水面上掀起巨大的波浪，老牛的眼睛在雨水的击打中一动不动，这头牛要完了吗？

你起来呀，牛！杏娃子哭喊着。

你起来呀，二爷！杏娃子哭喊着。

湍急的河水向前奔涌。老牛费力地往起挣扎，激荡的水流在它身上掀起了浪花，浑浊的河水像恶魔一样不断地扑向牛的身体。老牛终于站起来了，向岸边蹒跚，在急流中跌倒，又爬起身来。

杏娃子扑向河边，他抓住了牛头上的缰绳，使劲向岸上拉。老牛的前腿陷在淤泥里，无法动弹。老牛和杏娃子的姿态像拔河一样僵持着，奶奶在岸上对着牛不停地哀求。老牛并没有向前走，而且似乎还要后退，在杏娃子没

有意识到的时候老牛一甩头，缰绳断了，他摔倒在岸上的淤泥里。从地上爬起来的杏娃子成了一个泥人。奶奶的喊声越来越激烈，渐渐就变成了对杏娃子的诅咒。

你把牛拉上来呀，你个懒㞞，你十几年的五谷白吃了呀，你是想让我死吗？我咋白把你拉扯了呀，你这个不争气的东西，我咋钻到你肚子里说你都不听话……

杏娃子直接冲到河边，他扑上去抓牛头上的绑绳，绑绳紧紧地扣在牛身上，费了好半天的力气杏娃子才将手伸了进去。杏娃子和牛一同努力，从淤泥的激流中往出挪。

雨已经小了，这阵暴雨下得并不长，但沟道里轰轰隆隆地响了起来，整个沟道发出震耳欲聋的声音。

杏娃子听见岸上的人在喊，快离开牛，洪水下来了！洪水下来了，快离开牛！

杏娃子知道救牛已经来不及了，他将手从牛的绑绳里往出拿，可绑绳太紧了，怎么也拿不出来。

巨大的山洪已经从沟道里冲了出去，像一条巨蟒逶迤而来，杏娃子看到了水头的汹涌，他叫了一声，二爷呀……

老牛似乎从睡梦中惊醒，它哞了一声，从淤泥里将自己拔了出来，但却使劲太大，杏娃子像被扔出去的一件衣服，飘进了水中。

杏娃子从急流中抬起头，他看见奶奶跪在地上，爷爷、姨娘、桃花姐，全村的人都站在岸边痴痴地望着自己，他们的嘴在动，但自己什么都听不见。他还看见老牛也站在岸边痴痴地望着自己，越来越远。

（本文首发《黄河文学》2008 年 9/10 期，《小说选刊》2008 年 11 期选载，入选中国作协《小说选刊》选编、漓江出版社出版的《2008 中国年度短篇小说》，2011 年荣获全国梁斌小说大赛短篇小说一等奖）

鸳鸯车

雅欣是因为张辉的原因学车的，那时候张辉已经开上了“丰田霸道”。每次坐在老公车上，看着街道上的车流像潮水一样从身边涌动而过就产生莫名的激动，感受到作为一个女人的风光。但张辉太忙了，晚上回来的时候她已经早睡了，而她上班的时候张辉正是睡意酣然，两人一周见不上几面。

自从张辉将生意做大后，他们家的日子就开始变化了。先是将以前的小房子卖了，换了一套大的。但没过多久，张辉又买了现在这套二层观景楼，住在清水河边上，视野开阔，风清气爽。

事业的发达让张辉变了一个人，那个曾经萎靡不振的邋遢男人不见了，他每天早出晚归，似乎有做不完的事情。雅欣欣赏这个男人，即使在自己怀孕的时候也顾不上身体的不便，今天陪他到银行贷款，明天又陪他去见客户。一眨眼的工夫张辉从一个精干的青年男子像被人吹胀了一般，变得大腹便便。让雅欣不舒服的是这个男人自从事业稳定以后在应酬中很少带自己了。开始雅欣觉得不参加各种酒局也落得清闲，但渐渐地却发现，张辉是她老公仅仅存个名分了。

在结婚之前，雅欣有个活动的同学圈子。但婚后，她因老公的事业和照看孩子很少参与了。现在闲下来再联络过去的好友，令雅欣想不到的是那个圈子早就散了。她也努力把大家往一起拉过，结果让她非常失望，大家不是忙着挣钱就是已经被家庭和孩子拴住了。

雅欣曾对张辉说过几次，你晚上迟回家我一个人，你就不能多抽点时间陪陪你的老婆吗？

张辉很歉疚地搂着她说，我知道陪你和儿子少了，但你也知道我这样做还不是为了家嘛，现在这个社会就是个豺狼社会，稍一松懈就会被别人吃掉了。

雅欣是能理解张辉的，她也知道自己老公的辛苦，他有今天除了看得见的艰辛也有看不见的委屈。所以后来也就不强求了，她从县城将张辉的父母接了过来，偶尔带孩子去双方的父母家走走，几年就这么过来了。

现在儿子已经上小学了。雅欣有一天发现长大后的儿子和自己一点都不亲，而是一天喜欢呆在爷爷家，她知道这是自己把孩子管严了。但现在谁不把孩子管得严呢？相反，张辉对儿子却放任一些，说小孩子你不让他玩他还有童年吗？雅欣不理解的是双方的老人都站在张辉那边，她就只能妥协了。更让人不解的是孩子离开她后变得更为活泼了，所以雅欣除了周末把儿子接出来到外面玩玩，其余时间就交给那个做过中学音乐老师的婆婆了。

雅欣起初并不喜欢开车，觉得养车多费钱呀，而且贬值。每次下班去父母家或者婆婆家她都坐公交，下了站台后再步行几分钟，感觉很好。但随着城市的发展，上下班公交里挤得气都透不过来，后来她选择了打车，觉得既方便又省钱。但再到后来这个城市里的出租车似乎越来越少了，有时候下班等上一个小时也打不上车，这让她又沮丧又气愤，所以她就琢磨着考驾照。

张辉听说雅欣要考驾照别提他多乐了，说，榆木疙瘩终于开窍了，你再不学车就要被这个社会淘汰了。

不知道从什么时候开始的，雅欣觉得张辉说话变得盛气凌人，她能从张辉口里听出对自己的讽刺和挖苦。雅欣琢磨是自己的感觉变了还是张辉这个人变了。其实在雅欣心里还有一个她没有给任何人说的秘密，她早已和张辉分床睡了。开始他们分开睡仅仅是为了不互相影响对方的休息，夫妻之间的那点事并没有耽搁。晚上张辉回来，会从门里钻进来逗她，完成夫妻之间的酣畅淋漓后再离去。后来就少了，从一周两次到一周一次，再后来一月两次，一次，更让她不相信的是他曾经有四个月没有碰过她。那段时间她都怀疑张辉在外面有了外遇，最后都做好了离婚的打算。但她最终发现张辉没有，这个男人虽然回家晚，但确确实实每夜都回家，有时候即使凌晨四五点也会回来。还有一个让雅欣没有去继续探究张辉婚外情的原因是她发现自己不能离开他，孩子更不能没有爸爸。所以雅欣想既然他有了外遇，那就让他先主动对自己讲吧。渐渐地雅欣就接受了这个现实，每天下班早了就洗洗衣服，收拾收拾屋子，然后随便给自己捣鼓点吃的，就泡在网上和同学聊聊天、打打牌，到困了的时候就去睡觉。有时候张辉半夜回来她还泡在网上。张辉就歉疚地问，怎么还不睡？她就会很暧昧地回答，等你！张辉自然明白，便会去她的床上陪她一会儿，她觉得张辉越来越对她没有热情了。

和张辉说好星期天早晨去婆婆家的，雅欣就早早起来了，她打算今天陪儿子在科技馆好好玩一天。可雅欣把一切都收拾好以后，发现张辉还在床上酣然大睡。雅欣进去叫了次，他眯着眼睛说自己再躺十分钟。雅欣出去在小区里转了一圈，顺便在门口一家早餐店吃了早点，又给张辉买了一杯豆浆。可她回来后发现张辉还僵尸一般挺在床上。

儿子打来电话催她，说，妈妈你怎么还不过来呀，奶奶做的饭都放凉了。

雅欣就又进去催张辉，而令她气愤的是张辉翻了一个身对她说，你自个打车去吧，我喝多了，起不来！

雅欣在张辉肥胖的肚子上给了一拳，她向张辉喊道，你不去就不能早点说呀，浪费我半早上的时间。

让雅欣受不了的是她在马路上挡车，足足等了四十分钟。好不容易来了一辆却被一个抱小孩的女人坐了上去，她也不好意思去抢，就又在那里等。

儿子在那边催，前两次还只是埋怨她的不准时到后来竟然哭了起来。雅欣最怕儿子哭，一听到儿子的哭声她就心里着急，不由自己急躁不安起来。雅欣将电话打到张辉手机上，不由分说地奚落了他一顿。可张辉也不知道怎么了，对她吼道，你有本事把车开走呀，不是在车库里放着嘛，自己没本事还怨别人……

听张辉这么一说，雅欣的眼泪一下子就下来了，我一天操持家务，教育

孩子,你创业时我挺着大肚子为你东奔西走,现在你竟然说我没本事了,你还有良心吗?雅欣擦干眼泪,心里一下子就生出了一股倔强的力气,我就不信我今天挡不上车!

街道上车流滚滚。就几年的时间,雅欣觉得门前的道路突然变窄了,私家车似乎一夜之间像潮水一般覆盖了街道的路面。以前公家车和出租车的天下一去不复返了。雅欣站在路边,狠狠地对自己说,我要学车!

遇上王三喜就是雅欣在马路上挡车的那天。王三喜对雅欣说,没想到这么巧。雅欣觉得也太巧了。王三喜和雅欣是初中同学,那时候王三喜学习要比雅欣好,在班里是排在前面的,而雅欣最多算个中游。那几年正是中专难考的阶段,王三喜考上了一所财校。雅欣后来上了高中,考上了大学,一直到工作,他们都没有见过面。但谁都没想到他们在十几年后的一个周末早上相遇了。

坐在王三喜的车上,雅欣觉得自己的情绪好多了。十几年没见,他俩聊了一些同班同学的情况。那时候腼腆的一个人现在变得活泼幽默了。王三喜告诉雅欣,自己刚毕业分在一个仪表厂,没风光几年就下岗了。现在给一家私企做财务,生活上算不好不坏。当王三喜问雅欣的情况时,她却说自己也很一般,自己上班,老公在一个公司里干。她不知道自己为什么要对这个多年没见的老同学隐瞒老公的情况,是怕刺激他吗?

王三喜将雅欣送到后互相留下电话就开车走了。

下午雅欣陪儿子在科技馆玩,不由得想王三喜的情况,看来人的命运总有些注定,谁会想到分别十几年后大家会变成这个样子呢?那个勤奋好学的王三喜也会在生活中起起落落。王三喜上学的时候给雅欣的印象非常好。那时候大家都争着和学习好的同学做朋友,而王三喜的朋友并不多,其中雅欣也算一个。他们在一起常玩,好像也因为什么争吵过,那些记忆都淡了,毕竟十几年没见面了,班里有一半的同学连名字都忘了。

儿子和几个小朋友去玩航天模型了，雅欣坐在展厅外面的椅子上等。整个展厅参观的人并不多，虽然是夏天，但里面非常的凉爽。随着城市的发展，各种文化设施也都建了起来，雅欣发现自己慢慢地爱上了这个城市，不再像小时候那样羡慕北京、上海，她觉得只有在这里她才能感觉自己是主人，可以随心所欲的生活。

雅欣拿出手机，本来打算给张辉打个电话，看过一会儿能来接儿子回家吗，但电话还没接通就被他摁了，发来一个短信说是陪领导说话，晚上还要打牌。雅欣就回了条说知道了。在无聊中，雅欣想用手机上上网，看今天有什么新闻发生，一看界面发现有条未接电话，刚打算回过去问，又记起这是王三喜留电话时打过来的。她坐着无事，就顺手给王三喜发了条短信：你在干吗？

短信发出后雅欣觉得有点不对，刚见面就这么频繁的联系，而且是自己主动，多少会让对方感觉暧昧。有事应该打电话说事，即使想联系也该请他吃饭。

让雅欣激动的是，王三喜像是在那边等她的短信一样，马上就回复过来了：没事，你还在科技馆吗？回来的时候我接你。

雅欣觉得王三喜是个细心的男人，在车上她只提起过一次今天带儿子上科技馆，他竟然就记住了。这点张辉不行，有时候她将一件事给张辉叮嘱好几遍，到时候他还是忙忘了。雅欣想也没想就回了：不用了，我和儿子打车回去。谢谢。

短信发完后，雅欣坐在椅子上忽然有一种莫名的失落，她本来是想和王三喜聊聊，随便说什么都行。但怎么一上来就又说到接送上了呢。雅欣还想给王三喜发一条短信，这时候她却看见儿子从对面走了过来，就把手机装起来。

晚上雅欣将儿子留到了家里，他一点都不听话，闹着要打游戏。雅欣拗不过就让他玩了一会儿，好不容易安排着睡下，她才觉得自己松了口气。儿

子越大越难带，特别是现在和她的距离感越来越远。张辉一般不管儿子，但她却发现儿子对老子要比她亲，可能是与张辉老能满足他的要求有关。儿子要电动汽车，张辉二话不说就买给他，儿子要仿真冲锋枪，张辉也买给他。她却不是这样，对于儿子提出的要求觉得不能一味地给予满足，要让他从小知道，什么东西都不是说想得到就能得到的。在这点上，雅欣一直坚持自己的原则。今天儿子临睡前对她说了一句话，妈妈，我不喜欢在家里呆。雅欣反问他，那你喜欢在哪里呆？儿子回答说，喜欢在爷爷奶奶家。雅欣说，我还以为你喜欢在大街上呆。话虽然说完了，但雅欣心里多多少少有些伤感。带儿子，为老公，看来最后在谁的身上都落不下好。

坐在床边，雅欣凝视着熟睡的儿子，她觉得时间过得太快了。

准备学车了，所以雅欣最近比较关注网上有关汽车驾驶的信息，她觉得自己并不是一个很笨的人，从上学到工作，只要努力了就会有好的成绩，所以在看驾驶资料时虽然感觉头脑有些发胀，但她还是有信心学好，而且打算学较难的手动挡。

雅欣拿起手机，给王三喜发了一个短信：你知道哪个驾校好吗？

银河驾校呀！你打算学车吗？

是，你明天有时间陪我去看看吗？

与王三喜说好之后，雅欣躺在床上怎么也睡不着。她又将明天的事挨着想了一遍，觉得一切都计划好了，又拿出一本书翻。

雅欣觉得自己学车的过程就是和王三喜交往的过程。

每天王三喜都会问她怎么去驾校？雅欣都会回答，打车去。但有时候车并不好打，她只能央求张辉送她，但张辉大多数时间都忙，她就给王三喜打电话。王三喜不仅偶尔送她去，更多的还是去驾校接她。因为去的时候在市区还有车可打，回来的时候就不行了，驾校在郊区，没有出租车。每次王三喜来，总要给她买点东西，板栗、山楂、开心果，不贵，也不多。她每次吃上一点，很开心也很温暖，以至于很多和她学车的同学一看见王三喜的车就说，雅欣，你老公来接你了。她只是笑一下，既不答应也不去纠正。学车嘛，就这么几天，大多数时候都是倒时间不见面，何必浪费力气解释呢？

和王三喜从驾校回来的路上，雅欣会把一天发生的事情告诉他。王三喜最会听人说话，他总是面带微笑，听到高兴处随声附和，听到不对的地方简单评议。雅欣也就说得舒服。有一天雅欣说到高兴处讲了自己刚结婚不久，竟然还碰到个男孩子追她。那个男孩子每天都会在下班的时候等在单位的门口跟她说上几句话。而她一直装作不明白，说完话就拜拜回家。王三喜问，后来呢，有发展吗？雅欣笑笑说，哪会呢，我都结婚了呀，我估计他后来肯定知道我结婚了，突然有一天消失了。

只要两人没有事，一般都会共进晚餐。他们一般会挑档次差不多的地方边吃边聊。这时候王三喜的话就多了起来，给雅欣讲自己起伏的人生经历，以及以后的打算。

和王三喜在一起，雅欣有一种感觉，似乎自己又回到了从前。那时候张辉就是这样，每天载着她，不停地在路上跑不停地给她说。只是那时候他俩的条件还不好，一般只能到餐馆吃点便饭。而现在，她和王三喜吃饭的地方，基本是张辉过去请客的地方，她知道张辉现在已经不到这些地方来了，他和他的朋友，或者说是他对她说的领导、客户已经有了专门消费休闲的地方了。那些人现在已经不说去哪里吃哪里玩了，现在是在哪里放松一下，他们有固定打牌洗澡的场所。张辉有一个专门装卡的包放在车上，那里面有各种各样的VIP卡。

想起张辉，雅欣忽然觉得自己该找回自己了。回过头来看，她这些年养育儿子，操持家务，从没考虑过自己。前些年，张辉每天回来和她算账，哪里赢了哪里亏了，她感觉自己是个参与者，他们会共同分析，然后共同商议对策，挣了钱了会交给她保管。但现在张辉已经不动家里折子上的钱了，他已经能轻松地在公司和银行之间周转。她不知道张辉账上有多少钱，也不知

道张辉的公司贷了多少款。其实这些她也懒得管，她从来对钱就不是抠门，那时候为张辉创业，她把自己仅有的五万块钱嫁妆全部搭了进去，她从来没怕过张辉失败，她只希望张辉开心上进。

这个男人没有辜负她，成功地完成了自己生命中精彩的章节，他给她带来了富有和安全。雅欣有时候想，自己幸福吗？她一直都给自己一个肯定的回答。她有时候也问自己，你满足吗？人无法满足，她会这样回答自己。她记得那时候坐在张辉开的一辆二手微型面包车上，去贷款、借钱、送货，张辉总是问她，你觉得坐在这样一辆破车上伤脸吗？她总是大笑着回答，坐自己老公的车有啥伤脸的！张辉总把伤颜面叫做伤脸，听说这是他一个朋友老家的方言。雅欣也觉得这个词有意思，而且她喜欢张辉在家里用这个口头禅。她拒绝张辉买回的新衣服时，他会说，你穿这么破出去不伤脸吗？她让他剔净胡须再出门时他会说，你怕我出去伤你的脸吗？

张辉伤过我的脸吗？没有，绝对没有。他真的没伤过我的脸吗？雅欣不敢想也不愿意去想。在这个世界上人都抢着活，特别是男人，他为了家为了自己的目标，牺牲一下女人的颜面有何不可呢？雅欣一直这样对自己说。但雅欣不敢想象，假如有一天张辉伤了她的颜面她该怎么办？她不知道也不想知道，更不愿意去想这个假设。所以雅欣从不动张辉的手机，即使洗衣服，她把张辉的东西从兜里掏出来放在桌子上绝对保持原封不动。有时候她在张辉换衣服的时候会开玩笑，请把你的罪证要么销毁要么转移，留下来我一定收拾你。张辉往往会笑着把自己的衣兜整理一遍，把有用的装起来，把不用的扔进垃圾桶里。

雅欣常常怀念过去的时光，一天忙碌着也充实着，现在闲了却好像无处可去，每当下班走在街上，她都会想，今天去哪里吃饭？

和王三喜在一起，雅欣会想起过去的张辉。其实这两个人一点都不像，除了张辉年长以外，她还觉得与王三喜最大的区别是张辉狠，即使吃饭张辉也要把自己弄得满头大汗。而王三喜不同，他看起来要细腻得多，他常常能陪自己一同把饭吃完，还会陪她喝点水，再吃点水果。张辉无论是在家还是在外面吃饭总是狼吞虎咽，似乎身后总有一个什么怪物在追。

虽然和王三喜在一起的时间算长了，雅欣还是觉得他们交往得并不深，她不知道这个男人怎么会有这么多的时间来陪自己，是他工作清闲吗？再想想，不就是老同学嘛，干吗非要把人家刨根问底不行，所以王三喜不说的事情她也从不问。

有天吃完饭，王三喜约她出去转。他们来到一座大桥边。这是雅欣第一次来到夜晚的桥边，她从没有发现城市的夜晚这么迷人。这里已经是城市的边缘了，但桥边车辆像是展览似的，看得出大家都是开车来的。在灯火阑珊的路边，情侣相拥，钓者伫立。这里不像公园里的拥挤，人们悠闲而安逸。

雅欣站在桥边，江水的气息扑面而来，盈盈波光在路灯下色彩斑斓，她感觉自己的心飞了起来。

王三喜从后面抱住她，她一点儿没觉得突然。在这样一个心旷神怡的氛围中她觉得自己就该有这样一个人抱着，听闻江水湿润的气息，在岸边桥上哪怕变成一尊雕塑。

雅欣是拿上驾驶证差不多一个月后买车的。本来张辉让她一次到位，去汽车城买辆好车，但雅欣还是听了王三喜的话，先买辆旧车练练手，别刚开上新车就挂彩了心疼。雅欣不懂车，她能叫出名字的车不多，所以买车也就没了主意。王三喜陪她在二手车市场转了一圈，看得她眼花缭乱。雅欣找对了向导，王三喜不但知道各种车型的厂家还知道价格。但他们俩从早上转到中午还是没有个结果。

本来雅欣想买辆差不多的，即使练手也该注意安全。但她在市场里转了一圈心情就变了，在王三喜的介绍下她觉得“黄牛”太黑了，要价和新车比较并不低，第二个是她发现市场上竟然有和张辉当年一模一样的小面包车。现在她才知道这种车叫“松花江”，她当时就萌发了兴趣，碰见一辆就打

量一辆,问价格,问情况。王三喜似乎觉察出雅欣的目的,就劝说,你开这种车不适合,如果你想买便宜的就买辆“扣扣”吧。雅欣没有向他解释,挨着把这种小面包车看完就跟着王三喜看“扣扣”了。在车市里雅欣才发现,贵的太贵了,便宜的也太便宜了。他们看了一辆才一万多一点。王三喜试了一下车给雅欣示意,如果能看上就买上算了。雅欣稀里糊涂地就签了合同,付了钱过了户。

晚上雅欣把买车的事情告诉了张辉,他听说买了辆“扣扣”,脸上满是不屑的神色,他对雅欣说,还蛮会省钱的呀！这样的车停在小区外就行了,别停在咱家楼下,你不伤脸我还伤脸。

雅欣不高兴地说,我是先练练手,什么伤不伤脸的。

第二天雅欣就将车停在小区外面,她发现外面停着很多车,虽然与停在院内的车有差别,但也有一些很好的车。雅欣心里说,停在外就停在外还不掏停车费呢!

雅欣很喜欢这辆车。开了两天,她就觉得自己开熟了,还在车流量最大的解放街安然地杀了一回,另外她发现原来的车主非常细致,车内收拾得很温馨,让她在里面感觉舒适。更让雅欣惊喜的是小区门口每晚也放着一辆“松花江”,这辆车几乎和过去张辉开的那一辆一模一样。雅欣每天早晨上班或者晚上停车的时候目光绕着那辆车转一圈。后来她发现那辆车晚上都停在一个靠边的位置,像一个不太合群的倔汉子。停的次数多了雅欣才知道,和其他车停的太近早上麻烦,有时候就挡住出不来了,所以雅欣暗暗欣赏“松花江”主人的谨慎。后来雅欣每天把车开回来只要看见那辆车在就停在它的旁边。更让雅欣奇怪的是,假如有天她看不见那辆车,就不知道自己的车停在什么位置,而且怎么摆都觉得自己停得难看,若有人在她之前将车停在“松花江”旁边,她的心里就堵得慌。雅欣发现自己这个毛病之后,就骂自己贱,竟然让自己和车一起依赖上了这个“松花江”。

晚上和王三喜一起吃饭,雅欣对王三喜说,自己这几天离开小区的一辆

"松花江"不会停车。王三喜说，我当时也是那样，新手都要经历这个过程，过段时间就好了。

从那天晚上在桥上王三喜抱过雅欣之后，他们之间并没有进一步的发展，这让雅欣从内心更觉得王三喜这个人可靠。现在社会上的男人都变成什么颜色了，她心里非常清楚，像王三喜这样能为她付出精力而不逢场作戏的男人太少了。所以雅欣希望和王三喜保持这种较为正常的异性同学关系。两人就像是从来没有分开过一样，在一起说话无所顾忌。有时候王三喜也会说几句从朋友那里听来的荤段子，这些让雅欣觉得有趣也觉得放松。

吃完饭，雅欣知道王三喜没开车，就要自己开车送他回。但喝了几杯酒的王三喜似乎意犹未尽，后来开玩笑说，你拉上我看看你那辆依靠的车吧。

快到小区门口，雅欣远远地看见那辆"松花江"停在平时常停的位置上，车身高大硕长，在微弱的路灯下静立着似乎等待她的归来。

将"自己"熟悉地驶到"松花江"边上，雅欣熄了火关了灯，透过车窗打量着这个被她视为依靠的车辆，扭过头问王三喜，就是这辆，你觉得怎么样？

王三喜打量了一下这辆车，又将自己重新靠在车座上，说，与车无关与心有关……他又将头扭回来说，你们两个车应该叫鸳鸯车。

哪里挨得上呀，还你的鸳鸯车，你真是没见过鸳鸯呀！雅欣一听这么说，就顺话将他顶了回去。

正因为这样才叫鸳鸯，鸳鸯不是一样是相配，那个车大、壮，是雄鸳鸯，你这个小、巧，是雌鸳鸯，这样的鸳鸯才是心灵的鸳鸯。

雅欣感觉王三喜这个道理讲得很对，在他把手伸过来拉自己手的时候也没有反对。王三喜的手非常有力，他将手与她十指相扣起来，让雅欣觉得那么自然。不知道多少年她的手没有被别人这么拉过了。刚结婚那会儿张辉常常这样牵着她的手走在街上，生完孩子后张辉已经不这样牵她的手了，他们常常是两个人牵着孩子的手，而现在孩子长大了，她却发现自己的手空了，无手可牵了。

王三喜松开了她的手，整个身子倾斜了过来，男人味和酒气味一下子冲到她的脸上，她推了一把没有推开，就任他的唇挨到自己的脸上、嘴上。王三喜抱住了她，将她的嘴唇整个吸进嘴里。雅欣觉得窒息，不由自主将头向靠背仰去，她回吻了王三喜。就在她睁眼的一瞬间，她看见了停在旁边的"松花江"，这是它的侧面，但雅欣忽然觉得是它有意转过了身去，不想面对自己。

我们换个地方吧！王三喜抬起头来，用炽热的目光期待她。

雅欣从靠背上抬起了身子，她用手拢了拢被弄乱的头发，像是没听见王三喜的话。她转过头，平静地对他说，你家住哪里？我送你回吧。

王三喜像被谁捏了一把，脸上的笑容降温了，他静静地坐了起来，没再说一句话。

送完王三喜回来，雅欣在原车位将车停好，她沿着这辆"松花江"转了一圈，细细地将车身打量了一番，并躲过路上行车的灯光，俯下身子在靠自己车那边的观后镜上亲了一下。她都被自己这个动作逗笑了，又觉得发神经就发到底吧，她低下头对着镜子说，你别生气了，我就是玩玩。她像是安慰一个吃醋的小孩子那样拍了拍"松花江"的前盖才往家走去。

有一个月时间雅欣都没和王三喜联系。王三喜来约她就推辞说忙，一下班早早将车开回来停在"松花江"旁边。有时候它没回来，她就先将车停下，那车主似乎也有意和她保持一致，就将车停在她车的边上。雅欣常常猜这是个什么样的人呢？怎么从来就碰不上呢？下次碰上了一定教训他，别让他每天把车停在我车的旁边。雅欣逗得自己都乐。

张辉忽然回家早了。一连几天，他八点刚过就到家。有一天他回来的更早。开始雅欣觉得新奇，但后来雅欣就奇怪了。

那天下班，雅欣没有准时回家，她在单位呆了会儿，就接到张辉的电话。

张辉问，你怎么还不回家？

雅欣说，在单位呆会儿，怎么了？

我到家了，你回来给我弄点吃的吧。

雅欣回到家，见张辉斜躺在沙发上，脸色有些苍白。她急忙将买回来的晚饭用盘子端上来放在张辉面前。

张辉挣扎着坐起来，对雅欣说，我快要不行了，你知道吗？

这句话惊得雅欣半天回不过神来，她觉得房间在旋转，内心一阵莫名的歉疚涌上来，她问，你怎么了？

我最近困得厉害，腰疼，浑身没有劲。

那你赶快去医院呀，你这样也应该检查一下呀！

不敢去，我怕自己得了不治之症。说完这句话，雅欣感觉张辉的眼泪要掉下来了。

雅欣一下子慌了，但她还是强迫自己冷静下来。晚上她没有回自己的房间，温顺地陪在张辉身边，觉得自己太忽视了，没有照顾好老公的身体。在半夜里她感觉到张辉抚摸她，她也深情地抱住了老公的身体。本来觉得他身体不好，让他算了，但他爬起来了，雅欣就迎合他，两人在一起缠绵了很久。

第二天一大早，雅欣就开上自己的车把张辉送进了医院。看着他呆呆地坐在检查室外的椅子上，雅欣的心里很酸楚，她想这个人这些年容易吗，好不容易混起来了却又生病了，背过他雅欣抹了一把眼泪。

但让雅欣高兴的是张辉检查的结果都算正常，医生诊断由于劳累引起假症状，要好好休息，这让他俩都高兴了一阵子。

下午回到家，雅欣让张辉躺在床上，她向单位请了一天假，说是要把老公好好伺候。

雅欣去超市里采购东西，回来发现张辉不在。打电话不接，雅欣纳闷他去了哪里？她将东西整理好，还不见张辉回来，就鬼使神差地开上车找张辉，先去了公司，都下班了，又去了他常玩的会所还是不在，就在她从会所里出

来打算开车回家的时候,忽然发现张辉在会所旁边一个不起眼的餐厅雅座里。这个有高大窗户的雅座被灯光照的亮亮堂堂。雅欣看见的人很多,男的女的,其中有一个她认识。菜还没上来,大家都在里面坐着聊天,雅欣想自己是进去还是不进去?

就在雅欣犹豫的时候,她发现张辉站了起来,虽然背对着她,但她感觉他在说话,这时雅座里多出了一个女人,那个女人从桌边转到了张辉身边,就在要坐下的时候,张辉的手却长了出来,他背着所有人捏了一下那女人的屁股。雅欣在那一瞬间心里堵的异常厉害。她闭着眼睛回到车上,在座位上躺了一会儿。

等她再次挺身而起的时候已经不想再看里面了,她发动了车离开了那里。

雅欣缓缓地将车驶在灯光灿烂的街面上觉得自己的内心空荡荡地。她沿着街道的方向一直向郊外开去,车流渐渐稀少了。起先她只是随意行驶,到了后来加足了油门。

车停下来的时候,雅欣发现自己又来到了这座桥边。上次和王三喜来的时候她并没用发现这座桥上写着这么大三个字,现在她才知道这里叫"畅心桥"。看见这三个字雅欣的心一下子就畅快了。岸边的人虽然不多,但都清闲随意,有情侣在牵手听风,有钓者伫立静候。

雅欣站在桥上,看着江水在霓虹灯下灵动。

夜风徐徐而来,吹在脸上别样的湿润。

雅欣觉得这一天过得有趣,自己以为张辉病了,最后却是虚惊一场。她内心的歉疚因为不经意的发现没有了。同样是家里的一员,他可以连声招呼都不打就离开了即将吃饭的家,而我为什么还要一个人默默守候呢?雅欣想。只要不生病就好吧,这比什么都好。

在岸边,雅欣给儿子打了一个电话,儿子只说了两句就把电话交给奶奶了。她静静地在桥上站了会儿,觉得自己也得找个人说说话。

找到王三喜说的地方的时候差不多已经九点了，往饭桌上一坐雅欣才感觉自己确实是饿了。王三喜要了四个菜，虽说他已经吃过了，但还是不停地动着筷子陪着她。雅欣的心里暖暖的，也就胃口极好，舒舒服服地吃了一顿。

饭后两个人坐在桌子上喝茶，王三喜问雅欣，今天怎么了，不见你说话？

雅欣笑了一下说，没什么事，我就喜欢这么和你坐着。

我们去宾馆吧！

宾馆？雅欣惊诧地睁大了眼睛。

王三喜马上紧张地解释说，你别误会，不是我俩开宾馆，是我们单位开会，给我开了一个房间，就在旁边。

那还是宾馆！雅欣说这句话的时候，神情明显放松了。

在本市雅欣很少进宾馆，即使去也可能是看外地来的朋友，所以一般坐坐就走。今天和王三喜到了宾馆她却觉得很安逸。一进门就将包搁在一旁，躺在床上打了一个滚。生活中有些人让人轻松，就像现在和王三喜在一起，她感觉自己非常地放松。

王三喜冲了杯咖啡放在了雅欣旁边，又从桌子上拿出水果去洗。看着王三喜走进了卫生间，雅欣从桌子上拿起遥控器，摁开了电视机。她斜躺在床上，心里有一种无法言说的坦然，这里没有家务，没有等候，没有烦恼，有的是她内心的随意和率性。

王三喜将水果放在雅欣的面前，暧昧地对她说，你就想这么躺着？

雅欣听了，眉头往上一敛，似嗔怒又似挑逗地反问，那你想干啥？

王三喜躲过雅欣目光里的锋芒，站起来从桌子上拿过一副扑克牌说，我们玩牌吧！

玩什么？两个人怎么玩？雅欣虽然连续提了两个问题，但还是从床上坐了起来，喝了口水，拉开打牌的架势。

说好了，每把十块，输完了就脱衣服，十元一件。王三喜没有看雅欣的

眼睛,似乎无意识说出了上面的话,接着就开始发牌。

扑克牌似乎被王三喜施了魔咒一般,一会儿工夫,雅欣身上一千块钱就输完了,但王三喜并没有让她脱衣服而是将她的钱还回来继续玩。雅欣不服,把牌要过来自己发,但还是无济于事,钱像长腿了一样不停地往王三喜那边跑。没有办法,雅欣只能要赖,越赖两人的距离就越近,相互夺牌就有了肢体接触,次数多了也自然了,最后牌到了一边,两个人就滚在床上互相亲吻。

或许打牌营造的氛围好,雅欣本来没打算发展到这一步,但她觉得自己已经被王三喜融化了。王三喜的吻又细致又绵长,让她有时候感觉不到自己嘴唇的存在。她觉得自己彻底的放下了,似乎又回到了少女时代,感受阳光从校园的楼后升起,耳边响着琅琅的书声,那时候同学们都喜欢在校园里追逐,常常累得气喘吁吁。

雅欣闭着眼睛,和王三喜的缠绵让她感觉到自己对身体的恣意放纵。王三喜一步一步地逼了过来,在他的主导下,她脱掉了自己的外衫、上衣。她就这样接受来自这个男人的亲吻和吮吸。就在王三喜解开她衣带的时候,她突然抓住了他的手。她感觉自己的身体渐渐变冷,像一泉即将干涸的泉水,不再冲动了。她把王三喜拉了上来,使劲将他抱住,说,就这么抱抱我好吗?

王三喜眼睛中的激情消失了,他从脑后拥起她,在她的唇上亲了一下说,你不想吗?

雅欣点了点头,将自己整个身子拱进王三喜的怀里,轻声对他说,抱抱我,我要走了。

从宾馆里出来,雅欣打开车窗往家里走,在夜风里她的头脑异常的清醒,她承认自己在感情上是个寂寞的女人,她拒绝不是自己要贞节牌坊,她是不想失去这个仅有的能够让自己随性的友情。如果他们在一起了,接下来呢?和所有的情人命运一样吗?要么冲破阻力长相厮守,要么形同陌路不再往来。这两种结果她都不想要,所以她选择了在最后关闭了自己。

将车开到小区门口时，街上的行人已经没有了，雅欣将车停放在那辆“松花江”的旁边,感觉自己走进了一个伟岸的怀抱,她记起王三喜说这两辆车是鸳鸯车。她就在车里多呆了一会儿。她想这辆车的主人是什么样的呢?

回到家已经凌晨一点了,张辉还没有回来。雅欣把下午采购的东西收拾了一下,又把屋子整理了一下,她感觉自己一点睡意都没有,就打开电视机看,后来没找到有趣的节目就又关了。

躺在床上还是睡不着,她索性拿起手机,破例在这么晚给张辉打了一个电话。

你在哪里,怎么还不回来?

张辉那边声音并不是很吵,感觉有闷闷的回音,他回答说,我在外面打牌。

医生让你注意休息,你就不理吗?

今天特殊,有外地朋友要陪,你先睡吧!

雅欣不由自己的声音大了起来,你一天就陪你的朋友吧,你再不回来你老婆就被人偷走了!

张辉那边一下子抿住了,压低声音对她说,你别吵了,我真有事,你锁好门,明天我陪你买辆好车吧。

雅欣没有说话。

张辉说,你赶紧休息吧,我待会儿回去。

雅欣放下手机,在那里发呆。锁好门,锁好家里的门老婆就不会被别人偷走吗?

雅欣问完自己,就在床上挣扎着睡去。

(《朔方》2012 年第 10 期)

张治乾小说

宝　儿

1

说起宝儿,您千万别和韩国歌星联系在一起。我说的宝儿是个男的,用西北话说就是个带把儿的。宝儿他爹姓来,这么个怪姓总以为是编的,一查还真有这个姓。这姓来的好起名,什么来福、来财、来文、来武都能叫,宝儿他爹就叫来福。

按理说来福这名字起得好啊,应该是福来运到,不愁吃喝。可偏偏来福师傅早年是个喂牲口的,他拌一口好料,骡马牛驴都喜欢吃他拌的料,一个个吃得膘肥体壮。膘肥体壮未必都是好事,重活累活全让它们干了,临了还要挨刀子。

村上的小学校有八个住校的老师,看上了来师傅的手艺,硬让村支书换了喂牲口的差事,让来师傅给学校食堂做饭。工资没法开,村里就向学区打报告,要了一个民办教师指标给来师傅。来师傅名册上是教师,实际上还是做饭。来师傅不识字,自然也没有菜谱,可他根据材料的特点,做出色香味

作者:张治乾,1964年生,宁夏彭阳人。2010年10月开始文学创作,先后在《新月》《宁夏日报》《时代文学》《黄河文学》《小说界》《吴忠日报》《银川晚报》《小小说大世界》等四十多家文学刊物发表散文、小说和诗歌作品二百多篇(部、首)一百多万字。出版小说集《大漠长歌》一部。

俱全的美食，深受老师们喜爱，自然每年的评先选优老师们把票都投给了他。

优秀、先进之类得的多了也有好处，后来在一次解决民办教师问题时，老来破格转为公办教师，让来师傅高兴得合不拢嘴，逢人便说是自己的名字起得好。

老来待人很随和，见谁都说说笑笑的。他常说的一句话：咱也是国家干部，可咱也是喂牲口的。这话只能和说得来的几个朋友在一起时开开玩笑而已，领导面前他从来不说。来师傅就像个老顽童，成天和年轻人在一块玩，不分大小。最让他高兴的事就是领工资，竟然比大学毕业的老师高。当然，来师傅也有伤感的事，老两口结婚二十年了却是膝下无子，让老来有时说话硬不起来。

常言说：人怕出名猪怕壮。来师傅能做一手好菜的话还是传到了乡长的耳朵里，乡长以进村入户为名带了一帮子乡干部到村小，点名要吃来师傅做的手抓羊肉。不吃不要紧，一吃就放不下，非要调来师傅到乡政府食堂工作不可。村小的校长哪里拗得过乡长，只好让来师傅借调过去。

乡政府的干部家基本上都在县城，县城离乡政府不过十五公里。单位有车，早上上班坐车到单位，下午下班又坐车回家，除了中午灶人数多一点外，平时吃饭的人并不多。乡政府院子空旷，房子也多，老来就把自己的媳妇接到单位住。乡长见老来媳妇闲着也是闲着，就给她安排了一个打扫卫生的活儿兼看大门，一个月也有几百元的收入，乐得来师傅逢人便讲：都是老先人积的福。更让来师傅高兴的是，在乡政府工作的第二年，自己的媳妇竟然怀孕了。

2

来福嫂怀孕的事不胫而走，一时间成为小街道里茶余饭后的话题。有的说来福嫂以前不怀孕是营养不好，扎不住根。到了政府食堂里油水多，这根就能扎得牢。有的说是来福求了什么观音，是观音送来的。还有的偷偷地

说来福嫂和乡长那个了，所以就怀上了。这些话都是人们在背后议论议论，谁也不敢摆在桌面上说。

来福高兴得不得了，看着媳妇渐渐隆起来的肚子，有过无数的遐想：婴儿的哭啼、嬉戏、调皮、匪气等等一系列景象互相纠结，分不清是男是女，来福的心幸福得像绽放的花一样。

民政办的老马见来福搀着媳妇在院子里散步，就打趣地说："老来啊，今年你真的很给力哎！不一会儿就造出一个小来福，真有两下子啊！"

来福还未开口，笑声已经传遍了大院。正是午觉睡醒后，一群年轻的后生都围拢过来要让来福叔讲讲经验。来福是个乐天派，不管是男是女，是老是少，他都喜欢逗乐子，人缘极好。见一群年轻人过来，就故作神秘地说："你们不知道，有一天晚上，我梦见一个白胡子老头给我一个葫芦，就是那个不知道葫芦里装什么药的葫芦，我接过一看，葫芦还是新的。老头对我说：'你掐开葫芦的嘴就明白了。'我赶忙掐开一看，葫芦里面的瓤已经化成了像乳汁一样的东西，上面还漂着黑色的籽。老头就让我赶快喝，连籽一齐喝掉。我就扬起头，一股脑儿把里面的汁和籽儿全喝了。喝完，我觉得肚子很胀，紧接着肚子以下到处都胀了起来。胀了怎么办？老头说：'快放啊！'我就放，我放，我放，我放放放。放罢醒来，你嫂子肚子就大了。嗨，全装她那儿了。"

人群里立刻爆发出开心的笑声，来福也被自己编的故事陶醉了。小青年们被来福的幽默诙谐所吸引，都不愿离去。来福正在兴头上，就给他们又讲了一个故事：有一次，邻乡的王乡长召开全乡计划生育工作会议，各村支书、主任参加会议，会上王乡长讲："现在，计划生育形势很严峻，特别是我们乡，最近娶媳妇的特别多。现在生活条件都好了，这生活一好，那什么门就多了(党委书记在旁边提醒：是荷尔蒙)。对，是荷尔蒙，这家伙挺厉害，只要姑娘们一沾上就怀孕。怀孕是好事，可不利于实行计划生育。如果我们不加以限制，将来她们肚子大了，可就把你我都装进去了。到时候，我们谁都说不清，上面要怪罪下来，我只好在你们头上开刀喽！"

小青年们忍俊不禁都大笑起来，有的擦眼泪，有的揉肚子，还有的跺着脚笑。来福这次没有笑，讲完他一本正经地看着前方，原来老乡长不知什么时候站到了他的对面。

3

老乡长与来福同龄，平时也是嘻嘻哈哈惯了，他并没有责备来福，况且来福讲的是邻乡的王乡长的事，但聚众在政府大院讲荤段子也有些不妥。乡长虽然没有批评来福，但来福的情绪一直很低落。一日三餐，来福精心调配，让大大小小的干部们吃得满意，夸赞几句是免不了的。虽然有些虚，来福心里还是挺舒坦的。

转眼十月怀胎足月，来福媳妇出现了分娩征兆。本来距医院不足百步之遥，可来福就是不愿意送老婆到医院生产。为了避免意外，来福还是请了两个大夫在自己的房间守着。来福买东西、烧水、熬粥，忙得不亦乐乎。

来福媳妇遇到了难产，年龄大不说，而且是高位妊娠。大夫们干得筋疲力尽，叫来福帮忙。来福媳妇痛极了，咬住来福的手不松开。医生说不敢伤了牙齿，月子里伤了牙，后半辈子就别想安稳。来福媳妇听了，立刻松开了嘴，但又骂上了："你个老不死的东西，谁让你装进去的？你给我抠出来！"

来福也不示弱："我说不，你偏要，现在好了，癞蛤蟆钻进尿壶里，不说受罪不满，还硬说是漂洋过海，真是张易的门——好进难出。"

来福媳妇更盛："年轻柔软的时候你没本事，现在成了老蔫皮却要给你贯个核核。"

来福说："你这是什么核核，人家女人生孩子就像捏杏核，嘣嗤一个，嘣嗤一个。你倒好，几十年生一个，还是个黏核子。"

来福媳妇哪里受得了这气，一骨碌爬起来要与来福拼命。这一拼命不要紧，只听"呜哇"一声，孩子出来了。

大夫赶忙护理，来福却喊着问："是嗫娃把把夹嘈娃把把的，还是嘈娃把把夹嗫娃把把的(注：嗫娃就是人家的娃；嘈娃就是自己的娃)？"

大夫也是当地人，听得懂方言，就把婴儿提起来，让来福看。来福定眼一瞧：只见硕大的脬脬还水漉漉的冒着热气，脬子的上方傲然挺立着一个茶壶嘴模样的东西。来福一看，哈哈大笑起来，说："原来真是嗫娃把把夹嘈娃把把的，现在老子什么都不干了，看你娘俩咋办就咋办！"

来福中年得子，自然喜不自禁，成天咧着大嘴笑。媳妇说："该给孩子取个名，上户口，打疫苗没名字咋办。"

来福说："我娃的名字好起，四十岁了才得了个宝，就叫宝儿吧，官名就叫来宝。"

媳妇觉得这名字起得好，不雅也不俗，叫着也顺口，就这么着吧。

我们的主人公——宝儿，终于诞生了。

4

来宝长相很英俊，不像爹也不像娘。皮肤白嫩光滑，眼睛黑而明亮，虎头虎脑的，非常讨人喜欢。来福两口子一边精心呵护，一边对儿子的未来充满希望。夜深人静，两口子瞅着熟睡的儿子，畅想着美好的未来。

"老头子，你看咱儿子将来能干啥？"

"我看将来能当个官，最不行也能当个教师。"

"教师有什么好，既没权又没势，工资又低，还常常不按时发。我才不让我儿子将来当教师呢！"

"那，当个大夫也不错，手术刀一提，烟啊酒啊肉啊，还有红包全有了。"

"不行，当医生太危险，出个事故连饭碗都没有了。"

"那就当干部？"

"对，就当干部，干部多好啊！吃香的喝辣的，谁敢欺负啊！你看马民政，办个结婚证既收钱又收喜糖，据说人家家里开的铺子里卖的糖都是老马弄回去的。"

"他那是小儿科，我看还是到银行或信用社工作好，一年贷个款能挣好几倍的工资呢。人家是工资基本不动，老婆基本不用。人家都说农村的信贷员村村都有丈母娘,夜夜做新郎啊。"

"去你个老骚货,儿子让你带还不把他给带坏了。我看啊,当个警察不错,既威风,又有势,谁敢惹啊?特别是交通警察,据说堵住一辆车,就能吃几年。"

"危险,危险,知道不!遇上个二杆子还不把你轧死啊!"

"那……就当乡长,乡长多牛啊!说话就像钉钉子,谁不服啊?"

"我看还是一步到位,当书记。书记才是一把手,乡长已是二把了。"

"你还心高,我还希望咱娃将来当局长、当县长呢!"

"还当县长呢,你也不看看咱娃他妈长啥模样。"

"他妈咋的啦,他妈不缺胳膊不缺腿,这脸蛋还对得起观众啊!再说了,瞎婆娘还生皇上呢,我生个县长、省长算个啥。"

"好,好,好,依你,儿子将来做总统好了,你就是总统妈了,行不?"

"那没准!"

……

鼾声渐起,此起彼伏,在空旷的乡政府大院回荡。来福两口子住的房子门前,一个黑影也越来越小,顺着门溜下去,最后变成一堆黑乎乎的东西黏在门前不动了。过了不长时间,黑影发出了均匀的鼾声。

后半夜,来福被宝儿的哭声惊醒,就爬起来给宝儿换尿布,才发现干尿布已经没有了,昨天下午洗的尿布还晾在院子的榆树墙上。他赶忙拉开门,给儿子取尿布,却被门前的东西绊了一跤,吓得来福魂飞魄散。他准备看个究竟,却见那黑影突然跃起,飞也似的跑了。来福并没有追赶,他知道肯定是政府院内的熟人。不然,他养的黑熊和麻虎还不把他给吃了。

5

人常说:十里乡俗不同。澎凉这地方就有听墙根的陋习,特别是爱听小两口的墙根。有时,连老公公也偷听儿子和儿媳的墙根。听墙根不犯法,图的就是个乐子,要的就是第二天谝闲椽的材料。听墙根最好不要让人发现,发现了也是件臊毛的事。一般人也就罢了，如果公公听儿媳妇的墙根要是被人发现,他就落个“烧脬头”的骂名。

乡政府院内的麻三就是个爱听墙根的主儿。他是乡上的一般干部,妻子在农村老家务农,两个儿子上中学,他带到乡政府住。他经常出去到街上听墙根,两个儿子没人管,也跑出去在院内听墙根,等他听完墙根回来,发现两个儿子已经在别人家的房门前睡着了。他赌咒发誓不再听墙根，可是谁家娶了新媳妇或谁家长久在外的老公回来,他就管不住自己的腿。

来福从身影判断逃跑的人肯定就是麻三,可他纳闷的是自己养的两个狗——黑熊和麻虎,怎么不叫呢？黑熊和麻虎是非常凶悍的两条狼狗,一直拴在后院,只有到了晚上,来福才把它俩牵到靠近大门的窝棚住,晚上好做声。他跑到狗窝一看,肺简直都要气炸了,原来黑熊和麻虎接受了麻三的贿赂——一只死公鸡,它们正在大嚼大咽地消受呢。

来福气急败坏地操起一根棍子,想教训教训两个不知廉耻的家伙,棍子抡到半空却又放下了,因为他看到了俩狼狗哀求的眼神,来福心里一阵酸楚,自言自语道:“哎！天下不吃腥的狗又有几个呢？”

农村人常说:干三年活计没影影,搞三年娃娃提笼笼。不觉意之间,宝儿已经跑硬棒了,能说来回话了,来福两口子更是疼爱有加,形影不离,真是含在嘴里怕化了,搁在台上怕吓了。宝儿说要骑马,两口子赶快趴下;宝儿说要摘星星,老两口不敢说摘月亮。因此,宝儿在家里就是个小皇上。有时候特淘,来福也象征性地骂几句:哎呀,真是生了个皇上,比我老子都难侍候,谁要是把老子当儿子养,谁就是个大孝子。

时令已近清明,来福准备去给老先人上坟。临行时,宝儿哭着要去,来福无奈只好带着他去。一路上,宝儿问这问那,说个不停。到了祖坟,宝儿发现几个小土堆,就爬上去玩,吓得来福呼爹喊娘。来福的样子把小宝儿逗乐了,他还从来没有见过老爹如此慌张过,就问:“这是啥东西？”

来福一把把宝儿从坟堆上拉下来,说:“这不是东西,是你爷爷。快喊爷爷,我们给您送好吃的来了。”

宝儿不明白,但还是学着来福的音调喊了声爷爷。来福将水果、点心之类摆好,又将从家里带来的黄裱纸烧了,磕了几个重重的响头。宝儿也学着父亲的样子,下跪、磕头。祭礼完毕,来福要带宝儿回家,宝儿却不愿回去,来福心里明白,宝儿是惦记着坟头上的供品。

来福说:“我们回吧,那些是留给你爷爷吃的。”

宝儿说:“不,会让狗吃的。”

来福瞪了宝儿一眼,说:“不要胡说,你这个不孝之子。”猛一抬头,不远处的一个坟茔上,一只狗正美滋滋地享受着供品,那狗的样子宝儿见过,极像黑熊和麻虎。

6

宝儿自从给爷爷上坟回来,见馒头状的东西都叫爷爷。来福嫂要给儿子喂奶,宝儿一见乳房,高兴地喊:“爷爷。”来福嫂更正说:“这不是爷爷,是奶奶。”宝儿也不追究到底是爷爷还是奶奶,反正这东西能当饭吃。

宝儿很聪明,来福两口子很溺爱,宝儿三岁了还吃母亲的奶。虽说在政府大院,来福嫂给孩子喂奶从不避人。当宝儿哭着闹着要吃奶时,来福嫂总是旁若无人掏出一对肥硕的大奶子让儿子享用。有时,宝儿调皮不吃时,来福总是说:“宝宝儿,快吃你妈妈的奶去,你要不吃啊爸爸可要吃了。”说者不在意,是为哄孩子,听的人可就忍不住要哈哈大笑起来。听到笑声,来福才发现自己说的话有些不对味儿。

麻三趁机说:“你爷俩别争了,最好是分个工,宝儿现在至少算你们家里一把手,白天归宝儿。你现在也就是个二把手了,晚上归你。”大家立刻哄笑成一团,来福一听,就拿起擀面杖追打麻三,麻三跑出门去躲避,一头撞在乡长怀里。

乡长平时对麻三没有什么好感,隐隐约约听到麻三说什么一把手、二把手怎么了,乡长的气就不打一处来。

乡长涨红脸说:“你个麻三，一天正经事不干，净干些胡日鬼捣棒槌的事,哪里都有你,明天到后槽队下队去。”

乡长是乡里的老人手了,书记是刚来的小青年,乡长最忌讳把他们俩排成一把手、二把手什么的。他说:“我们都是正科级干部,况且我的资历比他长,应该是平等的。要说有区别的话,就是分工不同而已,书记管党,乡长管政,一虚一实而已。”

乡上有一辆老吉普，基本上是书记和乡长的专车。当地流行领导坐副驾驶位,一人用车还好办,如果书记、乡长同时用车就难办了,只好按照先来后到的次序坐。据司机小王讲,有一次,书记、乡长到省城开会要坐八个小时的车,坐在副驾驶位的那位如果上厕所,坐在后面的那一位赶快补上去,如此轮流更替。最后,乡长发现这个秘密,索性不上厕所,结果一进省城,一时间找不到厕所,差点没把乡长憋死。

乡长让麻三下队，弄得来福很不好意思。他对老婆说:“现在当官的都是爷,你要侍候好,稍不留神,爷爷一发火,大家都当孙子跑。”

宝儿一听到爷爷两个字,对来福说:“咱家也有当官的,它就是爷。”来福不解,宝儿拍拍妈妈的乳房说:“爷爷在这儿呢。”

来福恍然大悟,一拍脑袋,说:“什么乱七八糟的事儿,这哪儿是哪儿啊！”

7

光阴荏苒，转眼间宝儿已经到了上学的年龄。来福想这辈子吃了没念书的亏,一个大男人围着锅台转了一辈子,要是念几天书,起码现在站在村小学的讲台上。即使死了,人们还会在“砖头”上写上“来福,小学高级教师,校长”等等字样,那多风光。现在死了,一个侍候人的大师傅,谁还给你立“砖”呢。

来福决定送宝儿上学，可宝儿死活不愿意去学校。来福买了很多好吃的和玩具,宝儿才答应上学,但有个条件,要爸爸接送。

送就送呗，天气好的时候还可以，遇上吹风下雨下雪，宝儿就不愿意去学校。有一次，来福把宝儿送到学校后回到政府大院，他前脚进门，宝儿后脚就跟进来了。来福一看，原来是尿裤子了。他气愤地训斥宝儿："为啥不尿到外面？"宝儿说："没人解裤带。"来福气得半晌说不出话来，无奈还是给换裤子，边换边骂："真是亏了先人了，麻袋换草袋——一袋(代)不如一袋(代)。"

宝儿也有宝儿的长项，一年下来，虽然字没识几个，但学会的几个字写得龙飞凤舞，特别是"来宝"俩字更是遒劲洒脱。几个乡干部说，来宝将来是个当官的料，签名多棒，以后再也不用练什么，练好"同意、支付、研究"几个词就行了。

来福虽为一面点师傅，但认识的权贵也不少，县直各部门的头头、县长、书记几乎都和来福熟悉，因为来福师傅做的手抓羊肉可谓一绝，十里八乡都有名气。县里的大小领导下乡检查工作，都希望尝尝老来的手艺。正因为来师傅和县上的领导脸熟，加上来师傅口风紧，乡上的书记、乡长每每逢年过节，都要来师傅去为领导们拜年拜节，一来二去，混熟了，再难进的门对于来师傅说，就像进自家的门一样。

感情的投资，是为了得到回报。来师傅的走动，每年都要为乡上换来几个大项目，财政拨款也比其他乡镇多一些。年长日久，来师傅的威望在不知不觉中增加，来师傅颇有些自信。但一想到来宝的学习成绩，来师傅心里便升腾起一种莫名的恐慌。

还是麻三的鬼点子多，他给来师傅出了个主意，让他把宝儿转到县城读书，再把自己也调过去。来福一想，也对啊，水往低处流，人往高处走，住县城、遛大街也不是官员的专利，何不去城里过过现代生活。

他悄悄地找了一回陶副县长说了自己的想法，不过十天来师傅就调到县政府办公室工作，职责是门卫兼收发。为了照顾来师傅，政府办还给他分了一套只有正科级以上干部住的独立小院。

来师傅调到县上工作，是书记和乡长始料未及的事情。从感情上讲，他们不愿意放来福走，但又不敢不放。临走的那天早上，乡政府院内来了很多的人，有干部，也有群众，问候的，帮忙搬东西的，着实让来师傅感动了一把。特别是来师傅喂的那两只狗眼泪汪汪的，让来师傅伤心得像死了儿子一般。

8

宝儿随父亲的调动欢天喜地的进城了，转到县一小上学。下午放学，宝儿风风火火地跑回家，前脚刚踏进门就喊："妈，妈，你娃当官了。"

来福嫂问："当了个啥官嘛，看把你高兴的？"

宝儿说："副班长！"

来福嫂大喜过望，说："我娃出息了，这是真的？"

宝儿说："真的，看哪个球哄你哩！"

来福嫂刚品尝到一点儿子成功的喜悦，就被宝儿没大没小的话气得跳了起来，一把抓起笤帚就打，边打边说："我看你还再敢不敢在老人面前球来把去地说话？"

宝儿也没有料到老娘发火，而且他也不明白老娘为什么发火，打急了就拼命地喊："我以后再也不球来把去了，再说我就是个球。"

来福嫂一听，叹了一口气，说："哎，真把你没治了。去吧，吃饭去。"

宝儿噙着泪水吃饭，看似一脸的委屈。

县一小可是贵族学校，是县里大大小小的领导和干部子女集中的地方，孩子们之间也经常晒老爸。这个说我爸是局长，那个说我爸是书记，一个比一个牛气。

宝儿对同学说他爸是县政府办公室主任，同学们有点不信，说："正科级以上干部的孩子上学都有小汽车接送，你怎么没有人接送呢？"

宝儿一时语塞，想了想说："我们家就在干部区，不信你到我家看看就知道了。"有几个消息灵通的马上证实："宝儿家就在干部区，忒洋气。"

同学们也投来羡慕的目光，连和宝儿说话都客气起来。宝儿忽然觉得高大起来，似乎自己就是主任了。

中午放学，班主任叫住了宝儿，对宝儿说："听说你爸是办公室主任？"

宝儿不假思索地回答："是啊。"

班主任说："我老公在乡下工作，他文章写的特别好，还在县广播站发表过呢，你给你爸说说看能不能调到办公室工作。"

宝儿说："没问题，这事交给我，保证完成任务。"

老师非常高兴，就问宝儿："你爸工作忙吗？"

宝儿说："政府大院里我爸最忙，县长、书记来了我爸都要去开门。"

老师说："那是应该的，办公室主任就是给领导开门、搭凉棚、提包的，不然怎么爬上去？"

宝儿说："所有的报纸、文件都要我爸送，他太忙了。"

老师说："那是他的职责，办公室主任嘛，就得这样。"

宝儿说："我爸权大着呢，他不让谁进门谁就甭想进。你不知道，那遥控器一按，'吱'地一声门就开了，再一按，又'吱'的一声关住了，真好玩。"

老师忽然站起来说："你爸是看门的？"

"是啊！原来他还是个做饭的呢。"宝儿说着，眼睛忽闪忽闪地望着班主任老师。

老师的脸很难看，足足盯了宝儿一分多钟，甩头而去。

宝儿追出去，望着老师的背影大喊："老师，你说的事我回去一定给我爸说。"

9

一心望子成龙的来福，希望就像肥皂泡一个连着一个破灭。宝儿上完小学，没考上初中，来福托了人才上了县一中。转眼三年过去，高中又没考上。但宝儿长高了，比父亲高出一个半头。来福准备了三千块钱想把儿子送进高中继续读书，可宝儿死活不念了。

宝儿说:“有这三千块钱走后门读书,还不如捐给残疾人协会。”

来福说:“不上学,我看你和残疾人没什么两样。”

宝儿说:“这事你就不用管了,儿孙自有儿孙福,你何必要为儿孙做马牛?”

来福语塞,狠狠砸了自己几拳头,说:“一辈儿女,要三辈人积修,你爷爷手里没亏过人,我一辈子好像也没亏过人,恐怕就是你自己亏过人了。真是‘说人不到笑人到,三年遇个现世宝’,随你去吧。”

宝儿不爱读书,一离开学校,宝儿就像一只幸福的小鸟成天飞来飞去,逍遥自在。来福两口子也是老来得子,小心翼翼地佑着这根独苗快点长大,娶个媳妇再生一群孙子,好延续来家香火。

来宝刚满十八岁,还有两年才退休的来师傅提前退休了。按照国家政策,宝儿可以接替父亲的工作,被安排到自己的母校——县一小当工人。学校的工人自然没有教师一样的干部身份待遇,工资较低,工作也就是打打铃子、送送报纸或做安全保卫工作,这让宝儿很郁闷。

来福经常告诫宝儿要好好工作,什么地方都会出成绩,不论干啥若干好了都会得到别人的尊重。

来宝不理老爹那一套,省吃俭用攒了两年工资,买了一套空调送给了在县委当副书记的“吴叔”。来宝小的时候,老爹经常让他这么叫的。来宝大了以后,经常到吴叔家去玩,因为吴叔的女儿和来宝是同学。

吴叔对来宝也很喜欢,虽然来宝文化程度不高,但人还算本分,且来宝五官端正,白白净净,也算一表人才。

来宝在吴叔的关照下,按“以工代干”的身份调入城关镇司法所工作。半年后,原来的老所长因身体原因退到二线,来宝成了所长,也成了吴副书记的乘龙快婿。

来宝从此见人,总想方设法把话题引到他和吴副书记的关系上。财政所的小王所长并不羡慕来宝的社会关系,他亲爹是县财政局局长,虽比吴副书记低了一级，但却是实权人物，因此，小王对来宝并不恭维，有时还调侃他。

来宝自从成了吴副书记女婿后，特别注意自己形象，头发梳得整整齐齐，油光锃亮，衣服一尘不染，棱角上线，还不时用毛巾擦擦。他擦衣服上的尘土时，小王就看不惯了，说："别臭美了，你又不是个花瓶，抹过去抹过来，烦不烦啊？胡萝卜咋打扮也是个球的样子。"

来宝被小王骂得烧红了脸，心里恨急了，但也不敢得罪，只好回敬几句："你不抹还是球的样子，还不如胡萝卜呢？"

小王也觉得骂重了，笑嘻嘻地说："来所长当了瓜(傻)女婿，打扮打扮也是人之常情。说到这儿，我给你们讲个瓜女婿的故事：从前有个瓜女婿第一次上岳父家，岳父家的狗咬得特别凶，连他老丈人也挡不住，瓜女婿就对老丈人说：'岳父，岳父，你别管了，让我收拾我儿家的这个狗。'岳父一听，心里凉了半截。出于礼节，岳父还是让瓜女婿进了门。进门后本想问亲家在家里干什么，却忽然发现两只鸡在踩蛋，就随口问：'你爸和你妈踩蛋了没有？'"讲到这里，大家立刻哄笑起来，气氛有些缓和，但来宝没有笑，他认为小王是变着法儿戏弄他。

回到自己的办公室，来宝自言自语地说："这笔帐，我给你记下了，哼！"

10

乡镇干部的工作是全天候的，镇长对干部的工作重点总结了八个字：催粮要款、刮宫流产。宝儿管辖的是城关镇所属五个村和两个街道办事处的社会治安工作。天天都有邻里纠纷、偷鸡摸狗、家庭暴力、坑蒙拐骗和赌博嫖风等一些鸡鸣狗盗的事儿。来宝带着两个司法干事东家进、西家出，连唬带哄总算将一个个事件大事化小、小事化了，赢得了一方平安，没出什么大事。宝儿对自己的工作总结为：一个头儿两个兵，三张嘴巴保太平。

宝儿年轻人又脚勤，两年下来，镇政府所属的各村各户都已跑了个遍。谁家是高门楼、谁家院无墙，谁家有个豁豁(兔唇)女，谁家还有光棍郎，他都一清二楚。年末总结，他被评为优秀工作者，领导对他的评价是：吃苦耐劳，

能够深入基层、深入群众调查研究，为老百姓解难，为政府分忧。

其实，宝儿也总结了几条：一是下村吃白饭，不用自己掏盘缠；二是进村有补贴，个人工资进存折；三是阅尽春色人不晓，风景这边独好。特别是这第三条，是他和吴副书记的千金结婚以后才悟到的。宝儿的媳妇吴慧贤自恃老子是县委副书记，根本不把工人出身的来宝放在眼里，不疼不爱也就罢了，还时不时地发疯给宝儿难堪。要不是碍着老岳父还在台上，用宝儿的话说早把她捏成了肉酱。正处于人生黄金期的宝儿哪里受得了妻子泼妇般的言行，只好偷偷另觅新欢以求慰藉。

宝儿终于勾上了柳河湾村东头薛家老三的媳妇荷花。薛家三儿结婚不到三个月就外出打工，想尽快还清结婚时欠的外帐。荷花留在家里独守空房，宝儿进村宣传普法，两人在村头相遇，四目相对，激情就被这样点燃了。

夜晚，月黑风高，宝儿蹑手蹑脚进了荷花的院子。一推门，门是虚掩的，没有发出一点声响，后来荷花告诉宝儿，那门的合页上她早涂了润滑油。

宝儿也不敢开灯，三下五除二脱了个精光，钻进荷花的被窝，两堆烈火熊熊燃烧，不见浓烟，也没有火光，只有急促的喘息在幽暗的空间里回荡。

两人浑身湿漉漉的，相拥而眠。到了后半夜，忽然响起了急促的敲门声。

宝儿和荷花都被敲门声惊醒，吓得两人出了一身冷汗。半晌，荷花对宝儿说："快穿衣服，躲到门后，见机行动。"然后开始呻吟起来。

门外的人听到里面有动静，更加疯狂地敲门，边敲边说："你死到里面了吗？还是偷人养汉了？"

荷花在里面听的真切，是她那一口子。边呻吟边说："要是偷人养汉还罢了，我都快死了，你个死鬼怎么才回来啊？"

三儿问："你到底怎么啦？快开门吧！"

荷花说："我头痛、肚子疼，好几天了，我身子软，一下子爬不起来，你让我慢慢来吧。"

宝儿在黑暗中已经穿好衣服。荷花只穿了一件衬衣，就去开门。三儿进门去拉电灯开关,荷花说:“快抱我到院子里,我想下疚(大便)。”

三儿立即抱起荷花到院子里,像侍候小孩大便那样服侍荷花下疚。

良久,荷花对三儿说:“我这病严重了,怎么拉也不出来,尿也不出来啊!”

在门后哆嗦的宝儿听出荷花话里有话,明白荷花让他快走,他“噌”的一声跳出门逃之夭夭。

三儿发现有个黑影从院子里掠过,说:“我看见好像有个人?”

荷花说:“我也好像看着个人。哎呀,哪里是人呀,分明是看见鬼了,我这病怕好不了了……”

三儿抱不住荷花,就把她背上。

荷花在三儿背上转过头给了夜幕里的宝儿一个飞吻,心想:这黑心的东西不知看见了没有。

11

宝儿与荷花偷情成功之后,总觉得野花比家花香,就隔三岔五地往荷花家里跑。时间长了,从荷花的嘴里得知荷花和镇财政所小王所长的媳妇是姨娘亲。宝儿央求荷花为他打听一件事,就是小王所长的媳妇私处有什么特征。荷花一听,火冒三丈,竟然在自己面前公开打听别的女人私处,真不要脸。宝儿见荷花误解了,忙说:“小王占了我的便宜,我只想拿他开个涮。”

荷花说:“她左屁股上有颗痣。”宝儿记下了。

回到镇政府,小王正和一群小青年说笑,见宝儿进来,就问:“来所长又和哪位亲热去了?”

来宝一本正经地说:“和王家嫂子,也就是你媳妇呗。”

小王知道是涮自己,说:“那好啊,这天鹅肉让癞蛤蟆吃一口,也是积善行德嘛!”

来宝说:“你也别当没有一回事一样,你媳妇屁股左边再往下三寸处那颗痣会告诉你一切。”

小王一愣,自忖道:他怎么知道的?嘴里却说:“那你就连痣一块咬下来

我看看。”

来宝说:“你以为我不敢？人家市里的卫市长不是也将小姐的乳头咬下来了么？”

在场的人立刻哄笑起来,因为卫市长咬蛋蛋的故事已经是家喻户晓。

小王没再说什么。第二天,来宝观察小王,小王的脸上有五道明显的指甲印。

来宝回到自己的办公室,笑得差点没背过气去。

常言说:吃惯了的野狐子比狼馋。他像一只吃了腥的猫,牙缝里钻了血,一边与荷花明来暗去,还惦记着村里的其他大姑娘和小媳妇。

来宝借故就往柳河湾跑。薛家三儿不再出去打工，来宝在村子里转悠半夜无计可施,就垂头丧气地往回走,过了村头的富德桥,他突然发现桥头停着一辆宝马轿车,轿车内三个人在嘀咕什么,看情形不像干正经事的。出于职业的敏感,他立刻匍匐在桥墩下面,给镇派出所的刘所长打通了电话。

十分钟后，刘所长带了五六个干警秘密来到桥下。来宝说:“立功的机会到了。”

刘所长说:“发现什么可疑的情况没有？”

来宝说:“据我观察,他们好像在等人,有可能是进行毒品交易。”

刘所长立刻兴奋起来,他们在桥下守株待兔。又过了五分钟,果然有一辆高级轿车悄无声息地来到桥头。

刘所长看时机已经成熟,挥了挥手,几名干警从天而降,几名人犯束手就擒。

刘所长把人带回去一审，惊得他们都不敢相信。原来抓到的几个人正是全国通缉的毒枭。

一时间,市里和省里的警察、官员、记者蜂拥而至,询问、慰问、采访、嘉奖、报告一个个接踵而来,来宝和刘所长成了传奇式的英雄,被记一等功。来宝被提拔为县司法局副局长,刘所长也提拔为县公安局副局长。

12

来宝升了副局长后，好长时间再也没有去过柳河湾了。妻子吴慧贤对来宝的态度发生了一百八十度的大转弯，主动为来宝洗衣、梳头，让来宝感觉很幸福。饭饱欢娱之余还常常想起荷花，那娘们儿的万种风情吴慧贤恐怕一辈子都做不到。

来福退休之后，和老伴还住在干部区，但来宝很少去。忽然，有一天，来福嫂给儿子打来电话说："你爸不行了，他想见你一面。"

来宝忽然觉得他有相当长一段时间没见老爷子了，就心急火燎地跑回去看看。回到家里一看，老爷子已是病入膏肓。

见到儿子回来，来福激动地老泪纵横。

来宝说："老爸，好长时间没来看您，您别怪我，自古忠孝不能两全啊！"

来福说："没什么，只要我娃走正路，有出息，我死了也会偷着笑。"

来宝说："我会记住老爸的话，好好做人。"

忽然，来福坚持要坐起来，来宝赶紧扶老爷子坐起来，来福用不太流利的家乡话低吟道："你大舅，你二舅，都是你舅；高桌子，低板凳，都是木头；金疙瘩，银疙瘩，还嫌不够；天在上，地在下，你娃甭牛。"吟到"你娃甭牛"时，来福突然提高了一个八度，直愣愣盯着来宝足足三分钟，然后向后仰去，成为生命的最后绝唱。

来师傅的葬礼很隆重，县上四大机关的头头和各局委办的领导都来参加了追悼会，吴副书记论公论私都要给来师傅致悼词。悼词没有说来师傅是做饭的，自始至终都称为人民教师，他教育有方，特别是在儿子的教育问题上功不可没。来宝心里明白，是老岳父变相在百官面前抬高女婿。

追悼会结束，来师傅的遗体被送回老家安葬。来宝特意拿了一摞法制报在父亲的坟上烧了。

来宝烧完报纸，准备离去时，又返回头看了看祖坟，自言自语地说："人家都说官出在坟里，没想到球大的几个土堆，还出了这么大的一个官。"

13

来宝惦记着荷花，想方设法打听薛三儿出去了没有。一日，来宝在街上无聊地转悠，忽然觉得有人从后襟拽了一把，回头一看，竟然是荷花。来宝马上躲进一墙旮旯，荷花跟了进来，说："今晚没人，我等你！"说完，飘然而去。

来宝回到单位，又是洗头又是剃须，弄了半天，还是不见太阳落山。来宝心里焦急，却无奈日月，在焦急等待中迎来了夜幕降临。来宝见夜色渐浓，不敢打的，就一溜小跑直去柳河湾。

荷花早已打扮得花枝招展，性感迷人，翘首等待来宝的到来。两人一见，宝儿就像三个月未见奶水的孩子，恨不得将荷花丰满的乳房吸瘪，一头扎进荷花的怀里，像狼叼上猎物一样不愿松开。

事毕，宝儿想走，却被荷花缠住不放。宝儿有些不忍，心想既然来了，就多陪荷花一会儿。

忽然，门外有人使劲推搡房门，让两人大吃一惊。荷花壮着胆子问："谁呀？再搡门我可报警了。"

门外人回答："报吧，你个碎婊子我前脚走，你后脚就把嫖客领来了。"

荷花一听，是薛三儿。这冤家怎么没走呢？

薛三儿说："我就是没走，给你来个回马枪，看你还能说什么？"

荷花说："你别胡说，家里就我一个人，你不要搡，我给你开门。"

来宝站起来，穿好衣服，站在门后，摆了摆头，示意荷花开门。荷花走到门前，猛地拉开门栓，正在用力的薛三儿被门突然一松，闪了进来。来宝眼快，见一颗人头进来，手往来人后脑勺一搬，薛三儿就像一块毛线团，蹬蹬蹬向里屋跑去。来宝一闪身，消失在茫茫夜色之中。

来宝跑出去足有两里路，才停下来喘气，浑身已被汗水湿透，他自言自语地说："好险哪！"

薛三儿被惯性和来宝的向前一拨，直冲屋子对面的墙壁而去，只听"咣"

的一声，头撞到了北墙上，立刻血流如注。荷花一见慌了，赶忙拿了一块毛巾缠在薛三儿头上，血仍流不止。她一看，不好，如果不及时治疗，很可能要出人命。她也什么都不顾了，给村里跑出租的小林打通电话，把薛三抬上车，直奔县医院而去。

来宝在通往县城的路上走着，忽然一辆汽车过来。他躲进了路边的树林，透过树梢，他发现车上坐着荷花，薛三儿躺在荷花的怀里。

来宝心里一沉，心想：大事不好了。

14

县城很小，医院也少。宝儿没费什么力气，就打听到了薛三儿的伤势，头碰破了，缝了三针并无大碍，宝儿才算松了一口气。薛三儿醒来就问谁推了他一把，荷花一口咬定，没有人推，是他自己用力太猛摔伤的。薛三儿半信半疑，但是荷花细心的照料让薛三儿感觉到非常温暖，抱着宁信其无不信其有的态度，将此事捏了软蛋。毕竟自己要和这个女人过一辈子，况且她是那么美丽、迷人，要不是自己的老婆，还真想勾引她。

宝儿一边暗自庆幸没有闯下大祸，一边对荷花思念更甚。一连好几个月，薛三儿都不出门，与荷花日出而作，日落而息，看来篱笆扎得紧了。

宝儿不是在一棵树上吊死的那种人。既然荷花再无法红杏出墙，他也就另觅新欢，专找良家妇女，特别是刚结婚还没有生孩子的小媳妇。县城歌舞厅不算少，小姐公开卖春，宝儿却不愿意去。用他自己的话说：小姐都是公共汽车、多用插座。

宝儿一时情场失意，而官场上却是春风得意。司法局长任上不到两年，就被提拔为县政法委副书记，显然老岳父在其中是起了作用的。

政法委其实也是个闲散单位，大多数工作都是指导性质的，没有多少具体工作。宝儿觉得很满意，适合自己。宝儿向来对钱财并不看重，政法委没有多少项目和资金，和日益腐败的经济领域相比，政法委干净多了。政法委书记由县委副书记兼任，作为政法委第一副书记的来宝来说，其实就是单位

的一把手，正科级。

宝儿去市里开会，一连三天，天天下着秋雨，给人以苦愁凄冷之感。宝儿晚餐时多喝了几杯，本想驱驱寒气，不料却喝大了，被人送到寝室，大吐特吐。年轻的女服务员给他送来热水、毛巾和解酒的饮料，他却一把拉住了服务员。服务员经常服务的对象是官员，平时有些官员都是耍耍嘴疯，并不敢动手动脚。服务员欲走，他转身锁了门，不管人家愿意不愿意，来了个霸王硬上弓，硬将女服务员的裤子脱了下来。服务员被宝儿的举动吓傻了，她号啕大哭起来，惊动了值班的其他服务员，赶忙向会务中心报警。

宝儿的好事未能如愿，却引来了不少麻烦。市里为了不扩大影响，连夜派人把宝儿送回县里。县里给宝儿一个处分：停职反省。

15

宝儿停职以后，闲得心里发慌。宝儿去找岳父帮忙，让岳父骂了个狗血淋头。骂完，吴副书记说："趁你还年轻，去找个别的工作干，将来养活老婆孩子。像你的智商和能力，别在官场上混了，迟早会出问题。"

宝儿说："我出去能干什么，手不能提，肩不能担。种庄稼不会扶犁耙，做工不会使钳卡。一不懂业务，二不懂技术，除了嘴皮子上还有点功，再什么本事都没有，我能干什么？想来想去，只好当官。还是求岳父大人多走动走动，给我个一官半职，也好养活你外孙。"

吴副书记气得七窍生烟，拂袖而去。

三个月后，县上对宝儿做出了处理决定：来宝酒后滋事，影响极坏，但未发生严重后果，为了教育干部，挽救本人，决定免去政法委副书记职务，调城关镇任人大主席团主席。

宝儿到镇上报到那天，遇上了原来财政所的小王所长，他现在已经是镇党委书记。

王书记说："各村现在正在进行村委换届选举，麻烦来主席下村蹲点，搞好这次换届选举工作。"

来宝说:“行,书记指向哪里,我就奔向哪里。搞不好工作,我决不回来。”

王书记说:“我们就需要这样的干部,你去吧!”

来宝问:“去哪里?”

王书记说:“柳河湾。”

宝儿心里一咯噔,柳河湾啊,是朝思暮想的柳河湾哪!

镇上的工作组进驻村里,村部还没有盖好。村支书说把工作组安排到农家吃饭、休息,毕了村上发补助。村支书将工作组安排到两户家底殷实的农户,来主席说:“我们这次来,不仅仅是选举,趁此机会找几户贫困户,我们想结对子,帮助他们脱贫致富。”

支书说:“这个想法好啊,可谁最贫困呢?”他想了想说:“村东头的薛三儿,家里比较贫困,人不多,地方也宽敞,你们就将就着住几天吧。”

来宝一听,喜出望外,但嘴里却对几个队员说:“到了农家,要求别太高,要和老百姓搞好关系。”

支书把来宝一行领到荷花家,荷花正在洗衣服。见来宝进来,先是一怔,然后问支书:“哪里来的贵客?”

支书说:“这是镇上来的主席,是领导。在你们家住几天,工作完了就回去。不过,这几天吃饭、喝水、睡觉可要靠你了,村上给补助。”

荷花说:“噢,原来都是领导,那就住吧。我们两口子住里屋,外屋主席住吧,那里有个席梦思,人家是领导嘛,其他几位就住隔壁土炕上吧。”

晚上,吃完饭,来宝甩给薛三儿两包“芙蓉王”,薛三儿高兴地接住了,荷花不抽烟,来宝摸出一把口香糖说给嫂子尝尝。来主席给大家都发了烟,美滋滋地抽着,天南海北的谝着闲椽。从美韩军演到利比亚撤侨,从物价上涨到新西兰地震,从活人到死鬼,从“天上人间”到县城舞厅,从“三陪”到全裸,越说越稀奇,越唠越离谱。

有个队员问来宝,人死了到底有没有灵魂。来宝说:“有啊,世上万物都有灵魂,小草、蝼蚁都有,何况人呢?你看梁山伯与祝英台、李慧娘、窦娥都是

冤死的。”

又有一个队员问:“人死了,怎样才能不让鬼魂附身呢?”

来宝说:“这好办,埋死人时给死人身上放一块铧,就是犁地的铧,死人才会安静,不然就四处借口传言,把生前的事儿都说了。”

讲到这里,荷花惊得“啊”了一声。来宝说:“不谝了,不谝了,再谝把小嫂子吓着了。”

大家都觉得谝得有点离谱,就赶快收住,回屋睡觉。

16

宝儿睡在荷花的席梦思上,辗转反侧不能入睡,他想起了和荷花在一起的时光,想着想着就睡着了。他梦见娶了荷花,两人无所顾忌在村子的小河里游泳。荷花一丝不挂地在河边的沙滩上奔跑,河床上留下一串清晰的脚丫子。他跑上前去拥抱,荷花一个猛子跳进河里,他觉得荷花身子光溜溜地从自己的手里溜走就不见了。他焦急地喊,却怎么也发不出声音来。他非常着急,一着急,宝儿就醒了。他回忆起梦里的情景既甜蜜又害怕,他害怕在梦里喊出荷花的名字,让薛三儿听见。他抬起头,仔细听里屋的动静,还好,薛三儿正在香甜地打着呼噜。他也似乎听到了荷花那熟悉的气息,或许她也正在做同样的梦。

第二天早上,荷花已经将洗脸水打好,放到来宝的床前,仔细地看着熟睡的宝儿。宝儿在假寐,他嗅到了荷花身上特有的香味,一把拉住了荷花的手,低声说:“晚上,我梦见你了。”

荷花抽开手,指了指里屋,悄声说:“我也一样。”

连续五天,宝儿、荷花在做同样一个梦,内心受着同样的煎熬。薛三儿每天都要抽宝儿的两包芙蓉王,夜以继日,形影不离地守着荷花。五天过去了,村上的换届工作也结束了。宝儿和工作组的其他几个人收拾好东西,一同返回镇上。

一连好多天不见宝儿的踪影,镇政府的干部没有一个说见过他。宝儿的老娘和媳妇说没有见宝儿回来。王书记派人到柳河湾调查，村上人说是他们亲自送来主席走的。和来宝一起下村的几个干部证实，来主席和他们坐同一辆车回到镇上的，在街道上下了车，各自回家，谁也不知道他去了哪里。

一个月过去了，还是不见来宝的影子。公安局已经备了案，四处查找。小县城上至领导，下到百姓都知道，来宝失踪了。

还有一个更让人震惊的消息，柳河湾村薛三儿的媳妇荷花也失踪了。

根据来宝失踪前在荷花家里住过，一推算，坐实了人们的猜测：来宝携荷花私奔了。

来宝媳妇听说宝儿领着别人家的媳妇跑了，原来的担忧一下子变为诅咒，就连来宝娘有时也气得骂儿子不得好死。

整个冬天过去了，很少有人再关注宝儿的事。茶余饭后，偶尔有人还提起，但引不起别人的兴趣。

17

春暖花开，河里的水涨起来了，麦苗开始返青，但澎凉这个地方是春天特别缺水。石峡水库提前一个月就开闸灌水，不到四十天的工夫，库容就枯竭了。人们在整理河床时，发现了一具男尸，衣服快要腐烂，胸口还绑着一块犁铧。由于长期受河水的浸泡，面目全非，已经认不出是谁了。

公安局准备做DNA试验以确定身份，宝儿的媳妇说要让她认一认。吴慧贤察看了尸体，便一头栽倒在地不省人事。

销声匿迹了半年的宝儿，又回到了人们视线。大街小巷、楼宇院落都在流传宝儿死因，各种版本都有，但没有一件或一星半点可以证明的东西。公安机关留了相关资料后，准许安葬宝儿，案件待查。

又过了半年，宝儿媳妇吴慧贤收到一个邮局寄来的包裹，打开一看，是一盘录音带。吴慧贤急忙放到卡座上打开，一个年轻女子柔美的声音从里面飘出来：

大姐，请允许我这样称呼你。当你听到我的声音时，我已经不在人世了。你不要害怕，现在和你说话的还是活生生的人。我，就是荷花。

荷花讲述了她和宝儿相识、相爱的过程，语气充满了喜悦、哀怨，还有自责。吴慧贤表情麻木地听着，想起平日给予丈夫不多的爱。

那天，宝儿哥他们走后，我的心也飞走了。我无所顾忌地追赶远去的汽车，直到看不见踪影我还在追。我知道，我的丈夫叫了好几个人在我的后面追，我却不知道害怕，直到我跑不动了，才停下来。

我停下来，刚喘了口气，就发现一个熟悉的身影迎面向我跑来。我激动的心都快要跳出来了，宝儿哥走近我说，他知道我会跟出来，回到镇上，他不放心就按原路返回来找我，结果在半路上我们相遇了。我们刚说了几句互相安慰的话，就发现薛三儿带着几个人冲过来了。我们想跑，可来不及了。薛三儿什么话也不说，抡起一根铁棍就朝宝儿哥的头上打来，宝儿哥躲闪了几回，但终于敌不过薛三儿人多，倒在了薛三儿的铁棍下。我挣脱几个拉我的人，跑过去一看，宝儿哥已经快不行了，他把我的手拽过去含在嘴里，看着我咽了气。薛三儿在宝儿哥的尸体上绑了一块石头和一块犁铧，沉到石峡水库里。

我被他们绑回家，白天把我锁在家里干活。晚上，他把他的那几个弟兄叫过来，三番五次糟蹋我。终于有一天晚上，他们干累了，喝醉了，我才偷偷跑出来，钻进村里的一个水洞里，避开了了他们的搜寻。

我跑出村子，一直在县城转悠，打探你的地址，我想把我知道的一切告诉活着的人，为死去的人报仇雪恨。当然，我也有罪，罪不容赎，我想以我的方式赎清我的罪孽。村子东头的水洞是我最后容身的地方。

最后，我有个请求，我死了以后，能不能和宝儿哥埋在一起。视姐姐心情而定，再见！

吴慧贤听到这里，已经是泣不成声，泪如雨下。

18

薛三儿及其同伙受到了应有的惩罚。宝儿最终没有埋进祖坟，他和荷花一起埋在石峡水库旁边的山坡上。这一切,都是吴慧贤一手操办,宝儿的母亲和儿子都不知道。

每年清明,吴慧贤都要来到这里扫墓。

每到夏天,她都要来石峡库区看艳丽的荷花。

（《中国文学》2011 年第 10 期）

天边,有朵红霞

一支部队蜂拥般地进了村子。

全村的狗立刻狂吠起来。青年人上了后山,女人染花了脸钻进了草垛,十几个行动不便的老人顶了门,从门缝里看情势。

众兵丁化整为零,钻进了村子。各家的门被踢开了,鸡飞上了墙,"咯咯咯"地叫着,看着这群不速之客。没来得及跑走的鸡瞬间挂到了士兵的刺刀上,羊圈里的羊羔被抬了出来,还没有痛快地叫出几声,已经是身首异处,鲜血染红了村庄,染红了士兵的刺刀,也染红了他们的眼睛。

王阿訇正在清真寺礼拜,听见村子里有动静,他作为伊麻目已经站上了乃麻孜,便毫不动声色地礼完最后一拜,才和聚礼的哈宛提一起走出了清真寺。

王阿訇一眼看见众多的士兵,有的剥羊,有的拔鸡毛,有的烧水,看来他们是要在这里开饭。

王阿訇走近一位戴大盖帽的长官面前,嘴嗫慑了几下,才说出几个字:"你们,这是? ……"

那位长官模样的人从地上站起来说:"老人家,不要怕！我们是国军,是马司令手下的马家军。我们是来保护你们的,共军已经过了三关口。他们可不得了,共产共妻,连小孩也不放过,他们专爱嚼小孩的手指头。"

王阿訇看到遍地被宰杀的鸡、羊,说:“可你们,这如何解释?”

军官说:“有给共军吃的,还不如让弟兄们饱餐一顿。他们为了保护你们,可是有一顿没一顿的了。”

锅里冒出了蒸汽,血腥的气味立刻弥漫了整个村庄。

锅里的肉不到七成熟,士兵们卸下刺刀开始抢肉。一位瘦小的士兵抢到了一个羊头,烧得在双手之间倒换,刚把嘴凑上去想咬下来一块,却被从后面上来的一个大个子从手里叼了去。

小士兵一看到嘴边的美味被人抢了,就拔出刺刀,疯一般地追了过去。大个子边啃边跑,还不时地回头张望。

小士兵快追上了大个子,大个子回头一看,眼睛顿时绿了。还没有等大个子反应过来,一声枪响,小士兵倒在了血泊之中,大个子手中的羊头掉在地上,骨碌碌地一直滚到小士兵的嘴边。小士兵艰难地伸出舌头,在糊满了泥巴的羊头上舔了一下,就蹬直了双腿。

王阿訇回过身,只见那军官面无表情地看着不远处的两个人,他手中的枪口还飘着淡淡的青烟。

大个子跪在地上,头像拌蒜一样磕个不停。

军官收起了枪,背过身去,从锅里捞出一块羊腿,旁若无人地嚼了起来。

王阿訇闭上了眼睛,心里一口一声“胡达”地祷告着。

几个哈宛提呆若木鸡,紧紧地靠在阿訇的身旁,好像是全部的依靠。

天色,逐渐暗了下来。吃饱喝足了的士兵,在长官的吆喝下,慢腾腾地收拢起队形。

远处传来几声隐隐约约枪声,众士兵才慌忙渡过任山河,蜂拥般地上了罗家山的山坡。

村子里一片狼藉,藏在地窖和草垛里的女人小孩悄悄地钻了出来。王阿訇和几个年长的哈宛提挨家挨户过去察看安慰。穆萨他大阿不都没有回来,他逃上了后山,他怕马家军抓丁。三年前,阿不都的哥哥被马家军抓了壮丁，至今生死不明，如若再把他抓去，家里就没有一个男人了。穆萨在哭，哭得非常凄惶，让人肝肠欲断，姐姐法土麦流着泪，不停地哄着弟弟。王阿訇上前安慰了几句，穆萨愈发哭得伤心。

忽然，一个哈宛提气喘吁吁地跑来说："村子里又来了一群队伍，赶紧藏起来。"消息一户接一户的传，不一会儿刚刚钻出地面的人们又钻进了地窖。

王阿訇不躲也不藏，心想：反正六七十岁了，若有人祸害，无常了也值，一心归主了。他照例去了清真寺，带着不多的几个朵斯蒂礼起了宵礼，悠扬的"绑客"声传得很远很远，给人们带来了许多安慰。

村子里很静，好像没有人要来。王阿訇和哈宛提、朵斯蒂礼完宵礼，又念了几本《古兰经》，向真主乞求平安以后，才走出清真寺。

走在前面的哈宛提刚一出门，就被什么东西绊了一跤。他定眼一看，门外到处是密密麻麻的士兵，他们已经酣然入梦。

哨兵发现了从清真寺走出来的人，立即一个立正，说："不好意思，打扰老乡了。"

王阿訇走出门，被眼前的景象骇出了一身冷汗，他赶忙向哨兵说："对不起，长官，让你们在外面受罪了。"

士兵们也被惊醒了，他们齐刷刷地站起来，向王阿訇和老乡们行军礼。一位身材魁梧的老兵走过来，拉住王阿訇的手说："穆斯林兄弟们，让你们受惊了。我们是中国人民解放军十九兵团六十四军的一个团，是共产党的军队。"

"听说过，听说过，没见过。他们说你们是红头发绿眼睛的魔鬼，共产共妻，喜欢吃小孩的手指头。"王阿訇说着，不断打量着眼前的这些军人。

"哈哈哈，他们说的对吗？我是他们的团长，姓刘，叫我老刘好了。"那个自称是刘团长的老兵说。

王阿訇说："不说了，不说了，一看就知道了，你们是好人哪！"

刘团长说："我们就在贵地借宿一宿，明天，我们就要和马家军开仗了。

老人家不要怕,我们会保护乡亲们的。”

王阿訇让刘团长到厢房里去睡，刘团长说什么也不肯。他说:“我还是与战士们睡在一起,我还要给他们安排任务呢！”王阿訇只好作罢。

刘团长说:“初来贵地，也没啥合适的送给老人家。我那里有一包上好的花茶,小强你把它取来,让阿訇尝尝,这可是穆斯林的最爱啊！”

王阿訇说:“刘团长不但能带兵打仗,还懂得我们回族的习俗,难得啊!”

刘团长说:“我的部队里,就有穆斯林呢！”

推让再三,王阿訇拗不过刘团长,只好收下了茶叶。

一夜平安无事，躲在地窖里的乡亲们都回到了自己家里。部队在村子里露宿了一宿,村子里的乡亲们一夜没有合眼。王阿訇做完晨礼出门,战士们已经分头到庄户人家打扫院子,挑水劈柴。穆萨围着小强,爱不释手地玩弄小强手枪上的红缨子,法土麦要给小强补军装,小强难为情地脱掉上衣递给她。法土麦飞针走线,不一会儿,衣服上的几个窟窿全都缝上了,小强穿在身上,立刻干练帅气了许多。

刘团长说:“待战斗打响了,还是让乡亲们避一避,枪子不长眼睛啊！”

王阿訇说:“不怕,我和几个老哥哥商量好了,我们给你们带路,这里地形我们熟！”

解放军的指挥所就建在村子北面的一座小疙瘩山上,隔河与对面的罗家山遥遥相望,两面山势险峻,中间形成一条不足百米宽的长峡,河水淙淙,清澈见底。

罗家山正面的山坡地势比较平缓,站在山顶小疙瘩山上,可以隐隐约约看见马家军在山顶上修筑的工事。

王阿訇说:“马家军的主力就在对面的山顶上，罗家山的西北那个地方叫鹦哥嘴,山势险峻,有些地方仅能容一人通过,易守难攻,可是一人当关,万夫莫开啊！不过那里没有多少马家军。罗家山的东南是青石峡,几乎无路可走。只有罗家山上的那条路才可以直通古雁岭,然后才能到达永固城,那是塞上的南大门。”

刘团长说:“是啊，您提供的情况太重要了。这里是北上解放塞北的必经之路,必须拔掉罗家山上这颗钉子,解放大军才能北上。目前,敌人占据有利地形,这一仗不轻松啊！”

刘团长用望远镜看了看地形,又在地图上研究了好半天,终于下达了战斗命令:“派一支小分队,攀岩上鹦哥嘴,消灭那里的敌人,然后向罗家山迂回包抄;再派一支人马从青石峡绕过去,从后山袭击敌人。主力部队从正面佯攻,等两支小分队包抄了敌人,主力部队再发起总攻。”

请战的声音一浪高过一浪。刘团长凝视着全团将士的脸，表情十分凝重。他环视了一圈说:“对面的敌人虽然都是些乌合之众，但我们千万不可轻敌。他们占据有利地形,还有先进的武器,为了保住他们在塞北的利益,必将垂死挣扎。我们要多想办法,要强攻也要巧取,要将伤亡减少到最轻。由二营派出两个连攻坚鹦哥嘴,让燕飞班打头阵;侦察连从青石峡而上迂回包抄,其余将士担任正面攻击,立即进入战斗准备！”

命令一下达，战士们立刻进入阵地。几十门大大小小的火炮一齐对准了罗家山。

王阿訇虽然快七十的人了，但还从未见过如此场面。大战前夕的那种氛围紧张得令人窒息。一阵嘈杂的声音传来,他下意识地回头看,只见村里的男女老少从村子里跑了出来,他们有的提篮、有的扛袋嚷着向指挥所方向跑来,法土麦和穆萨跑在最前头。近了一看,他们是给解放军送吃的来了。法土麦将炸得葱黄的油香送给刘团长，送给警卫员小强。小强边吃边说:“我还是第一次吃回民做的油香,太好吃了。”

王阿訇说:“孩子,香就多吃一点儿。”

刘团长说:“拜托老人家,让乡亲们赶快隐蔽,战斗马上就要打响。”话音未落,鹦哥嘴方向传来密集的枪声。

刘团长立即下令:“炮击！”几十门大炮一齐怒吼,上百发炮弹飞上了罗

家山。

王阿訇只觉得耳朵“嗡嗡”响。罗家山上，马家军也吼叫起来，子弹、炮弹飞过来的声音尖利而刺耳。

远处、近处、左面、右面的枪炮声响了一个多小时后，有通讯员来报，说：“鹦哥嘴已经被我军占领，但燕飞班全体战士壮烈牺牲，现在鹦哥嘴方向仅剩一个连的兵力，正向主阵地前进，请求支援！”

刘团长的眼睛里闪过一丝无限的悲痛，但又立刻进入战斗指挥状态，马上命令三营派上去一个连增援。话音未落，又有人来报告，侦察连已经成功迂回到敌人后面，已经与敌人交上了火。

刘团长听了听枪声，又在望远镜里观察了一阵，说：“总攻开始！”

上千名战士呐喊着冲下山坡，趟过河，向山上冲去。忽然，半山腰出现了四五个火力点，机枪的火舌扑向冲锋的战士，冲在最前面的战士像麦捆子一样，从山坡上滚落下来。

刘团长万万没有想到狡猾的敌人还留了这么一手，赶快命令停止冲锋，隐蔽待命。

战士们被迫退了回来。刘团长气得直骂娘，战斗进入了胶着状态。

忽然，一声炸雷从头上滚过。人们抬头一看，罗家山的峰顶上，一片浓黑的乌云直压下来。又是几声闷雷响过，罗家山上下起了倾盆大雨。不到一刻钟，山上的洪水咆哮着倾泻而下。敌人的尸体，牺牲了的战士尸体被洪水冲了下来，鲜血染红了罗家山的山坡，染红了脚下那条小河……

解放军的阵地上，依然阳光灿烂。王阿訇看着这突如其来的暴雨和奇特的天气现象，心里默念，看来真主不灭这些好人。

雨势逐渐减小，后山上响起了激烈的枪声。刘团长下令又一次冲锋，这回，刘团长也上去了，小强也上去了。

法土麦盯着小强冲上去的背影，手里捏了一把汗。忽然，她发现小强不往前冲了，身子晃晃悠悠地挺立了几秒，便栽倒在地。法土麦号叫一声，向前冲去，被王阿訇一把按住了，子弹“嗖嗖”地从他们头上掠过。

夕阳西坠，战斗结束了，五千多名敌人被消灭，战场上也留下了三百多名解放军战士的遗体。刘团长也负了伤，他看着战士们打扫战场。他走到小强的遗体前，把他抱起来，给他整了整帽子。

小强的伤口是贯穿伤，军装前胸和后背被子弹击成碎片。法土麦蹲在小强遗体面前，一针一线将军装缝好。

王阿訇满眼泪花，走到刘团长面前说：“请首长允许我们按照穆斯林的习俗给牺牲的战士洗洗脸吧？”

刘团长点点头。

三百多名英烈就地安葬，无数的枪口对空齐射，向战友送行。

太阳已经完全下山，天空布满了红霞，霞光中，王阿訇颤巍巍地举起双手，作了一个都哇……

（《宁夏日报》2011年7月5日）

老土小说

萦绕在土炮口的陈年旧事

1

我们村最高的山头上，冲天矗立着一门土炮，我爷爷说这口炮的年龄比他的爷爷都大，是义和团轰击八国联军的老家伙。

那年夏天，清秀的麦子日渐变得笨头笨脑。在一个知了喊破了嗓子的中午，爷爷请来了阴阳先生，喊叫着村子里的壮年人，把老炮炮口冲天，栽在山头上，好像山头上立着一个黑钢铜人。

随后，村子里开始推选炮手，炮手必须是掌握了火药爆炸门道的壮汉，负责用火药轰散冰雹。他一年的口粮大伙公摊。因此，炮手除了对天放炮，剩下的活就是吃饭拉屎，和公社脱产干部一样清闲。

我从学校里回家的时候，恰好村子里竞选炮手，我二哥在嫂子的怂恿下准备参选，他还没上台，爷爷的拐棍就抡了过来，他的脑门立刻肿起了一个大大的黑包。

一声炮响把整个村子震得地动山摇。刘赶山从爆炸的烟云中走了出来，他的神态如同摧毁了敌人碉堡的爆破英雄。刘赶山看了看吓傻了的村民，

作者：老土，本名杨治宏，1975年3月2日生于彭阳县城阳乡陈沟村，先后就读于城阳中学和彭阳一中，2000年毕业于宁夏大学中文系，现为宁夏电视台新闻中心主任记者。

轻轻弹掉了手指上的拉环。“一颗手榴弹能吓死人啊。”

刘赶山捡起爷爷掉落在地的拐杖，十分费劲地塞进老人家颤抖的手中。爷爷干枯的手指如同鸡爪子扣住了一根救命的枝条。

刘赶山遗憾地摇了摇头，“响声还是差了点，要不是过了爆破期，能把大伙的卵子震破了。”

“还有谁想当炮手？”爷爷喊了十多遍，所有的人就跟栽进了泥土的木桩，迈不动步子。

刘赶山当仁不让地成了炮手。

黄昏时分，太阳的余晖红如猪血，炮山顶上举行严肃的炮手交接仪式，三个年过七旬的老汉把牛皮火药筒托在头顶。胡阴阳身披道袍，如同抽风的老山羊一样胡须乱抖，念着谁也听不懂的经文。猛然间，胡阴阳眯着的双眼射出寒光，他号叫一声，用木剑刺向一堆画着鬼符的黄纸，淡蓝色的火苗立刻吞噬了鬼符，纷飞的纸灰如万只黑蝶在空中翩然曼舞。几个壮汉踏尘而来，把一只公羊抬到了土炮前，屠夫扬起冷光四射的杀猪刀，捅向公羊的心窝，羊血顺着钢刀血槽喷射出来，浸红了土炮上裹着的白绫。两个手脚麻利的小伙子扯下白绫，缠绕在光着上身的刘赶山身上。刘赶山立马成了天神一样的金刚血人，浑身喷射着灼人血气，他踏着尘土跑到三个老人跟前，一把夺过牛皮火药筒，把半升火药灌在了土炮里，18 个童年男子围着土炮，齐刷刷褪掉了裤子，平躺在地上，让 18 根男根和土炮一起直指云天。屠夫用山羊的心肝把 18 根男根染成血色，刘赶山抢过火把，点燃了引线，一声彻天巨响，爆炸惊天动地，整个村庄打了个冷战。脸上涂满了羊血的刘赶山成了我们村的炮手。

第二天中午，我正在家吃饭，一声惊雷几乎把饭碗震掉，我爷爷从炕头上滚落了下来，连滚带爬出了家门。黑云如同洪水一样翻滚而来，压得人喘不过气来。天空阴森黑暗，冷风从树梢上窜了过来，刺得人小便失禁，牙根打颤。

一道电光把黑云斩成了两半，沉闷的响声仿佛从地底深处滚滚而来。爷爷一声怪叫，一把扯着我滚回了窑洞里。

一声巨大的爆炸从天劈落，院子里的百年老柳冒了一股青烟，抖动了一下，被惊雷拦腰劈成了两半。

爷爷发疯一样从屋子里冲了出来，两眼直勾勾望着炮山。

刘赶山扛着一包炸药冲上了炮山，他一把扯开炮口的破布，用牛角量好了炸药，填进了炮膛里。

“点火”爷爷发疯地咆哮着，“你他娘的快点火。”刘赶山飞快地用塑料布把剩下的火药包好，一脚踢进了旁边的老鼠洞里。随后，他用火药和棉花搓了一根导火索。

一声闷雷从山边传来，一道如鞭闪电，劈空抽向了炮山。

“完啦，刘赶山完啦。”爷爷两腿一软，一屁股坐在地上。

刘赶山飞快地拿起一块塑料布，塞住了炮口。他就势一滚，隐没在旁边的避雨洞里。

闪电把炮山的一棵枯树劈得成了一堆焦木。

刘赶山钻出了山洞，他抹去了脸上的灰尘，回头望了望村庄。

一块黑云悄悄压到了山头上，一座山一样的红云翻滚着向这里聚集，黑云和红云只要一摩擦，冰雹就会飞泻砸下。

爷爷张了张干枯的嘴巴，喊不出一个字来，他干瘪的舌头在瑟瑟发抖的嘴巴里来回抽抖，如同一只奄奄一息的死蛇，两只手死死扣着门框，眼睛都快被急火点燃了。

刘赶山装好了导火索，他点燃了一支香烟，悠然地抽了一口。黑云和红云在山头马上就要汇合了，我已经感觉了刺骨的寒冷，这是冰雹即将落下的前兆。

“我日你先人，”爷爷带着哭腔破口大骂，“刘赶山，你个狗日的。”

一道闪电点亮了黑云的边缘，刘赶山迅速引燃了导火索，只见火光一闪，一声惊天巨响，我的小便喷射而出，屋檐上震落的瓦片把爷爷砸晕过去。

炮山一片火光，刘赶山和老炮消失在火光中。黑云被火光冲开了一道口子，向两边翻滚。忽地一阵冷风旋过刮开了硝烟，刘赶山从硝烟中显现了出来，他悠闲地吸了一口香烟，两股青烟从他的鼻孔中徐徐涌出。

刘赶山一炮击败了冰雹。

2

这年的麦子算是从冰雹的手里夺了回来，人们填饱了肚子，日子过得斗转星移，转眼到了春天。

二叔掐了一个柳树芽子，放进嘴里咀嚼了一会儿，一股草腥味直冲鼻腔。二叔打了个喷嚏，脸上露出了一丝怪笑。

二叔把公驴牵到河水里冲刷干净，洗过澡的公驴身上闪烁着黑缎子一样的光芒，散发出雄壮的活力，二叔在公驴的后胯上一拍，公驴粗大如木棍一样的那个东西就会垂落下来。二叔抓过来细细审视一下，严肃地对儿子说："好好看着家，老子该出去挣钱啦。"

二叔给公驴脖子上挂上一串牛眼珠子一样的黑铜响铃，在公驴的额头上栓上一抹红布，公驴的浑身上下都缠满了皮带，这头公驴平时就和疯了一样，让二叔这么一武装，比平时威风了许多。二叔在院子里转着圈圈细细查看一番，好像母亲在阳光下打量即将出嫁的女儿。

公驴发出疯狂难听的叫声，驮着二叔绝尘而去。二叔在公驴的叫唤声中大声喊叫，"配种啦，配种啦，三道弯村的李勇强，劲大玩意儿长。"

经常在附近的村子里配种，我的二叔李勇强的名声传遍了十里八乡，听到他和公驴的嘶喊声，打算配种的人家早早地把母驴拴在大门口，公驴一见，发疯冲了过来。二叔死死扯着公驴的嚼子，把公驴往这家的槽头上一栓，大大咧咧地走进了院子。主人赶紧把他请到炕上，好烟好酒好茶好肉好招待。又大声吆喝着子女赶紧给他家的公驴添草上料。二叔塞满了馒头的嘴巴大声喊叫着，"料要拌好，最好来碗炒黑豆。畜生和人一样，肚子填不饱，哪

有配种的心思。”

听到公驴一声号叫，二叔李勇强把筷子一撂，放了一个能冲破裤裆的响屁，开始了正式工作。这家的主人把母驴牵到村口的打麦场上，二叔一本正经地指挥着公驴和母驴交配。母驴对生人有点不太适应，毛着耳朵，绕着树桩跑圈圈，还冲着二叔尥蹶子。围观的乡亲们笑得前仰后合，他们冲二叔喊叫着：“李勇强，真是应了那句话，磨道里日驴一大转。”

二叔和公驴跟在母驴后面寻找机会，他们在打麦场上搞得尘土飞扬，二叔不停地唠叨，“真他妈的和婊子一样，明明是想干那个事，还装什么正经。”折腾了老半天，母驴终于就范。

二叔擦了一把汗，他指着公驴对围观的人说，“方圆二十里地，没有见过这么好的条子吧，个头高，力量大，爷们儿，给你家也配上一个，你看这驴玩意，都赶上娃娃腿了。”

二叔一本正经的样子让众人看来十分好笑，这让他有点恼火。二叔一把抽出公驴的玩意，“是爷们儿的掏出来比比看，谁的玩意要赶上它，我管谁叫爷爷。”

在哄笑声中，交配结束了，二叔拿出一根红线绳，拴在母驴的脖子上，“明年要产不下驴崽你找我。”有的人大喊：“找你顶个×用，又不是你配的种，找驴还差不多。”

二叔嘿嘿一笑，主人就会拿出五元钱来，塞到他的手中。二叔在阳光下看了看脏糊糊五元钱的钞票，一甩腿跨上驴背，奔向了下一个母驴。

“公驴就是咱家的传家宝。”二叔不止一次地告诫儿子。

一天下午，我的老师来到了二叔的家里，正在喝酒的二叔光着脚从炕上跳了下来，他慌慌张张地在衣服上擦了擦经常握驴鞭的脏手，冲着老师李晓明伸了过去。我们的老师早就知道二叔的职业，他也曾碰见过二叔协助公驴交配的工作场面。李晓明老师并没有接应二叔那只热情的脏手，他回过头来严肃地对我们说：“你们不好好念书，难道将来干这个。”

李晓明老师挑一个凳子，弹了弹上面的灰尘，稳稳地坐在上面。

二叔大声呵斥着儿子，让儿子从驴背上卸下了白酒和茶叶——这些都是别人送给他的礼品。二叔给老师倒了一碗酒，“55 度的，来两口。”自己则抓着酒瓶直接捅进了嘴巴里，“烧，真他妈的够劲。”

“你怎么能让儿子辍学呢?”我的老师讲明了来意，“这样下去，儿子不就和你一样了吗？”

“喝酒。”二叔把酒瓶碰向了老师的酒碗。

老师小抿了一口，“你还想让儿子骑头公驴闯世界？”

“满上。”二叔又在老师的碗里倒满了酒。

一个老头牵着母驴找上门来，老头很生气地告诉二叔:“一年了，满满一年了，母驴连个屁也没有放，还驴驹呢。”

肚子里灌了半斤烧酒的二叔眯缝着眼睛看了看老汉，他被老汉气愤的表情逗笑了，二叔拎着酒瓶指着老汉:“没怀上就没怀上，你悄悄拉来我给你重配就是了，不就一驴×的事吗，嗓门那么大干啥。”

二叔灌了一口酒。“×大点事，×大点事，母驴没怀上，不耽误你抱孙子。”二叔拉着老汉的胳膊进了窑洞。“喝一盅。”二叔指着母驴对儿子说，“你他妈的上手呀，家门口的生意，还要老子亲自动手，你没看见我在喝酒吗？”他和老师又碰了一大碗。

李晓明老师说了半天，二叔只管往嘴里灌酒，李老师一看二叔听不进去，匆忙结束了这次家访。满脸通红的二叔拉着老师走出了窑洞，酒精烧得他的嘴巴有些变形，舌头不停在里面叨咕，说的什么话一句也听不清楚。

二叔的儿子正在摆弄着驴鞭和一只母驴交配，他的个头显然不够，怎么也不能把驴鞭放到应该去的地方，累得满头大汗。公驴比他更着急，蹄子踩到了他的脚上，他叫唤了一声，抱着脚在院子里跳了起来。

老汉无奈地摇了摇头:“这娃的手脚不麻利，不像你的种。”

恼怒的二叔灌了一口酒，他用酒瓶指着儿子，大声地呵斥:“再高点，你把驴×再抬高点。”看到儿子仍然无法按照自己的指令完成公驴的交配任务，二叔跳了过来，一脚踹开儿子，“他妈的，吃了十年饭，连个驴×都抬不起。”

二叔自己抓起了驴鞭，把儿子扯到了跟前，现场教学，“用劲要巧一点，就这么点事，这下懂了吧。”

二叔自豪地回过头来，他对老汉大声喊叫：“明年再要怀不上崽，就是你个老鬼给驴吃了避孕药，故意倒我的行市。”

我的老师脸上露出难看的表情，“你怎么能给孩子教这些呢。”

老师的话显然影响了二叔的情绪，他没有回应老师的话，当母驴的主人把五元钱递到他的手上时，二叔狠狠灌了一口酒。

二叔醉眼惺忪地打量着民办教师李晓明，“你一个月工资多少钱？”

“二十五元。”我的老师自豪地说。

“太少了，太少了，唉……”二叔伸直了五个手指头，认真地说：“就五次。”

我的老师一句话都没有说就离开了二叔家，他像一片落叶一样被二叔秋风般的话语扫出了院子。

“脑袋里不就装了几个字吗，神气个×。”二叔看着老师的背影，大声地训斥着儿子，“记住，老子死了以后你就多养几头公驴，有几个驴×，就有几根金条。”

3

炮手刘赶山保持了军人忠于职守的品质，夏天一到，就卷着铺盖上了炮山。撂着老婆王彩云一个人守活寡。只有一条狗陪着她。

村里人都说：“刘赶山放炮养家，王彩云养狗糊口。”

一天早晨，王彩云起了个大早，她挠了挠狗脖子上的一圈白毛，指了指树林的方向。白脖子狗显然领会了主人的意图，悄悄地潜进了树林。

这条狗经常捕捉兔子，对兔子的生活习性烂熟于心。白脖子狗细心地查看了一下粘在树茬上的兔毛，嗅了嗅周围的草丛，一条露珠打湿的小道引起了白脖子狗的注意，这条小道隐藏在蒿草下面，大清早，地面的湿度应该是一样的，而这条小道像撒过了水一样精湿，显然是动物结队通过的时候，碰落了草丛的露珠。

白脖子狗竖起耳朵，测了测风向，细心地查看了一下草丛倒伏的方向，它像捕捉到了珍贵线索的侦察员一样，得意地咧了一下狗嘴。

白脖子狗一个弹射离开了小道，这样它就不容易破坏现场，留下气味引起猎物的警觉。

它在一堆蒿草里睡了一个安静的回笼觉，太阳已经爬上了枝头，几只苍蝇在它的耳边嗡叫，草丛上的露珠一个个蒸发了。白脖子狗伸了一个懒腰，回头望了望家的方向，主人王彩云已经梳洗完毕，把院子扫得干干净净，一股炊烟在窑洞顶端袅袅升起。

白脖子狗开始行动了，它顺着小道向山坡上找去，它寻找的时候鼻子始终不离地面，爪子每一次着地都十分小心，生怕踩在地雷上一样。在一个丛草掩埋的树桩下面，白脖子狗发现了一个洞，凭它多年的狩猎经验，这应该是一个兔子窝。

白脖子狗抬头看了看太阳，快到中午了，外出觅食的兔子应该快回来了。白脖子狗在树桩附近潜伏了下来。

没过多久，草丛上方出现了一对兔子的耳朵，如同归航的船帆一样悄然无声，又如潜水艇伸出水面的潜望镜一样捕捉着周围的情况。

白脖子狗连眼皮都没有抬，它知道，这是一只探路的兔子，这种兔子是一群兔中最为健壮最为狡猾的家伙，一有风吹草动，它可以弹射出好几米，这样的兔子连老鹰都不敢轻易下爪，像狗这样的二流猎手只有跟在后面吃屁的份。

白脖子狗舔了舔锋利的爪子，它知道，只要这只兔子探完路，发出安全的信号，后面的潜伏的兔群就会通过这条小道。

打先锋的公兔突然跳上了树桩，两只后爪直立了起来，增加高度、观察周围的情况。

白脖子狗赶紧缩了缩脖子，兔感觉到没有什么危险，它站立在树桩上叫了一声。令白脖子狗惊讶的是，兔嘴里竟然发出了蟋蟀的叫声，这是它狩猎以来第一次听到。没过多久，远处的草丛开始抖动，十几只吃饱喝足的野兔排着队回家了，几只小野兔欢快地奔跑在前面，互相打闹着。

出击的时机到了，白脖子狗深吸了一口气，绷紧了后腿，爪子深深杀进了土里。在它即将发起致命一击的时候，没想到把一只飞到鼻子边上的蚊虫吸进了鼻腔。白脖子狗打了一个大大的喷嚏。

兔先锋发出了一声警戒的号叫，就像拉响了防空警报。兔群像挨了炸弹一样四处逃窜。白脖子狗如同鱼雷一样发射了出去，它准确地冲向了几条小兔的逃跑路线。

几只小兔还沉浸在玩耍的喜悦中，根本无法应付突发的危险，当它们看到高大的狗影从空而降的时候，早就惊吓得呆在了原地。就在狗爪即将打在兔崽子头上的关键时刻，一条灰影像炮弹一样从侧面发射过来，撞在了毫无防备的狗头上，撞得白脖子狗眼冒金星，它机敏地在地上打了个滚，发现先锋兔站在它的面前，准备发动第二轮攻击。另外几只大兔子用嘴叼着惊呆的小兔滚下了山坡。

白脖子狗故意做了个追击小兔的姿势，先锋兔果然中了它的诡计，这只兔子和上次一样对它发动了突然袭击，白脖子狗猛然倒在地上，当兔子凌空跃过的瞬间，白脖子狗伸出利爪，顺着野兔的胸膛划了过去，野兔的肠子挂在了一个树枝上，它挣扎着做了最后的一次奔跑，扯断了肠子。白脖子狗摇了摇头，它看了看草丛，一切风平浪静。

4

月亮爬上山坡的时候，忠于职守的刘赶山在炮山上观察风向，嗅着空气中冰雹的味道。

那天恰逢七月十五，月亮如同轮盘悬挂当空，二叔不知从哪里捣鼓来了一瓶发油，他像搅拌麦种一样，把一瓶发油全部倒在了头上，这使他的头发看起来跟牛舔了一样，活脱脱一副大金牙汉奸的形象。

二叔含糊不清地唠叨了一句，算是给儿子打过招呼了，他像一只刚下完蛋的母鸡一样跳出了门槛。

在水银泻地般的月光下，二叔努力搜索着学过的几句唐诗，不幸的是，他所吟诵的唐诗没有一句完整，但这并不影响二叔的情绪，他在三道湾村的土路上走得是那样的惬意。

二叔的发油在村道上飘飞着梨花般的芬芳，吸引了无数的蚊虫在他的头顶盘旋，几只蝙蝠在二叔的头上来回俯冲，捕捉着丰盛的美餐。

二叔甩了一下头发，他的笑脸面对着月亮的时候，如同成熟的向日葵那样灿烂。二叔只顾了欣赏月亮，一脚踩到了牛屎上，仰面朝天摔了下去。

令人意外的一幕发生了，就在二叔的头就要撞地的一瞬间，他在半空中轻盈的一扭腰身，单掌着地，稳稳地撑住了将要倒地的身体，动作和身法酷似海灯法师的二指禅功。

二叔并没有急于起身，他被两个打架的屎壳郎吸引住了，趴在地上详详细细地看了一会儿，二叔拿起了一只屎壳郎，放在指尖，看着屎壳郎远远地飞去。然后怪腔怪调的唱了一曲陕北民歌《兰花花》。

嘴脏如茅厕的二叔今天为什么如此模样，难道是被鬼迷惑了不成。二叔的目的地最终定位在王彩云的门前。

二叔轻轻叩击着王彩云家的门板，这个平日里踢破人家门板的人，今天突然变得像个李晓明老师那样文雅。他敲门的时候，就像小心地弹奏着一架古筝。

王彩云家的灯亮了，门缝中射出的灯光把二叔的笑脸切割成了几条，显得有些狰狞。王彩云没有理会，二叔仍然努力地敲着。

这时候，二叔突然变得极其绅士，他谦恭地候在王彩云家的门外，见里面没有动静，又耐心等待了一段时间，看看月亮，然后像李晓明老师那样，文质彬彬地敲击一下王彩云家的门板。

半个小时左右，执着的二叔从怀里掏出了一个崭新的红头巾，从王彩云家的门缝里塞了进去。

王彩云家的门开了，灯光泻在了二叔身上，二叔摸了一下头发，冲里边尴尬地笑了笑，当二叔刚要进门的时候，白脖子狗一个鱼跃，它如同一颗发射的鱼雷，把二叔撞出了好几米。

二叔突然遭遇白脖子狗的偷袭，并没有乱了方寸，他在倒地的时候，就势操起了顶门杠，砸在狗头上。

白脖子狗显然没有想到二叔有这样的身手，二叔对它的头部打击使白脖子狗的思维出现了短路，下一步的袭击计划完全丧失。

二叔乘白脖子狗发懵的短暂时机，从地上弹射起来，冲向了王彩云半掩的窑门。

王彩云睡眼惺忪，她冲二叔笑了一下，这使二叔英气豪发，当他身子将要闪进门槛的时候，王彩云端起早就准备好的尿盆，冲二叔劈头盖脸倒了过来。

尿液呛得二叔几乎咽气，罩在头上的尿盆子使他丧失了视野。白脖子狗抓紧战机，冲二叔反扑了过来。二叔被尿滑倒了，他倒下的瞬间，尿盆恰好脱落了下来，砸在狗头上。二叔再一次捕捉到了战机，他准备第二次冲进王彩云家门的时候，她看见王彩云冲他娇媚地一笑，冲他亮了亮粗大的顶门杠。

二叔镇静地分辨了一下方向，顺着来路撒腿狂奔，那条狗猛如凶狼，紧紧追踪着逃跑的二叔，极度惊吓的二叔在清冷的月光中像风一样前行，他的两条臂膀快速地来回甩动，就像连接机器活塞的牵引杆，把动力输送到了两条肌肉发达的腿上。二叔轻巧地越过了水沟，跨过了山梁，月光把他矫健的身影投射到了三道弯村的土地上，这可能是他这辈子留给三道弯村最美的身影。

当二叔穿过一片小树林的时候，听到后面没有了什么声响，二叔大口地喘着气，挥了一把汗水，准备抽上一锅旱烟。

二叔显然低估了那只狗的作战能力，他刚要蹲下的时候，感觉到一个热乎乎的东西从屁股后面顶进了裤裆，这只狗把长矛一样的狗嘴戳进了二叔的裤裆里。二叔急中生智，他回过已经点燃的旱烟锅，冲狗的鼻尖一点，发烫的旱烟锅烫得狗打了一个喷嚏。二叔抽身狂奔，紧追其后的狗每次试图把嘴伸进他的裤裆，但都被他急速奔跑地脚后跟击退了。当狗准备咬断二叔的脖子时，二叔慌忙跳进了一个土坑里，狗终于停止了进攻，二叔回过气的第一件事就是解开了裤带，他在裆里抓了一把后突然大笑了起来。

这个老男人的笑声在深夜里丑陋无比，它让沉睡的夜晚打了一个忧伤的冷颤。

之后的一天，二叔来到祖坟墓地，紧紧抓住裆里的玩意，在祖坟上磕了三个响头，他在深夜里放声大哭道："爷爷呀，根还在，根还在。"

5

昨晚的一场亡命狂奔几乎要了二叔的老命，太阳升起来一竿子高，他还像公猪一样扯呼大睡。公驴每次发出了一声嘶叫，二叔条件反射般地蹬了一下腿。

二叔的脚刚摸出门槛，恰好踩在一坨鸡屎上，一屁股滑坐在地上。二叔搓着眼屎破口大骂："真他娘的倒了血霉，这男人要是粘上了骚狐狸尿，连母鸡都敢日鬼你。"

这一摔把二叔彻底摔醒了，他抹去了一坨眼屎，发现驴圈旁围了一圈人。二叔以为是上门配种的客户，他兴奋的唾沫星子四处喷射。

"他娘的，倒完大霉必撞大运，今天算是发大财了，生意都做到家门口啦。"

公驴就像歌星一样在里面扯着嗓子吼叫，围观的人发出了阵阵惊讶的尖叫。二叔难过地摇了摇脑袋："真他娘的越活越糊涂，在农村混了一辈子，竟然在驴×上看稀奇。"

“没见过驴×呀。”二叔掰开两个人的肩膀。等他看见公驴的时候。一股冷气冲上了脊梁，公驴的蹄子上，竟然栓了一个黑糊糊的炸弹。

二叔紧急撤退，胳膊肘顶翻了几个人，自己也一屁股坐在地上。

蹄腕子上突然多出这么个玩意，公驴感觉到阵阵发痒，不停地乱踢乱叫。二叔紧张地咧着大嘴，啊啊乱叫。

公驴是二叔的全部家产，是他后半生的依靠，要是炸弹一响，二叔的这辈子也就完了。

炸弹怎么会跑到公驴的蹄子上。我的老师李晓明适时地赶到了现场，他短暂的思索了一下，就得出了结论：一，炸弹不是二叔栓上去的，除非二叔脑子被驴踢了；二，炸弹也不是驴栓的，只能是外人栓的，说得准确一点，是二叔的仇人栓的；第三，这个仇人不是一般的仇人，只能是一个懂得制造炸弹的人。那么，三道湾村谁会造炸弹呢？李晓明老师像启发学生回答问题一样，一脸的迷惑。

“刘赶山。”大家齐声抢答。

“那么，大家认真想一想，刘赶山为什么要往李勇强的驴蹄子上栓炸弹呢？”李晓明老师继续启发，“为什么呢？”

大家全把疑惑的目光集中到二叔身上。二叔嘴里不知唠叨着什么，他找来了一把剪刀，战战兢兢地摸到公驴的蹄子跟前，三根电线把炸弹和公驴的蹄子牢牢固定在一起。二叔发抖的剪刀刚凑向了电线。

“你是先剪红线呢，还是先剪白线。”李晓明老师一再提醒二叔，“也许黑线是安全的。”二叔的剪刀伸到了黑线。

“最危险的也许是最安全的。”李晓明老师突然改了主意，“红线看似最危险，其实最安全。”

二叔的剪刀艰难地凑到了红线前。“也许是白线。”李晓明老师又一次改了主意。二叔可怜巴巴地回过头来，他脸上汗水如洗，如同抹了一层猪油。胸前糊了一团驴屎，几只苍蝇在他的眼前狂飞乱舞，他连眼睛也睁不开了。

二叔几乎用哀求的眼睛看着李晓明老师。

“脑袋里装几个字不如驴伊×值钱，你不看驴×，看我脸干吗。”李晓明老师对二叔的神态很不耐烦。

二叔一下子跪在李晓明老师的跟前。

李晓明老师背着双手，围着公驴踱了一圈步。“办法有了。”李晓明老师大喊了一声。二叔赶紧把剪刀对准了炸弹。

“把剪刀放下。”李晓明老师喝令二叔放下了凶器。他像个现场总指挥一样，冲二叔招了招手。

二叔赶紧把耳朵凑了过去。李晓明老师意味深长地说：“解铃还需系铃人。”

二叔的脖子慢慢拧向了炮山的方向。

刘赶山正坐在山顶，唱着雄壮的革命歌曲。

二叔立马行动，拎着两瓶酒，顺手抓了一只活鸡，飞一样地跑向了炮山。二叔捏着鸡脖子，挣扎的母鸡翅膀乱拍，鸡毛飞舞，这使二叔像电影里的日本鬼子那样难看。

二叔急促的脚步在河边停了下来，他洗去了头发上的灰尘和满身驴粪。坐在河中间的一块大石头上。

中午的阳光能烤破脸皮，二叔竟然眯缝着眼睛，扬起了脸来，安静的像个坐禅修炼的老僧，他的这幅嘴脸让人们万分惊讶。

烈日炎炎的盛夏中午，刘云山仍然在炮山顶上忘我的歌唱，歌声顺着山风，掠过了静静的树梢，穿过了淙淙河水，震荡着二叔的耳膜。

二叔仿佛听懂了歌声，他缓缓拿起了酒瓶，咬开了瓶盖，舒畅地灌了一大口酒。酒精被二叔强劲的心脏，压迫到了兴奋的每一个细小的神经。二叔猛然干咳了两声，吼起了秦腔。

二叔唱的是《金沙滩》，内容是精忠杨家将血战的故事，而刘赶山唱的是《打靶归来》。多年以后，人们总不时地回想起这一幕：那个烈日当空的中午，这两个截然不同的调子竟然是如此搭配。

二叔唱到兴起，挥舞酒瓶当作大刀，在河水中摆开了招势。在戏文里，杨令公的大刀砍向的是敌人，而二叔则把酒瓶始终对着自己的嘴巴。他喝酒时的含混不清的唱腔，如同疯子一样嚷嚷，遗憾的是，当二叔喝光了最后一口酒的时候，被石头绊倒在河水里。这使他像个落水狗一样落魄。

刘赶山突然停止了歌唱，吹起了孤独的笛子。一个肌肉劲爆的男人，在一座孤零零的山上，靠着一口百年老炮吹笛的影像至今刀刻在人们的记忆里。这支悲凉的笛声穿越了农村死一般的寂静，在冰冷的河水里激起了阵阵动荡的波纹，涟漪推着一片枯黄的落叶渐渐靠岸。

二叔依然沉醉在河水里，当扶起他的时候，这个落魄的男人满脸是水，他慌张的用手遮挡着发红的眼圈，一滴泪水从二叔干涸的眼睑里渗出来，无声地跌落在河水里。

面对打算看热闹的人群，二叔像个绅士一样微笑着摆了摆手。“赶紧回家收麦子吧。”二叔耐心地给他们解释，“不就一根驴×吗，老子舍得起，炸掉一根，老子明年再养一头驴不就有了。”

二叔自豪地对自己的话做了进一步解释。“我不能为了一根驴×低下自己高贵的头。”二叔冲疑惑的乡亲们挥了挥手，“这是气节。”

二叔偷偷抽了一把杀猪刀，圈在衣服里，他刚要跨出门的时候，一把剪刀顶在了他的喉结上，是王彩云。在二叔惊讶的眼神中，王彩云把玩着剪刀，就像一个充满自信的枪手把玩着手枪，王彩云一刀剪断了公驴蹄子上的电线，把那个黑糊糊的东西扔到了厕所里。

二叔凑上去看了看，这是一个自制的炸弹玩具，出自农村孩子的手笔。

6

二叔和刘赶山的演出草草收场，我们村好不容易消停了几天。然而，一桩怪事又搅得人心烦意乱，十几只鸡突然在一个夜晚消失得无影无踪。发生了如此大案，村长立即成立了侦破组，见过世面的二叔成了第一探员。

当天下午，二叔就发现了线索，他冒着熏天臭气，在王彩云家的茅厕里掏出了一堆鸡毛。王彩云瞪着二叔尴尬的老脸，没有过多的解释。二叔立刻来了精神，他鼓动着丢鸡的农户，闯进王彩云的家里仔细搜查。

二叔打开了王彩云出阁时的箱子，他一件一件地翻着王彩云年轻时的衣服，一阵独特的气味直冲二叔的鼻腔，他粗大的喉结蠕动了几下，脖子上的青筋逐渐暴起，额头渗出了一层汗珠。二叔喘着粗气，他贪婪的大手从箱底慢慢扯出了一件东西，是一个绣着山菊花的红肚兜。这枚山菊花在红色的背景上狂野绽放，释放出了震颤人心的诱惑。二叔咽了一口浓重的唾沫，抓住红肚兜的手如同电击般的剧烈颤抖。

二叔用绝望的眼神看着王彩云。

王彩云一把夺过肚兜，拦住了准备开溜的二叔和村长。王彩云大声对着乡亲们喊叫："今天上门找事的都是男人，你们都是裤裆里带家伙的，咱们今天得把话说清楚了，你们刚刚搜查过，我王彩云是不是偷鸡贼。"

村长一看形势不妙，嘴巴抽动了几下，一句话也说不出来。不过，村长官再小，金蝉脱壳的本领还是有的，他立马把战火引到了二叔这边，"大家先静一静，先请李勇强同志说几句，毕竟是他先发现的鸡毛。"

失主把目光全部集中到二叔的脸上，二叔活了半辈子，光和驴打交道了，从来没有这么风光过。他清了清嗓子，像个警察一样反问王彩云："你要是吃到了肚子里，我们能搜到个×呀。"

王彩云一把抽出裤带，在二叔的眼前晃了一下。二叔如同被蛇咬了一口，跳出了院子，他嘴里含糊不清的嘟囔着："坦白从宽，抗拒从严。"

王彩云跟着追出了院子，走进了围观的人群。这个发怒的女人一把褪掉了裤子，当众拉了一泡屎。

王彩云扯着二叔的袖子，把他拽到了大便前。这个怒火燃烧的女人揪着二叔乱糟糟的头发，"把你的狗脸贴在老娘的屎上，看仔细了，你在里面要找出一点鸡肉渣子来，这泡屎我当着你们的面吃下去，要是找不到，你狗日的李勇强要是不吃，老娘就跟你玩命。"

二叔挣脱了王彩云，翻身骑上公驴，绝尘而去。

王彩云用一泡屎粉碎了二叔的阴谋，洗刷了自己的清白。

村长到底是见多识广，他很快稳定住了慌乱的情绪，他从王彩云的大便中受到了启发。“消消气、消消气。”村长指着白脖子狗说，“它要能当众拉泡屎的话，你们俩就彻底清白啦。”

村长如同一名老道的狙击手，他突然出膛的这粒冷枪把狂傲的王彩云打愣了，王彩云可以用拉屎洗刷自己的清白，狗屎落地的时候却有很多的未知因素。万一白脖子狗昨天晚上吃了野鸡，屎里面只要有一根鸡毛，单靠她和一张狗嘴显然不是三道湾村 80 张嘴的对手。

王彩云做了一个手势，白脖子狗飞蹿上了院墙，消失在了丛林中。

“这是畏罪潜逃。”村长对王彩云严肃地说，“赶紧让白脖子狗自首，得到政府的宽大处理。”二叔不知什么时候又杀了个回马枪，他跟在后面催了一板，“对，坦白从宽，抗拒从严。”

王彩云轻蔑地瞪了一眼村长，她把一口热辣辣的唾沫吐到了二叔的脸上。

在村长的部署下，追捕偷鸡嫌疑犯——白脖子狗的行动立即展开。

村长在养鸡户中集资了两百多块钱，买了一把上好的猎枪，他要亲自带领二叔把白脖子狗缉拿归案。临行前，二叔和村长庄严宣誓：“不杀恶狗，誓不回村。”

冷清的月亮爬上了丛林的树梢，树木的枝条把月光切成了碎片，洒落在村长的脸上，使村长的脸显得十分狰狞，如同挂在墙角的一颗猪头。

二叔一回头，村长的眼睛在月光下闪着鬼火一样的磷光。二叔感觉阵阵凉气窜上后背，蝙蝠无声无息地从林间划过，猫头鹰偶尔的一声哭叫，使他们打一个冷颤，身上起了一层鸡皮疙瘩。

二叔紧张地连屎也憋不住了，他怕臭味影响了村里的首长，强忍着黑夜的恐惧，爬向了一个茂密的草丛。他抬头望了望月亮，发现明亮的月亮边上渗出了猩红的血色，他心里一颤，想起了他爷爷，想起了我曾祖父留给村里的一段传奇。

那一年是民国六年，二叔的爷爷曾在当地的县城里做参议，他那天回家过六十大寿。从二叔断断续续的讲述中，我用简单的思维还原了当时的情景。

我的曾祖父戴着一顶黑沿礼帽，骑着一头雄壮的骡子回到了他的家乡——三道湾村，他的身后跟着两个背着长枪的卫兵。我的曾祖父脸上和结了冰一样严肃，他冷冷地看着这条走了60年的村道。60年对一个山村的道路来说，几乎没有什么变化，而对我的曾祖父来说，这条村道曾经牵引着他走向了青壮年的美好时光，现在则拉着他一步步走向了墓穴，流逝的时光往往把美好的事物变成了对立的两面。

这个三道湾村最大的人物平常很少说话，他做官以后，说的话就更少了，他留给三道湾村村民最深的印象就是无声地流泪。

乡亲们告诉我，曾祖父回家的第一件事就是要到祖坟上去，靠着祖先的墓碑，放声大哭，我曾祖父的痛哭和一头老山羊一样，让山村充满了莫名的伤感。

傍晚的时候，贺寿的仪式正式开始了，几个手脚利索的小伙子把一头肥壮的绵羊抬到祖先的供桌前，曾祖父对着羊耳朵低声说了几句话，他点燃了一柱长香，在羊头上环绕了三圈，然后给羊行了一个叩头大礼。

两个小伙子一刀拉开绵羊的胸膛，绵羊痉挛不止，小伙子撕落羊皮，一刀斩断还在叫唤的羊头。一个全身披红的童男子迅速抱起羊头，悬挂在村口的那棵老柳树上。那个血腥男童就是二叔。

院子里挤满了三道湾村的80户老少爷们儿，曾祖父命令卫兵打开上好的烧酒，80碗烧酒齐端起来，曾祖父端起酒碗，泪流满面。

曾祖父把一碗酒撒向了天空，他仰脸看着晶莹的酒珠飞向了夜空，月亮把酒珠照射得晶莹发光，这些酒珠撒落下来，砸在曾祖父的脸上，酒水和泪

水混合在一起，使曾祖父的脸和遭受了冷雨抽打一样，狼狈不堪。

曾祖父端了一碗酒，他沙哑着嗓子一声大喊，“敬天地父母”，八十口大碗一碰，酒干见底。

曾祖父拿出了一箱袁大头，散落在空中。二叔曾对我回忆说，一大箱子的袁大头，曾祖父撒起来就像撒种子那么潇洒。

“我当时忙了挂羊头了，一个大子儿没捡着。”二叔到现在说起这件事来都十分惋惜，“一箱子的袁大头啊，就这么撒没了，我日他先人。”

孩子们争相抢钱，他们快乐的呼喊使孤寂的夜晚十分生动，曾祖父脸上浮现出了一点笑意。他微笑着看了看明月独行的天空。

笑脸冻僵在曾祖父的脸上，人们发现曾祖父的脸色逐渐发紫，再由紫色变成了血红色。

人们顺着曾祖父的目光冲天上一看，一轮明月变成了赤红色。

红月亮——灾祸就要在村子里降临了！

曾祖父平静地给祖先上了一炷香，他看着天上的红月，嘴里不停地唠叨着什么，两个卫兵也忙着喝酒，全然没有理会走出了院子的曾祖父。

曾祖父在红月亮的照射下，忧伤地走到了村口，他望了望挂在树头上的羊头，望了望天空的赤色圆月，无奈地摇了摇头，山林里的群狼被羊头的血腥气吸引，潜伏到了村口的草丛里。那头青色的头狼爬上了柳树，伪装起来，观察着村里的动静，还有悬挂在它头顶那里的羊头。50多头饿着肚子的野狼潜伏在沟道里，耐心地等待杀戮的时机。

一阵冷风吹过，曾祖父感觉有点异常。他回头看了看还在滴血的羊头，看到了一双恶狼的眼睛，曾祖父用尽了全身的力气号叫了一声“狼”，凄惨的叫声惊落了80酒碗。

两个卫兵迅速把20多坛烈酒倒在家具上，燃起了一片火海，布好了火阵。

曾祖父报警的回音还没有完全消失，群狼已经杀到了家门口，两个卫兵把所有的人都圈在火阵里，他们命令青壮男子手执棍棒，准备迎战。

卡着曾祖父喉咙的是一只青色的黑头公狼，五十多头狼紧紧跟在它的后面。

黑头公狼放下了曾祖父，它指挥着两只精干的灰狼带队封锁了村口所有的出路。黑头公狼看到卫兵手中的枪，它把曾祖父放在地上。

曾祖父竟然坐了起来，他优雅地摸了一下脖子，擦干了脸上的血迹，曾祖父叹了一口气。好多村民后来回忆，曾祖父的叹气声好像从深井底下传来的，沉重冰冷。

黑头公狼害怕遭受卫兵的冷枪，它埋伏在曾祖父的身后，用狼才能听懂的号叫布置着袭击计划。

13 头公狼分别窜向了其他村民的家里，三道湾村的村民心里一惊，男人们忙着在这里喝酒了，家里只留下了老婆孩子，根本无法应付狼群的袭击。

人群开始失控，乱成了一团，准备各自回家救命。

常年作战的卫兵心里清楚，这是狼的分兵之计，它们就等着人们各自作战的时候，一一击破。

卫兵冲天开了两枪，刺耳的枪声划破了恐怖的夜晚。纷乱的人们立刻安静了下来。

一个卫兵跳上了桌子，他对三道湾村的青壮年说，狼群不会袭击妇女和孩子，平时打狼的都是小伙子，它们这次倾巢出动的主要目的是要我们的命。

卫兵指挥的时候，奄奄一息的曾祖父微笑着点了点头，向众人证明了卫兵的判断，人们悬着的一颗心稍微放松了一点。

二叔告诉我，曾祖父留给他的印象如同石像，他生命的最后一刻，才使村民感觉到他的热血奔流。

一阵山羊的惨叫声划破了夜空。分头出击的狼群叼回了几十只羊，齐

刷刷摆放在祖父跟前，祖父和羊成了群狼的俘虏。

曾祖父耐心地用手摸着惊恐的羊头，他努力使被死亡恐惧的羊群安静下来。曾祖父用手堵最小的一只山羊脖子上的血窟窿，这使他平日握笔的手和屠夫的手一样血腥。

小山羊的血越流越多，它的眼睛在月光下逐渐失去了生动。曾祖父的眼睛里滑落了两行红色的眼泪，年幼的二叔抬头一看，月色如血。

卫兵让几个壮汉拿着火把站在最前排，他和另一名卫兵交换了一下手语，准备解救曾祖父。

曾祖父冲他们不停地打着手势，两个卫兵让人们赶紧撤回窑洞，当二叔随着人流跌跌撞撞地挤进窑洞的时候，他们刚才站立的地方突然塌陷了下去，几十个狼头突然蹦射了出来，两个最后掩护的士兵被突然从地下冒出的狼群拖下了地洞。

原来狼群故意麻痹了人们的注意力，偷偷在地下挖了一条偷袭的地道，要不是曾祖父用作战的手语告诉卫兵，三道湾村不可避免要遭受一场空前的杀戮。

黑头青狼仰天一声长嚎，叼起曾祖父，带着狼群消失在山林中。

有人说，曾祖父被狼拖回山林，连骨头都吃掉了，有人说，曾祖父后半生成仙了，他被狼请去做了军师。

想到这些，拉屎的二叔浑身发抖，在黑暗中摸来摸去，希望找到一块自卫的武器。幸好，他的眼前有一块奇形怪状的石头。二叔把这块石头拿到月光下一看，惊得一屁股跌坐在屎上。

红月亮把这块石头照得发亮，给这块石头镀上了一层血色，还原了它的本来面目，这是一个死人的头盖骨，两个黑洞洞的眼窝里充满了忧伤，那是曾祖父的眼睛。

夜晚的丛林和坟墓一样阴森恐怖，枯树的干枝在月光下和死人手一样绞和在一起，编织了一张死亡之网，把二叔牢牢地罩在里面。

一股冷风分开了草丛,白脖子狗好像从月光里穿行到了二叔刚才拉屎的地方,它对着那个头盖骨嗅了一会儿,白脖子狗抬头望着月亮,把嘴贴在地面上低沉地呼唤着,发出了呜呜的叫声,如同一个老年丧子的妇女的哭声。白脖子狗叫声凄惨低沉,好像从地底下传来,二叔听起来十分熟悉,这那里是狗叫,分明是狼嚎。

二叔觉得眼前的白光一闪,一只白色的母狼出现在了草丛里,它身上反射的红色月光让人手脚发凉,白脖子狗和白狼互相舔了舔嘴巴,又互相闻了闻尾部,它们开始亲密地交配。

母狼冲着月亮长吟了一声,几十条狼好像从地下冒出来了一样,他们跟着母狼杀向了三道弯村。二叔惊恐万状的眼睛好像看到了一个模糊的身影,这个身影骑在一只黑头青狼的身上,指挥着群狼杀向了三道湾村。

7

"这个黑影是你曾祖父。"二叔后来十分肯定地对我说,"你曾祖父绝对成狼精了。"

狼群又一次杀进了三道湾村。

这阵已经是子夜时分,三道湾村正处在甜蜜的梦境里,二叔顺着一条小道奔跑,想把救命的信息尽快传送到村里。

脚步轻快的二叔越过了一个山湾, 突然看见一个老头走在前面。二叔顾不上气喘吁吁的村长,捧开步子追赶老人。二叔那时候三十多岁,行走起来脚步生风,无论他跑得多么快,就是追不上前面这个蹒跚行走的老人。二叔追得紧,前面的人也加快了速度,二叔走得慢,前面的人好像故意磨蹭着等他。

一丝恐惧掠过了二叔的大脑, 种种鬼故事浮现在他的脑海里。二叔停下了惊恐的脚步,他喊了一声村长,山谷里有着他孤单恐惧的回声。

冷汗渗透了二叔的脊梁,他打了一个冷颤,二叔看了看星空,判断出了方向,他被前面的黑影带向了一个古堡。

黑影慢慢回过头来，二叔看到了一张熟悉的脸。对，是曾祖父的脸，三十多年过去了，曾祖父的脸还是和他死前冰冻一样寒冷。

二叔把头埋在曾祖父的手里，眼泪如同冰块融化的水滴，打湿了曾祖父的手。曾祖父回头望了望天空，发出了一声沉重的叹息。

二叔看了看曾祖父的脸，又望了望家的方向，他的目光充满了留恋和惋惜。二叔怀疑的眼神紧盯着曾祖父，他想从曾祖父那里寻找他是生是死的准确答案。曾祖父从怀里拿出了一口大碗，二叔清楚地记得，那是曾祖父临死前的酒碗，上面还有星星点点的血迹。曾祖父喝了一口酒，看了看逐渐漆黑的夜空。这个沉闷的老人不停地喝着酒，夜空中的萤火虫落在了他的酒碗上，照亮了曾祖父忧伤的眼睛。

"你还是回去吧，死对你来说没有意义，也就是说，你的死亡就像冒了一股屁一样的青烟。"曾祖父对二叔说，"我对我自己充满了失望，但对你们失望更让我失望至极。"

看了看二叔惊讶的嘴巴，一滴冰一样的眼泪从曾祖父干涩的眼睛里滑落。"死亡了以后，到了另一个世界，我才清楚地审视了对岸，也就是你们所说的生的世界，细细测量我走过的路，我对命运有了更深的理解，但一切都妄若青烟，伴随我的只有自己的失望和无奈的叹息，我一生下来就决定了一切，此岸也好，彼岸也罢。"

曾祖父又喝了一口酒，"酒是这个世界最好的东西，酒到我的肚子里就变成了倾诉感情的泪水，他让我活着的时候不再孤单。"

"我小的时候，无意中捏死了一只麻雀，看着麻雀逐渐暗淡的眼睛，也就是说，麻雀眼睛里刚才还可以照出我的影子，但经过我的扼杀以后，麻雀鲜活的眼睛如同蒙上了一层死灰，我的影子从它的眼睛里彻底消失了。我杀死了麻雀，从另一个意义上来说，也杀死了我自己。"

"我后来读了私塾，先生告诉我，人世间最美好的东西就是读书，书读得越多，人就登得越高。记住，使人成长的不是骨头拔节、脑袋增大，甚至性欲增强，使人成长的元素是唯一的，那就是书。书好比是前人用自己的骨架搭建成的梯子，人类的精英才能踩着他们的骨架到达顶端，你比前人的眼光看得更远，这个时候，你自己也就成了这架梯子的一块骨架，寂寞地等待着来者。”

“我窝在窑洞里，读了好多的书，后来我走出了窑洞，背着一个举人的功名走进了名利场，我按照对先辈的洞悟决定我的脚步，确切来说，我也把我自己当作了那架梯子上了一档。现实告诉我，我错了。我走的路是正确的，但时代却走向了另一边，我被抛弃出了游戏的圈子。”

“我坚持了我的方向，一路磕磕绊绊，撞得我鼻青脸肿。说来也是可笑，我坚持的结果是鼻青脸肿，可我那个时代坚持的结果是青龙旗上的图案变成了青天白日。这种变换导致了很多的生命成灰，比如你们家的钟表，天天无聊地围着一个圈转，每转过一圈，你们说，新的一天开始了，其实你们没有看到，你们已经离死亡走近了一步。但时代因误变转轨却充满了血腥，通俗地说就是掉了好多好多的脑袋。”

“青天白日以后，好多人说，看来你坚持的是对的，他们换了一个新名词，把我称为了革新派，人类造词的能力非凡，我是一个按照自己道路前进的行者，那个时代使我成了异端，今天却成了革新派。我被安排到了县政府，我的这段历史你好像有点记忆。不过我并不乐观，你可能更多地记得我口袋里的铜板和银圆，因为你追求的是口水和填饱饥渴的胃囊。”

“那是一个子弹和帽子在头上乱飞的时代，我还是按照前人的教诲，决定我的脚步，可是没有过多久，我又被时代摔出了轨道，既然是参议，最起码坚持人类的基本法则，也就是把人当做人，尊重人。事实恰好相反，参议就是在上面一言不发，或者揣摩上司的心思说空话假话。他们所说的空假话经过参议的嘴巴过滤以后，就成了民意。”

“我又出轨了，我在夜晚经常审视自我，拷问自己，我看到星空依然在固有的方位闪烁，我心静如水。”

“后来，我又到了另外一个时代，你和一帮年轻人围着我呐喊、咆哮，冲我吐口水，你们给我起的一个新名词叫什么来着，哎呀，你们嘴里玩弄的名词太多了，我都记不住了。”

“后来，我成了一个商人，也就是一个猪贩子，说来十分可笑，到了年老的光景，和一个清末举人对话的竟然是一群猪，我们的目标更为简单直接，更为对立。猪吃饱了以后直接走进了屠宰场，而我用所得的收入苟延残喘。”

“在你们眼中，我是被狼杀死的，其实，杀死我的是你们。我无法表达和交流，我唯有在祖先的墓前流泪对祖先倾诉，我不是哭我死去的爹娘，我哭的是被摧毁的美好，在你们眼中，我成了一个爱哭的怪人，这是我对你们世界的伤心和诀别。”

“我离开了你们的世界，来到了对岸，这使我更清楚地审视你们，站在来世里审视在生世界，我绝望了，当我看到了你的一切。

曾祖父喝干了最后一滴酒，他对二叔摆了摆手，“你还是回去吧。”

8

曾祖父如同一股青烟，缓缓隐没在了黑暗里。

二叔突然打了个冷颤，剧烈的疼痛使他逐渐清醒了过来。二叔扭着酸痛的脖子，打量了一下周围的环境，发现自己掉进了路边的一个水洞里。刚才离奇的梦境让他头皮发冷。

二叔艰难地爬出了水洞，迎接他的是一只龇牙咧嘴的母狼。二叔已经有气无力了，他张了张干涸的嘴巴，如同一条被钓上岸的将死之鱼，空洞的嘴巴悄然无声。

母狼呜咽着抽泣起来，二叔从它的眼神里看到了两滴冰冷的泪水，使黑夜孤月更加伤感。

常年和狼打交道，二叔深谙狼的本性。当地人在宰杀牲畜的时候都要祷告，祈求被杀者死了以后有个好的来生。狼也是一样。几位从狼口有幸逃生的人曾经告诉我。母狼杀人的时候，哭得十分伤心，眼泪像一根银色的细线一样在月光下闪烁不止。

母狼停止了呜咽,她蹲伏在地上,耳朵紧紧地贴在脑后,脖子上的长毛根根竖起,刚才还和狗一样大小的母狼,全身的毛发膨胀起来,和一头凶狠的母狮一样。

一阵寒风刺面而来,母狼飞扑过来的身影挡住了月光,二叔的眼前一片漆黑。

一声惨叫撕裂了夜空,二叔睁开了等死的眼睛。不可思议的事情发生了,白脖子狗从悬崖上飞身冲了过来,一头把母狼撞出了一丈多远。白脖子狗接着杀向了目瞪口呆的一只小狼。母狼从白脖子狗的侧翼奋力杀了过去,从白脖子狗的口中夺下小狼,滚下了山坡。

二叔恢复了一丝元气,屁滚尿流地赶往家的方向。

二叔判断群狼进了村庄,他环顾四周,找不到一件抵御的武器。赤手空拳的二叔不敢茫然进村,他三下两下爬上了村口的老柳树,居高临下观察村里的动静。

黑头公狼带着群狼围着打麦场跑圆圈,公狼站到了圆圈中间,几十条野狼两条后腿直立起来,张开大口直对明月,公狼冲着月亮发出了一声沉闷的长嚎,几十条野狼齐声哀鸣。

三道湾村一阵惊悸,群狼今晚要大开杀戒。黑头公狼布置了四头黑狼埋伏在村口,让一只瘦小的母狼站在村里的古堡上放风,然后带着群狼鬼鬼祟祟地潜进了村庄。

二叔爬到了老柳树的顶端,他看见公狼首先袭击的目标正是自己的家,黑头公狼冲二叔家的狗窝一扭嘴,一只母狼学起了狗叫,天哪,母狼的嘴里竟然发出了母狗求偶的叫声。

二叔家的大公狗在睡梦里听到突然传来了母狗的叫声,公狗兴奋地摇了摇睡得有些发懵的脑袋,它爬出狗窝,打了一个冷颤,抖掉了身上的杂草。公狗仔细地分辨了一下母狗思春的准确方位,十分优雅地跑出了院子。

两只公狼悄悄摸进院子，抄了大公狗的后路，又有两只青色公狼一左一右包抄了上去。

大公狗感觉气味有些异常，一阵冷风直刺两肋，它本能地在地上翻滚了一下，两头偷袭的青狼完全扑空，大公狗就势一口卡住了一头青狼的脖子，但黑头公狼冰冷的尖牙已经钻进了大公狗的后颈。

大公狗如同遭受了电击，身子颤抖了几下，无力地倒了下去，一条冒着热气的血流像血蛇一样在路上蠕动。

两只负责包抄的公狼嗅了嗅二叔家的窑洞，埋伏在窑洞两侧，准备等人出来的时候发动突然袭击。

四只母狼用利爪扒开二叔家的鸡窝，几十只母鸡来不及呻吟，全部进了狼群的肚子。

黑头公狼一甩尾巴，狼群全部聚拢了过来，黑狼低声号叫着布置下一次的袭击任务。

一声清脆的鸣叫在死寂的院子里响起，群狼吓得一哆嗦，一只刚孵出不久的少年公鸡呆头呆脑地走了过来，小公鸡没有见过狼，它面无惧色地在院子里走了几步，小公鸡显然把群狼当做了狗群，它以为天快亮了，扯开嗓子一声长鸣。

小公鸡打鸣的手段昨天刚刚从一位公鸡老爸那里学来，今天第一次正式亮相，就把群狼吓得不轻。小公鸡看到一群狗被自己的打鸣声吓坏了，得意地扇了扇翅膀。

一只母狼忍无可忍，它张开獠牙，准备把小公鸡吞下肚去。公狼一口咬住了母狼，它走到小公鸡面前，赞赏地点了点头。然后用尾巴把小公鸡推进了鸡窝里。

黑头公狼用尾巴在二叔家的窑门上扫了一下，拂去了糊在门缝上的蜘蛛网，它直起后腿，扒在门上顺着门缝观察里面的动静。

二叔已经出门好几天了，只剩下了儿子明子一个人看家。黑头公狼显然听到了明子甜美的鼾声,嗅到了狗娃呼出的丝丝热气。

黑头公狼用嘴叼起了半截木棒,敲击着门板。站在树头上观望的二叔一阵揪心,公狼竟然模仿人假装敲门。

熟睡的明子被敲门声从梦境中惊醒,他晕头涨脑地爬出了被卧,下炕的时候一脚踩在了尿盆里。冰冷的尿液一下子渗透到了心底,把明子激了个冷颤,脑子一下子清醒了过来。

明子看了看窑洞顶端的通风口,月亮投射进来的阴影还在窑洞的墙壁中间,这阵应该是午夜时分,谁在这个时候敲门呢?

"谁?"明子警觉地喊了一声。

黑头公狼停止了敲门,它把尾巴支在地上,继续保持着站立的姿势,以便及时观察里面的动静。

农村人敲门的时候,通常要弄出很大的声响,然后会大声地喊叫,生怕里面人睡着了听不见。而公狼的敲门如同一个访客一样文雅,这不得不使明子起了疑心。

是父亲李勇强吗?根本不可能,李勇强回家的时候,人没到驴先叫,今天怎么会这样悄然无声呢。明子蹑手蹑脚地走到门板前,他从门缝里看到了一张漆黑的狼脸。他的双眼刚好和狼眼四目相对,明子的心一紧,心脏好像被人狠狠捏了一把,紧张地喘不过气来。他一屁股跌坐在地上,打翻了尿盆,尿液劈头盖脸地泼溅了一身。明子一下子冷静了下来。

黑头公狼也被吓得倒退了好几步,黑头公狼很清楚,里面的人既然发现了,群狼一定要攻陷这口窑洞,要不然,整个突袭计划就会破产。

黑头公狼低声号叫了一声。两只公狼在门槛下面挖刨了起来。它们想挖掘一个地洞,攻入窑洞。

二叔紧张地大气也不敢出,狼在挖洞的同时,二叔看见他家的烟囱里冒出了阵阵浓烟。这使他百思不得其解。

掘洞的两只公狼的大半个身子已经进到了洞里,只剩下尾巴露在外面,

尾巴扫得地面上尘土飞扬。

地洞快要挖通了，只剩下一点薄薄的地皮，两只公狼已经倒退了出来，给进攻的狼群让开了通道。

“我李勇强要绝后了。”二叔悲伤地叹息了一声。

另外两只公狼后退了几步，突然冲刺进了地洞里，它们借着冲劲，一头击破地表的薄层，对里面的人发动突然袭击。

二叔紧张地闭住了眼睛。

两只发动突袭的公狼一阵惨叫，滚出了洞外，黑头公狼怒气冲冲地过去一看，两只公狼的前爪只剩下了骨头，黑血四溅。

原来明子已经烧化了一盆沥青，攻入地道的狼把爪子刚伸进来，明子就把滚烫的沥青浇灌了上去，拔掉了狼爪上的皮肉。

我曾祖父大寿那天遭遇狼群的地道袭击，三道湾村的村民发明出了这项对狼作战的沥青战术，并代代相传，常年在外忙于配种的二叔也为自己的传宗接代动了很多的脑筋。明子的这些对狼作战的经验都来自于二叔手把手地教授。

两只受伤的公狼疼痛地在院子里翻滚，发出了一声声渗人心骨的惨叫。黑头公狼用舌头舔去了它们的眼泪，突然一口封锁住了它们号叫的喉咙。

几只母狼过来舔平了死亡的同伴纷乱的皮毛，它们低声地呜咽着，用舌头认真地添着，就像一个收敛死者的长者，尽量抚平逝者的伤痕，维护他最后的尊严。

黑头公狼在狼群周围急躁地跑了两圈，它把阵形大乱的狼群重新集结到一起，黑头公狼呜呜叫唤了几声，十几头高大的公狼围拢了过来，黑头公狼一声号叫，好像吹响了总攻的号角。

令人吃惊的事情发生了，十几头公狼全部飞跑起来，如同一颗颗启动的鱼雷，撞向了窑洞的门板。

二叔心里十分清楚，用不了几下，他家的门板就会在狼群的撞击下四分五裂。几分钟后，满世界配种的二叔就会断子绝孙。

一个炸药包突然飞向了狼群，导火索燃烧的火光在夜空中划出了一道优美的弧线，一声巨大的爆炸把二叔从柳树上震落下来。

他看到狼群中血肉横飞，一颗狼头弹射上了天空，在月色下甩出了点点血雨。

刘赶山镇定地站在二叔家的窑洞顶上，他在浓浓的硝烟中点燃了第二个炸药包。

激动的二叔泪如雨下，他突然看到几只母狼改变了计划，转道杀向了刘赶山家。而刘赶山正在和群狼决战，无法抽身保护王彩云。

二叔点燃了打火机，但却找不到燃烧的东西。这个壮年男人突然脱掉了上衣和裤子，迅速引燃了衣服。

二叔赤身裸体拽着一条火龙冲向了刘赶山家。

二叔粗大的生殖器左右拍打着肌肉发达的大腿，他的两腿轻盈而动感十足，衣服上的火苗越来越旺，这使二叔像一条从天而降的火龙一样威力四射。

他三下两下就冲到了王彩云家的大门前，快速流动的氧气加速了衣服的燃烧，二叔变成了一个火人。他像战斗英雄黄继光一样，义无反顾地冲进了狼群。

二叔跨腿跃上了一只毫无防备的狼背，我仿佛听到了狼腰折断的沉闷脆响。二叔直接把着火的衣服圈在狼身上。

这只狼立刻成了一条火狼，它号叫一声，冲向逃窜的狼群，火狼显然吓坏了它的群体，惊恐的狼群凄惨号叫，四散奔逃，有的直接跳进了山涧里。

惊吓的王彩云立刻跌进了二叔赤身裸体的怀里。豪气勃发的二叔捞起了一把菜刀，号叫着杀向了野狼逃窜的方向。

白脖子狗截断了群狼逃窜的后路，刘赶山的炸药包轰死了几只公狼，二叔乘机突进了狼群，他的菜刀左右翻飞，砍落了几颗狼头。

黑头公狼带领着几只健壮的公狼杀了回来，它们想救出被牢牢围困的母狼。二叔一声咆哮，菜刀带着月光，冲黑头公狼劈头而下。黑头公狼一闪身，准备撕咬二叔的左腿，白脖子狗一口咬住了黑头公狼的脖子，二叔一刀斩落了狼头，狼血喷溅了二叔的下体，使他的生殖器英气勃发。

刘赶山和二叔站在一堆狼尸里沉思。"到我家喝酒。"二叔率先打破了僵局，"狼肉就烧酒，壮阳又强身。"

王彩云拿了一身衣服扔给了二叔，是刘赶山退伍时的军装。

"呵呵，呵呵，他娘的这身衣裳提精神。"二叔给刘赶山添了一点酒，"往我身上一套，身份就变了。"

刘赶山点了点头，狠灌了一大口酒，"有了四个兜，有点干部的派头。"

二叔沉思了半天，"他娘的这世道有意思，一身皮就能把要驴伊的变成干部了。"

9

刘赶山和二叔李勇强化敌为友，联手干掉了13只野狼，我们村的山林里突然多出了几十只无狼喂养的小狼，每到天黑，小狼在山林呜咽长啸，犹如孤儿哭泣，凄惨之声寒彻心骨。村子的狗全部停止了吠叫，陷入了无声的沉思。

狼嚎声如同一条条带刺的鞭子，在黑暗中冰冷地抽打着爷爷，把这个可怜的老人驱赶进了无边的黑暗。不停地翻身叹息，他焦灼的眼睛一直盯黑夜里的星空，祈求着灵魂的拯救。

第二天，爷爷用拐杖逼着我把几只死兔子扔进了山林，已是黄昏时分，当我逃离山林的时候，我看到了闪烁在树丛中的点点绿光。

当我跑到干枯的河道的时候，月亮已经挂在了梢头。夹在两山中间的河道里只有我一个人，极度的空旷使我产生了幻觉，我觉得自己的灵魂已经脱壳而去，他正在天空的某个角落，无奈地看着我空旷的躯壳在无限空旷的河谷里迷失。

突然，我感觉身后一股冷风呼啸而来，刚一回头，一只狐狸从我的两腿之间冲了过去，消失得无影无踪。冷汗立刻渗透了我的皮肤，两腿一阵发软。

平时怕人的狐狸为什么能从我的裆间夺路狂奔？只有一个原因，后边肯定有比人还可怕的东西追来。

难道又有狼群进犯？我还没有理清思路，耳朵里传来了闷雷一样的轰隆声，如同狂风一样直冲耳膜。我回头一看，山洪似群狼一样从河道里号叫着扑了下来。看来是远处刚下了暴雨，汇集的洪水毫无征兆地抵达了这里。

我来不及多想，赶紧往沟坡上爬。河道两侧的沟坡上全是红胶泥，经过雨水的浸泡，我受惊的脚刚踩上去，就被滑倒在地。我发疯一般在胶泥坡上挖刨，然后把脚塞进挖出的小洞里，艰难地向上爬，即使一根小草，也被我当作救命的绳索一样死死抓住。

洪水像山体滑坡一样带着巨大的吼声扑了过来，卷起的石头砸在了我的小腿上，我两腿一阵痉挛，只要一只脚离开地面，我就被卷入了洪流。我一边向上爬，一边哭喊，我希望上面有人垂下一根绳索，把我拉出死亡的边缘。我的哭喊完全被洪水的吼叫淹没了，在洪水发出死亡威胁的画面里，只有一个发疯刨坑的少年和一张哭喊求救的嘴巴。

多年以后，我看到了一幅毕加索的名画《惊悚》，画面里那个捂着耳朵，嘴巴和脸庞极度变形，在一团黑暗中惊叫的抽象的人和我当晚的情形惊人的相似，我在这幅画前一阵惊悚，有一种恍然隔世的感觉，仿佛周围丧失了一切声音，只有我们两个在里面刻骨铭心地哭喊、尖叫。

我加快了挖刨的动作，生活在山里的人十分清楚，在这样的雨天，从四面大山坡汇集到一起的山洪刚下来的时候并不大，但在几分钟之内，会涨满整个山沟，山洪借着山的坡势，形成了巨大的冲刷力，把山沟两侧的树木和石头卷在一起，如同一条泥龙一样在山沟里疯狂冲撞，发出惊天动地的可怕声音，有着摧毁一切生命的破坏力。

我像一只被毒蛇死逼的老鼠一样，在求生的本能下拼命地挖洞，踩着这些脚窝逃避洪水的追杀。洪水的速度显然比我挖坑的速度快得多，我刚爬了几步，就被急速上涨的洪水追上了，我回头看了一眼，一个卷着泥石的浪头倾泻而下，山沟腰上的一棵树被洪水卷着的石块拦腰砸断，巨大的树头立刻被洪水卷进了泥石流。

我感觉洪水中有无数双手拽着自己的脚，要把我拖下暗无天日的洪水，像卷那棵树一样吃掉。我的指甲已经被石块掰掉了，指头上的鲜血在胶泥上留下了细小蚯蚓一样的血痕。

我艰难地爬到了沟边上。洪水猛地一下子扑了上来，我感觉一股寒气直刺腰部，好像无数钢针刺进了下身，腰好像被一个巨大的钳子死死地卡住了，连呼吸也变得十分艰难，我紧紧地揪住了沟边上的一丛灌木，身子完全卷入了洪水。

我绝望地望了一眼天空的方向，我看到月亮慢慢躲进了云层，黑暗逐渐笼罩了我的双眼，我感到我被这个世界无情地抛弃了。

在洪水的来回冲刷下，这棵灌木的根部开始松动，用不了多久，它将和我一同被卷入洪水。

洪水耗尽了我最后的一丝力气，就在我撒手的时候，我感觉到了一只无比温暖的大手。是从炮山上飞奔而来的刘赶山。

刘赶山借着洪水回旋的机会，一把将我甩上了坡面。

我又回到了生的世界。

10

雷声把人们从睡梦中炸醒，在闪电中，我看到黑云几乎压到了将近收割的麦穗上，天地在可怕的吼声中溶为了一体，人们可以清晰地听到翻滚在云层中的水声，灾难就要临头了。

摸索出屋子的男人借着电光向炮山望去，刘赶山在闪电中开炮了，他如同鬼影一样快速地把火药倒进了炮膛里。

军旅生涯练就了这个男人临危不乱的勇气，他倒火药时安详的神态就如同农妇把洗得干干净净的黄米下进了锅里。一个惊雷在刘赶山的头顶爆炸了，一团火球在刘赶山的头顶砸了下来，刘赶山如同躲避日本鬼子空投炸弹一样顺势翻身，滚进了他早就挖好的工事里。他在躲避惊雷的瞬间用一个塑料布盖住了炮口，这样闪电就不会点燃炮膛里面的炸药。刘赶山在工事里迅速搓好了炮捻子，他借着闪电跃出了工事，准确地把捻子插进了大炮的引火口。刘赶山在大炮下蜷缩等待着点火的最佳时机，他的身体和压缩的弹簧一样绷紧。

"快点火呀"，我急得大喊。"你懂个屁"，三叔轻蔑地瞪了我一眼。突然，一道闪电把乌云劈开了一个大口子，刘赶山头顶的乌云如同狮子的大嘴一样吐出了一个巨大的火球，旋转的火球直击刘赶山。

我的心提到了嗓子眼，刘赶山紧紧盯着击来的火球，他嘴角露出了一点残酷笑容，他在闪电击来的瞬间突然点燃了捻子，翻进了工事。

在火球将要在大炮上爆炸的时候，大炮的火药喷射了出来，一条火龙卷着这个火球在昏暗的云层里爆炸。一声轰天巨响，地动山摇，三道弯村的老人以为发生了地震。我的爷爷紧张地看了看窑洞，几绺震落的陈年老灰落在了他惊恐万状的脸上。

乌云被爆炸的气浪掀起了大海一样的波涛，上了高中以后我回想起这个情景，感觉到刘赶山在炮山上引爆了原子弹，因为爆炸后的景观太像蘑菇云了。

"刘赶山这狗日的把天炸了个窟窿，"我的爷爷惊慌地喊叫着，"我们要遭报应了。" 三叔不耐烦地看了一眼爷爷，"把火炮的爆炸和闪电的爆炸一同利用起来，这才是真正的炮手，"三叔像个解说员一样给我们讲解着，"刘赶山这狗日的，嘿。"

全村几乎所有的手电筒都射向了炮山，射向了肩负他们希望的刘赶山。

令我奇怪的是，以往刘赶山只要放两炮，爆炸的热力就会在云层中产生对流，形成大风把乌云带走。而这天夜晚，刘赶山刚放两炮以后，天空一下

子安静了下来，听不到雷声，也看不到闪电，整个三道弯村就和死了一样寂静，静得可以听见跳蚤蹦跳的声音。

“没事了。”三叔松了一口气，“赶紧撒尿睡觉。”我和弟弟跑到外面刚解开裤带，大雨像鞭子一样抽射而下，打得我脊背又冷又疼。我的弟弟哇的一声大哭起来，我后来才知道，一个小冰雹恰好砸在弟弟的男根上，我们飞快地跑进了窑洞。

一股土腥气跟着我们卷进了窑洞，我的爷爷像一只老狗一样深深地吸了一口雨中的空气，这个经历了无数灾难的老人一下子栽下了炕头。

“寒气呀，三九天一样的寒气呀。”爷爷嗅着空气浑身发抖，“雹灾来了。”

刘赶山的第三炮打响了，一声天崩地裂般的惊雷吞噬了刘赶山的炮声。三叔感觉到有点不对劲，我们往外一看，天空的乌云瞬间变成了赤色，整个三道弯村突然被点亮了，三叔也变成了赤色，我看到赤色的爷爷一个劲向天叩头。

鹅卵石一样的冰雹向三道弯村倾泻下来，大树在瞬间被砸得只剩下了一个秃树桩，我们还没有回过神来，冰雹就在窑洞门口堆起了一道令人恐怖的冰墙，一股寒气令人发颤。

我从窗户望去，刘赶山顶着牛皮火药桶把所有的火药都倒进了炮膛，打响了冰雹反击战。就在他刚要点火的时候，一个碗口一样的冰雹砸在了他的右手腕上。刘赶山浑身中弹一般震动了一下，右手腕就和冰雹打折的树枝一样垂了下来，打火机被泥水冲下了山坡。

刘赶山回头望了望三道弯村，他无奈地笑了一下。刘赶山摔掉了护在头上的牛皮火药筒，他双手牢牢地抱住了填满了火药的大炮。一道闪电鞭子一样抽射下来，炮山上突然火光冲天，一声惊天巨响震碎了所有人的耳朵。刘赶山和火炮从村民的视线里消失了，黑暗吞噬了三道弯村，冰雹像石头一样倾泻在麦穗上，窑洞的掌子面在冰雹的锤打之下猛烈地坍塌，我的爷爷光着上身跪在门口，他枯树枝一样干瘦的双臂升向夜空，“老天爷，你操死刘赶山吧！”

那个夜晚，村里所有人将骂声像冰雹一样倾泻到了刘赶山的身上。

天还没有亮，人们疯了一样跌跌撞撞地奔向农田，他们像突然死掉爹娘一样跪倒在泥水里，麦子被砸成了泥浆。他们双手捧着泥浆哭喊着，绿色的泥水顺着他们的指缝流淌。

村民拿起棍棒，疯马一样拥向了炮山。所有的人都惊呆了，刘赶山已经被炸得没有了人形，他的肠子像彩带一样挂在已经被火药烧干的树枝上，火炮也被炸飞了一个口子，刘赶山的头被火药烧焦了。黑洞洞的眼眶望着发怒的村民。

一声驴叫压过了所有人的哭声，明子的父亲李勇强穿着一身新夹袄，骑着公驴在村头转悠，他放开了驴缰绳，任由公驴在泥浆中吃着残存的麦穗。李勇强看了看炮山，又看了看脚下的泥浆，几只蚂蚁正拖着麦穗往洞门口艰难地挣扎。李勇强挽起了袖管，他小心地把麦穗连同蚂蚁一起拿了起来，放在了蚂蚁窝口上。当黑压压的蚂蚁爬满了麦穗的时候，李勇强掏出了打火机点燃了麦穗。闻着蚂蚁焦煳的味道，李勇强突然对着炮山唱了起来。他的歌唱声非常怪异，唱得又丑又难听，我们悄悄围了过去，令我万分惊讶的是，歌唱的李勇强泪流满面。

我的爷爷说，刘赶山死了也不得安宁，他的老婆只拣回了他被火药烧焦了的脑袋，挂在树上的肠子也被野狗扯走了，他的老婆在炮山上哭了整整一夜，凄厉的哭声使三道弯村的夜晚十分酸楚，那个夏天的夜晚突然寒冷刺骨。

村里曾经负责放炮的三个老人说了一句公道话，“刘赶山想阻止冰雹，冒着危险向没有散热的炮膛里装火药时引起了爆炸的。”

我成年以后才理解到，军人出身的刘赶山不会不懂这个常识，他以死捍卫了一个炮手的尊严，也捍卫了一个军人的尊严。

刘赶山的死引发了一场风波，胡阴阳用不容辩解的口吻宣布了死亡

法则，“放炮的、唱戏的、靠驴×吃饭的，统统归入三教九流，死后不得进入祖坟。”

胡阴阳郑重告诫大家，“几千年了，都是按这个道道活下来的，如果没有个条条杠杠，没有边边框框，活人也就没有了标准，诵经的和拿屠刀的没什么两样，婊子也能站到烈女的队伍中受人称颂。行善也好，造孽也罢，道是你自己选的。但一切都有清算的时候，那就是等你死了算总账。坟墓外是一个世界，进了坟墓是另一个世界。”

“人他娘的都蹬腿了，一辈子走到头了，还清算个球呀，”二叔质问胡阴阳，“你能跟死人算账？阎王是你爹呀。”

“你这辈子是死了，但你的下辈子又开始了，你这辈子的账当然要记在你下辈子上。”胡阴阳继续给二叔解释，“我们阴阳只能给你划界，你干的是正经行当，你的坟墓就在祖坟里，如果不是正经行当，当然得排除在外，因为三教九流不是正经人干的，也就是说，你的手一抓驴×，你的额头上就烙上了审判的烙印，要接受另一个世界的审判。”

“你他娘的整天满嘴鬼话，如果有鬼的话，你有本事捉一个给老子看看。”二叔说这番话的时候，明显有点虚张声势。

“这个审判只有临近死亡的时候，你才有明确的感受，等死亡快到你眼前的时候，你可以看到你过去质疑的一切。人在将死的时候，不是预感，而是看到了死亡，看到了即将到来的审判。”胡阴阳不紧不慢地说。

谁也没有想到，一向桀骜不驯的二叔李勇强听了这番话，突然改变了人生轨迹。

11

刘赶山死了没几天，村子里就闹起了饥荒，被饥饿搞得晕头转向的村民，经常用最恶毒的话来咒骂刘赶山的祖宗，在他们看来，是刘赶山没有打败冰雹才导致所有庄稼打了水漂。我们一家人就像雏鸟一样张着饥饿的嘴巴，等待着外出觅食的父亲。

村民每人用钉子做了一个掏野菜的工具，在田间地头挖一种叫做龙草的植物根，这种植物的根细长发红，嚼在嘴里有一种淡淡的甜味。龙草根虽然好吃，但它极容易引起腹泻，我们肚子实在饿得难受的时候就吃龙草根，肚子刚撑饱没多久，大便就如泥石流一样喷射而出。那段时间，我们村道上布满了又红又臭的流质大便。

大便的增多直接引发了屎壳郎的高速繁殖，黄昏的时候，成群起飞的屎壳郎抖动着翅膀，发出嗡嗡的巨大声响，他们黑压压地掠过村子的上空，就像轰炸机一样，很多老人在梦魇中惊呼："日本，日本人的飞机来了。"

饥肠辘辘的明子向我提出这样一个疑问："我们是不是可以尝试着吃一下屎壳郎。"

"屎壳郎吃屎，我们吃屎壳郎，这不等于我们吃屎吗。"我说。

"那狗吃屎，我们不是照常吃狗肉吗。"明子的说法和饥饿一同向我袭来，根本无法抵挡。

我们找了一个铁皮罐头盒，在石头上支了起来，然后生着火，抓了四只屎壳郎煮了起来。屎壳郎在水中发出嘶嘶的号叫声，它们头上的钳子把铁皮罐头盒抓得很响。"把火架旺一点，我让你狗日的再叫唤。"明子往火里添了几个树枝，他大声地命令我回家偷点盐。

水烧开了，屎壳郎的尸体在里面翻滚，它们一个个撑开了巨大的钳子，样子十分可怕。

明子先剥开了一个屎壳郎，屎壳郎的身体里除了内脏以外没有任何可吃的东西，明子尝试着砸开了屎壳郎巨大的钳子，一丁点白嫩的细肉散发着诱人的清香。

那天下午，我们两个人就像吃龙虾一样吃了 100 多个屎壳郎，在黄昏的时候打着饱嗝回了家。母亲给我留了一小碗玉米面糊糊。以前，我会一把夺过来，吸得一干二净。但这天晚上，我说我早就吃过了，我对惊讶的母亲说："我吃的是肉。"

明子一再告戒我，千万不可告诉别人我们吃屎壳郎的事，要是别人都知道屎壳郎可以吃，我们也就饿肚子了。

没有过三天，我们的秘密就被村民们发现了。他们回家找来了口袋，把屎壳郎像粮食一样储备起来。有的村民为抓屎壳郎互相打架，村长规定，“谁家地里的屎壳郎归谁。”每天下午，三道弯村的村民都守在自家的农田里，张网等待着屎壳郎的到来。

屎壳郎凭借着灵敏的嗅觉追逐着新鲜的大便，这直接改变了三道弯村的排泄规律，以往村民通常在早晨拉屎，为了吸引更多的屎壳郎，村民不得不憋到下午拉屎。每天在夕阳西下的时候，三道弯村的田野里到处都是精光的屁股，夕阳的余晖在他们的屁股上面镀上了一层让人辛酸的青铜色，这种糟糕的印象伴随了我几十年，每到夕阳西下的时候，我都感觉到非常恶心，我从空气中经常会闻到一股大便臭味，听到屎壳郎发出的刺耳的叫声。

12

柳絮飘完了飘杨花，三道湾的春天简直是一堆鸡毛。男人女人头发上缠满了杨花，远远看起来就像披麻戴孝。

“我要死的时候，怎么着也要抗到春天。”李勇强对着村口叹息了一声。

明子奇怪地望着不可思议的父亲，这个男人说话的时候从来都是虎虎生威。放屁的时候也要弄出很大的动静才行。

李勇强经常挂在嘴边的一句话就是，“当一个男人连放屁这么简单的事都干得有气无力，那还不如拔一根球毛上吊算了。”

李勇强郑重地告诉儿子，“老子闯荡江湖 30 年，把世事算是看透了。”李勇强点燃了一根粗大的旱烟，幽雅地弹了一下逐渐黯淡的烟头。有了这个动作，这个粗鲁的男人，看起来充满了十足的男人味。

常年和驴打交道，李勇强老把公驴作为参照物，来反思他生活的这个世界。“话说丑一点，人和驴其实是一样的。”我的朋友明子明白了，父亲决定和他进行一次出门前的长谈。

你看看那个,李勇强指了指墙角处的6个透明的玻璃罐子,玻璃罐子里盛满了东北出产的烧刀子老酒,浸泡着6根粗大的驴鞭。它们都是李勇强以前退役的公驴的遗物。

“人走留声,驴走留根,只要你在这个世道上来过,怎么着也得留下一点什么。咱们世世代代靠公驴养家,话说丑一点,就是嘴巴吊在驴鞭上。”

李勇强抹了一把口水,“我他妈的怎么也想不通,我李勇强给上千头母驴配种,给世上带来了上千头驴崽子,死后不开追悼会倒也罢了,倒要把老子赶出祖坟,这是他妈的什么狗屁道理。”

李勇强一仰脖子,半斤烧酒下了肚子,“这个世上是黑白颠倒的,我的大半辈子和驴过了,驴不会说话,我也就少了些空话,多了些想法。驴生就是人生,驴辛辛苦苦拉活拉磨,死了还被扒皮吃肉,你看谁给驴建过坟、立过碑。人和驴一样,只要你的命被别人掌管着,你就是驴一样的结果。实际上,在这个世道,人有时候比驴还坏。”

李勇强郑重地告诉儿子,“等老子哪天一蹬腿,老子只要一样祭品,你要找最好的匠人,给老子的坟头立一头石头公驴。”

“不知道的人看了,还说我糟蹋先人。”明子对父亲李勇强的指示有点难以适从。

“我死后也要在坟墓里看着,到底是我的公驴墓碑先倒,还是那些写满功德的墓碑先烂,老天自有公道。”

年仅16岁的明子,点燃了老爹熬茶用的炉子。在熊熊大火中煮了一罐浓得如同稀屎一样的早茶。

等待出发的公驴在院子里咆哮不息,“要是不小心让公驴踢到蛋上,儿子,我李家就绝后啦。”李勇强语重心长地说。粗心的明子弄不明白,今天父亲的话里怎么如此温情,等他转过身子的时候,李勇强快速地抹掉了在皱纹中艰难行进的老泪。

“要是不让公驴在夏天乱叫就好了，母驴往往在秋后才发情。”明子异想天开地看着父亲的嘴，“这样就能保证公驴的体力。”

李勇强激动地从地上弹射了起来，“这正是老子想告诉你的，嗨，他娘的，你别看人小，想事尽在他娘的点子上。”粗俗的李勇强突然变成了老师，竟然用起了诱导的方式进一步对儿子进行启发式教育，“怎么才能让公驴在夏天不叫呢。”

“那就打他狗日的驴嘴。”明子骄傲地回答。

“错啦，真是他娘的驴头对不上狗嘴。”李勇强大笑起来，“嘴巴打肿了，他娘的咱的吃饭玩意儿就泡汤啦，我再问你，哪个地方是吃饭的，哪个地方是拉屎的。”

明子指了指嘴巴，随后在屁眼上掏了一把。

“就是嘛，你把嘴巴缝上了，屁眼又吃不了饭，它光管拉屎。”李勇强耐心地教导着儿子，可惜他不具备老师的文明素质，这使他教育儿子的时候往往粗俗不堪。

“你要让公驴不叫，你就要给他吃东西，嘴里填满东西，嘴巴就动不了啦，它还能叫个×呀。”

“对对对。”明子突然明白了。他提起一个篮子冲出了门去。

“这狗日的有尿性，”说出这句表扬儿子的话，李勇强觉得漏洞百出，“我不是骂我自己吗。”他摇了摇脑袋，笑了起来。

明子提回来的竟然是一篮子香菜。他骄傲地告诉父亲，“我一会儿就揪回来一大筐，比你给驴打草快多啦。”

李勇强心里一疼，这是他准备今年夏天拿到集市去卖的，他转念一想，既然孩子已经割回来了，把他的屁股抽个稀巴烂也起不了作用。

“你他娘的就倒进去吧。”李勇强无奈地挥了挥手。

后来发生的事竟然出乎了李勇强的意外。公驴吃香菜的时候不叫了，吃完香菜，一天一夜没见动静。

李勇强嘟嘟囔囔地嘀咕,“驴日的,给老子摆什么谱,吃个香菜就不是驴啦,赶明儿喝口咖啡,你还成了洋鬼子不成。”

明子跑来告诉父亲,“公驴睡觉啦。”

李勇强抬头看了看太阳,自言自语了一句,“时代不同了,驴也睡起了回笼觉。”

整整一个月,公驴还是一声不吭。连锥子一样竖立的耳朵也耷拉了下去。

明子在父亲的催促下慌慌张张地拉来了村子里的赤脚大夫刘歪嘴。

刘歪嘴让李勇强把嘴张开,把舌头伸出来,刘歪嘴看了看说,“你没上火,没感冒,就是大便有点干。”

李勇强不以为然地说,“夏天饭里不见油水,谁的大便不干燥,这还用大夫看。”

刘歪嘴生气地说:“你没病找我看什么,这不是折腾人吗。”

“谁让你给我看病了,我让你给驴看病。”

刘歪嘴瞪大了眼珠子。

“你眼睛瞪得跟个驴伊蛋一样,瞪着我干啥,驴有病。”李勇强指着公驴说。

“我是大夫。”刘歪嘴对李勇强侮辱他的职业十分生气。

“对呀,你是大夫我才请你。”李勇强一脸的茫然。

“我是大夫,不是兽医。”刘歪嘴生气了。

“一样一样。”李勇强大大咧咧地说,“人和畜生是一样的。”

李勇强赶紧让儿子从柜子里摸出一瓶酒来,塞进刘歪嘴的药箱里。

刘歪嘴翻开公驴的眼皮看了看,又摸了摸公驴的耳朵。“你的公驴和你害了一个病。”歪嘴大夫笑着说,“公驴阳痿了。”

李勇强回想了老半天,哈哈大笑起来,“儿子,你解开了老子心里窝了三十多年的疙瘩,记住,男人不能吃香菜。”

16岁的明子也学着歪嘴大夫的话，一本正经地告诉父亲，“香菜吃多了，我们就和驴一样阳痿啦。”

“公驴再叫唤怎么办。”李勇强大声地问。

“很简单，给他驴日的吃香菜。”

13

洪水的惊吓再加上长期的营养不良，我的身体每况愈下，脸色发青，眼珠子如同烧掉了钨丝的灯泡一样，黯然无光。刘歪嘴大夫给我把脉以后，认定我不久将离开人世。

“找找邪门看一下兴许有救。”刘歪嘴一声叹息，“传统中医无力回天。”

一天黄昏，一阵剧烈的呕吐使我彻底丧失了行动能力，我的胃都要呕吐出来了。一阵冷风闯进了窑洞，吹灭了油灯。

院子里突然刮起了一股阴风，在惨淡的月光下，一个细小的旋风连接着天际，犹如一条从天而降的鞭子，在我们院子里挥舞了好半天，然后慢慢旋到了村道上，消失在三道湾村口的老柳树下。

母亲掩饰不了脸上的恐惧，她从阴风中听到了哭声，多年以后，母亲仍然惊恐不已，“那就是你的哭声”。

母亲无数次地听老人说过，当一个人在大病中的时候，如果在风中有这个人的哭声，是这个人的灵魂已经出壳了。灵魂脱离的时候，依依不舍地看着他熟悉的地方，哭叫着漂向了另一个虚无缥缈的世界。哭声，是他向这个留恋的世界无奈的告别。

毫无疑问，这是我将死的信号。

母亲翻箱倒柜，搜出了一条红绫，挑在一个竿子上。发疯一样在院子里挥舞。母亲希望我的灵魂还能看见家的方向。父亲迅速向胡阴阳的道观跑去，告诉他一切。请求他挽留我的灵魂。胡阴阳告诉父亲，人的生死是有天数的。

当父亲把家里仅有的一百块钱摆在神案上时，胡阴阳点了点头。

等父亲赶到村子的时候，胡阴阳已经拿着木剑在老柳树下沉思，父亲心里一惊，关于阴阳的传言得到了证实。

村里的老人经常告诫我们，阴阳往往在晚上走路，他们用魔法召唤山里的孤魂野鬼为他抬轿。两个野鬼打着招魂幡在前面开道，四个野鬼抬着阴阳，阴风一样在山路上刮着，走得比汽车快多啦。

父亲跑出道观，在山路上狂奔的时候，胡阴阳踏着月亮的寒光，坐在由野鬼抬着的轿子里启程了，他在寒冷的空气里闻到了浓重的血腥味，这使他感觉到十分清醒，这个老鬼一样的阴阳看着野狼撕扯着遗弃的死婴，摸着黑刺上的血迹，他微闭着的眼睛里射出了寒星一样的冷光。

这种熟悉的气息在他的记忆里弥漫了50多年。胡阴阳为此感觉到怒火升腾，这个身穿宽大的黑衣道袍的老家伙摸了摸自己的裆下，空落的感觉又使他感觉到无限悲伤，这个孤独的老人像鬼魂一样在月光中飘下了庙山，他宽大的道袍在山道的草野上旋起了无声无息的寒风。

凌晨一点，猫头鹰在黑暗中爆发出了几声怪笑，村里的狗像疯了一样狂叫不止。一阵阴风掠过了树梢，当母亲颤抖着打开大门时，胡阴阳像鬼魂一样来到了院门前。

胡阴阳飘进了窑洞，他掰开我的眼皮看了看。

母亲问还有没有救。

胡阴阳一言不发。

胡阴阳在我的枕头下压了一把带着污血的尖刀。胡阴阳一再告诫我，不管什么人喊你，千万不要答应。

刚才还昏死的我竟然点了点头。

凌晨两点，念完咒语的胡阴阳用一把铁尺砸向了我家的窑洞，一声鬼一样的惨叫从窑洞的通风口传来，胡阴阳用木剑直直地指着鬼叫的方向，他缝隙一样的眼睛射出一道电一样的寒光。

胡阴阳手中的一道鬼符飞上了窑洞的掌子面，稳稳当当地粘在上面。

他拿起木剑在月光中乱刺，胡阴阳的黑色长袍在月色中卷起了一股黑色的寒风。

全村的人都围进了我家的院子，他们如同灰鹤一样把脖子伸直了观看。

胡阴阳木偶一样在月光下跳着一种奇怪的舞蹈，他用木剑刺穿了地上的一摞画有鬼符的黄纸，淡蓝色的火苗立刻燃烧了起来。胡阴阳屏声静气地念着咒语，他安静得如同坐化了的高僧。

几个小孩以为胡阴阳死了，他们好奇的小手准备揪一下阴阳稀稀拉拉的胡子。突然，胡阴阳像挨了刀一样怪叫了一声，他把一个饭碗重重地甩在地上。

说来真是奇怪，极易破碎的陶瓷饭碗到了胡阴阳手中如同金属制成的一样，在地上弹了起来，然后滚下了深沟。大人赶紧拿着手电筒追了过去，他们想看看碗口所指的方向。

这个饭碗在山沟里滚了三里地，然后奇怪地站住了，碗口的方向直直地对着炮山，和炮山上的残炮遥遥相对。人们明白了，是刘赶山的鬼魂至今没有消散。

十几个年轻的壮汉三下两下砍倒了我家的桃树，削成了三十六把犀利的桃木剑。随后，他们把村子里的一只白狗用一个钢丝拴住了脖子，一脚踹下了悬崖，白狗在空中呜咽了一会儿就断了气。

胡阴阳把木剑狠狠地捅进了狗的心脏，他用力太猛，狗血从前胸和后背喷射出来。胡阴阳一脚踢开狗头，他把三十六把桃木利剑全部刺进了狗的胸膛。三十六个壮年男子手拿火把，他们高举着三十六把血剑冲上了炮山，胡阴阳把做法的饭碗在残炮上摔得瓷片飞溅，三十六把血剑立刻刺进了刘赶山的坟墓。

一声沉重的呻吟声仿佛从刘赶山的坟墓深处传来，三十六个叉剑的壮汉被冻僵了一样僵在几乎荒废的坟墓前，胡阴阳立刻把一盆狗血倾泻在刘赶山的坟墓上，鲜血顺着木剑刺出的缝隙，流进了墓中。

僵立的壮汉如梦方醒，恢复了手脚。

刘赶山彻底地被打入了十八层地狱，胡阴阳被人们像英雄一样抬回了家里，狗肉已经煮熟了，胡阴阳捞起一条狗腿，他脸上露出了难得一见的笑容。冒着热气的狗鞭挂在狗腿上，胡阴阳脸上露出了凶狠的样子，他一口咬住了狗鞭，狠狠地撕扯着。

胡阴阳脸上的肌肉马上僵住了，所有人咬在口中的狗肉都停止了咀嚼。

炮山上传来了一声巨响，那个沉寂了多天的残炮竟然发出了震耳欲聋的声响。我家的窑洞被震塌了几块泥皮，所有的人都惊呆了。胡阴阳被蛇咬了一样打了个冷颤，他慌忙抓起了木剑。

脸上失去了血色的胡阴阳说了一句话，刘赶山来了。

14

那是一个恐怖的夜晚，我至今回想起来都战栗不已。

炮山上突发的炮声震惊了三道弯村的夜晚，炮声冲击着月光，在我枕头底下的刀上催生了一道冰冷的波纹，这条寒光迅速划过刀刃，刺入了我的耳朵，把刺骨的寒冷传达到了我的心脏。

这把刀的寒气已经封住了我的喉咙，呼吸被阻塞在胸腔中，求生的本能促使我大喊一声，但无力地喊叫声被刀光切成了几段，就像被卡住了脖子的人临死前的最后呻吟，我的脸极度扭曲变形，使很多人联想到了刘赶山被火药焚烧的痛苦情形。

在所有人怀疑和惊恐的眼神中，胡阴阳疯了一样蹿出了窑洞，他出门的时候，灰色的袍子挂在了门扣上，这使胡阴阳像一个断了翅膀的乌鸦一样，栽倒在地上，胡阴阳勉强镇定了一下，向炮山上投去了疑虑的目光。

这时的胡阴阳像个舵手，他用手在前额搭了一个凉棚，拽长了脖子向对面望去，他最担心的事情终于出现了，那口残炮的硝烟在月光中渐渐散去，就像老人的嘴巴吐出了一口悠长的旱烟。很显然，刚才的炮声就是来自炮山上的那口锈迹斑斑的残炮。

胡阴阳的眼睛被风吹灭了一样地暗淡了下去，毫不夸张地说，这个三道弯村神一样的人不但丧失了最初的光彩，像一截朽木一样几乎灰飞烟灭。这条呼风唤雨、充满了神秘色彩的木剑此刻如同抓在手里的一条死蛇，胡阴阳尝试着举了几次，但都垂头丧气地耷拉了下来。胡阴阳念起了咒语，但他颤抖的嘴唇已经被风吹得语无伦次。

胡阴阳用木剑在我家的院子门口画了一个圈，村子里的年轻人战战兢兢地削了上百个桃木橛，围着院子钉了一圈，胡阴阳坐在中间，他用鬼符贴满了全身，像筛子一样抖动着。如同掉光了毛的老母鸡一样难看。

我走出了窑洞，走在所有人惊异的眼光中。我目光呆滞地盯着胡阴阳。事后有人回忆，我花一样的笑容盛开在毫无血色的脸上，提着压在我枕头底下的那把刀，在月光下踉踉跄跄地转着圈，刀刃反射的月光照亮了一双双惊恐万状的眼睛。

胡阴阳躲闪着我的刀光，他语无伦次地对村民说，刘赶山的鬼魂已经附在了我的身上，从梦中惊醒的村民立刻把手中的桃木条挥动了起来，他们把对刘赶山的愤怒发泄在我的身上。

血像复苏的蚯蚓一样从我的脸上爬了下来，然后汇成了一条红色的溪流，桃木条变成了一条条鲜血飞溅的鞭子，在月色中飞舞。我在倒地的一瞬间突然如释重负般地大笑了起来，我的笑声使抽打他的木条纷纷僵在空中。

所有的人都被吓呆了，他们愚蠢的姿势好像在进行着原始的祭奠仪式。鲜血顺着木条安静地滴落在院子里，一个女人凄厉的笑声仿佛从云层中传来，所有的人身上都惊起了一层鸡皮疙瘩，当他们抬头观望的时候，叉在刘赶山坟墓上的三十六把血剑从天而降，带着刘赶山坟墓上的泥土，血淋淋地降落在院子里。

血色和恐怖笼罩了整个院子。

胡阴阳撕扯掉了身上的鬼符，他卷着一道灰尘，跪着爬进了我家的狗窝，他惊恐的声音尖叫着：“刘赶山来了。”

一只冰冷的手带着寒风伸进了狗窝，死死地捏着胡阴阳的脖子，胡阴阳像一只狼狈的死鸡一样被拽出了狗窝，尿液顺着长袍在地上拖出了一个湿湿的印子。

胡阴阳已经丧失了喊叫的本能，他呆滞的眼睛好像看到了刘赶山的影子。

是寡妇，是刘赶山的老婆王彩云，这个肥胖的寡妇把吓死了的阴阳丢在地上，王寡妇擦了一把头上的热汗，她的脸上堆满了仇恨的情绪。王寡妇一脚踩断了一把血剑，她指着惊恐万状的村民说，你们谁晚上没有偷偷摸摸地钻过我寡妇的被窝，狗杂种，看着人模狗样的，没有一个是好东西。

二叔李勇强站在寡妇的身后，这个男人第一次站直了腰杆，披着月光的二叔这时候像个保镖一样强悍。

配种归来的二叔是从一个邻居那里知道了胡阴阳要来我家捉鬼的消息。从王寡妇床上醒过来的二叔十分恼火，抽了一锅旱烟以后，突然莫名其妙地大笑起来，他对自己今天晚上的计划击节叫好。

子夜以后，二叔像狗一样敏捷地埋伏在自己家的窑洞旁边，偷听到了胡阴阳的捉鬼计划。踌躇满志的二叔立刻返回了寡妇的家里，把刘赶山藏在家里的一包火药揣在了怀里。二叔李勇强带着寡妇提前藏在刘赶山坟墓附近的地沟里，看完阴阳的捉鬼细节，李勇强对寡妇说：“世上没有鬼，胡阴阳这是装神弄鬼。”

当木剑全部叉进刘赶山的坟墓的时候，激动的王寡妇要冲上去，但被足智多谋的二叔一拳打晕在地沟里，醒来的寡妇在二叔的大腿上咬了一口，二叔像个指战员一样愤怒地表示，不能因为一时的冲动毁了他的计划。

寡妇的眼睛里突然地变潮湿起来，她说李勇强是钻进她被窝的唯一的一个男人。

有了寡妇的赞赏，二叔满腔豪气，从没有放过炮的他把一包火药全部倒

进了炮膛，没有引线，二叔在土炮周围堆满了干柴，点燃以后，像个爆破专家一样地滚进了地沟里。

炮山颤抖了一下，寡妇和二叔同时被震晕了过去，看到自己院子里的慌乱景象，二叔在寡妇疑惑的眼神中迅速拔下了叉在刘赶山坟墓上的木剑。

豪气万丈的李勇强抱着血剑，带着寡妇渡过了河水，经过四公里的急行军后，慌乱的寡妇无法理解二叔行动的意图，二叔气喘吁吁地告诉她，“到了你就有好戏了。”

到了我家的窑洞顶上，二叔迅速和寡妇策划了一下行动的次序，他这时候的表现绝对像一个智勇双全的将军，二叔指挥着寡妇发出了最难听的大笑，看到院子里的人惊吓的样子后，二叔像天女散花一样把木剑从窑顶上空投了下来。然后指示寡妇卡住了胡阴阳的脖子。

二叔可能中途擦了好几次热汗，狗血把他的脸涂成了猪肝一样的暗红色，这使二叔和绿林好汉一样充满了血腥气。也使寡妇在他的护卫下增添了女豪杰一样的神秘色彩。

寡妇仇恨的骂声在月落的黑夜里响起，寡妇说：“刘赶山在炮山上和冰雹拼命的时候，你们躲藏在他娘的被窝里，刘赶山被火药烧死了，你们这些混蛋却想着怎样钻进他老婆的被窝，完了还要把剑叉在了他的坟上。”

“你们比驴还坏。”寡妇指着胡阴阳说，“就连这头老骟驴也想打老娘的主意。”

寡妇想了一下，他在二叔的激发下突发灵感，王寡妇一把扯掉了胡阴阳的裤子，手电的光亮汇聚在胡阴阳的裤裆里，一阵惊叫声在院子里响起。

胡阴阳的裆里空空荡荡的，他是一个被骗了的人，是一个活太监。

15

豪气冲天的二叔用鲜血淋漓的手指直指胡阴阳暴露的裆部，众人把目光聚焦在胡阴阳的私处。

胡阴阳的小便齐根断掉了。寡妇冲过去在胡阴阳的裆部踢了一脚，转过了鄙夷的眼光。王寡妇用高音喇叭一样的嗓子告诉村民,“就是这么一个骟了的货色,还半夜三更敲老娘的门,我是那种让死猫烂狗上床的烂货吗?”

二叔赞赏地点了点头。

二叔解开裤带,消防水龙一样的尿液喷射到了胡阴阳的脸上,众人惊叫了一声“呀——”二叔毫不避讳地说,“谁家着了火,就向我报警。”

二叔一把拉起我,他加大了内压,让复仇的尿液直击胡阴阳,二叔冲我努了努身,“咱爷俩一起来。”

我哇的一声大哭起来,解开了自己的皮带。暴雨般的尿液无情地击打着胡阴阳瘦干的小脸。

“呵呵呵。”村民全部笑了起来。

“爷俩比鸡吧,一个球姿势。”这是乡亲们的最后结论。

胡阴阳被尿液浇醒了过来,看到所有的手电筒聚焦在自己的裆部,他两手慌乱地在地上乱抓,想找回自己的裤子。但他颤抖的双手摸到的东西无一例外都是叉在刘赶山坟上的血剑,被羞辱过头的胡阴阳也分辨不出来了,把血剑堆积在自己的裆部,这使他的裆部更加鲜血淋漓。

胡阴阳从地上爬了起来,慌忙逃窜,他干瘦的双腿在灰袍子下急速交叉前行,让人感觉那个宽大的长袍像一块破布,被旋风刮出了三道弯村。

二叔和寡妇成了全村的英雄,满脸是血的二叔不厌其烦地给年轻人解释,“呵呵,这下看到了吧,阴阳阴阳,就是不阴不阳,裤裆里连个玩意儿都没有,还说他是阎王爷的大舅子,真他娘的头上戴个避孕套,楞充大鸡巴。”

寡妇王彩云赞许地冲二叔点了点头。二叔骄傲地抓了抓自己的裆部。

从此以后,二叔李勇强堂而皇之地进了寡妇的窑洞。当初羞愧的神情消失得无影无踪。偶尔回家一次,他就像过客一样冲儿子明子点点头,“我拿件衣服。”

听到公驴的叫声,二叔不耐烦地挥挥手,“老子这几年净让驴快活了,白

白糟蹋了几十年。”

当他拿起自己最后一件衣服的时候，二叔李勇强好像想到了什么，他转身给儿子明子说，“你他娘的还愣着干啥，老子给你留下了这么大的家产，你还想要什么。”

二叔难过地摇摇头，“你在全村打听打听，哪个老子能给儿子留一台赚钱机器，留一根金条？你现在顺着老子配种的路，走下去，前途一片光明。搞企业的第一步是市场，第二步是品牌。这两点老子都给你打下了。咱们这个百年家族企业现在我就传到了你的手里，你一定要传给我孙子。”

走南闯北、见多识广的李勇强突然灵光一显，他给儿子一条符和潮流的建议，“现在只要贴上环保的标签，就能赶上潮流，咱们的公驴既不排污，也不释放毒气，吃的是草，也不浪费国家资源，用当前最流行的话叫什么来着。”李勇强思索了半天，一巴掌击在脑门上，“低碳，老子差点忘了，就这个词，低碳，现在国际上炒得最热的词，咱们的公驴太低碳了，你要是找人写个项目本子，说不定能争取来一大笔扶持资金呢。”

听到父亲不着边际的唠叨，明子感觉到一阵头晕。不过，这个到了青春期的少年有了一个清醒的认识，只有女人才能平复他的创伤，这个破败的家真该有个女人来打理一下了。

第二天，明子找到了我，他郑重地告诉我，他要重振家业，他给自己起了个大名，叫李要民。

16

在这个冷清如冰、乏味如坟墓一样的房子里，李要民和父亲李勇强两个光棍生活了十六年。这个家十六年来没有吮吸过一点点女性气息。

李要民的父亲李勇强常常在半夜里感叹：“真他妈的寒酸，这个屋子里连耗子全都是他妈的公的。”

李勇强经营公驴的时候，我们村经常对他开玩笑：“李勇强的家是一个碉堡，里面藏着三杆枪。”

“错啦，他娘的错啦，我们只有两个人。”李勇强纠正着村民的数学错误。

“你们不是还有一杆驴伊吗？”

“对对对。”李勇强笑得上气不接下气，“那是我们家的重火力。”

现如今，这些玩笑也随李勇强丢弃了这个家，更多的孤独侵占了几乎倒塌的屋子。

李要民牵着公驴上路了，他把公驴装扮得更加精神，驴头上的红布是昨天新买的，连笼头上也缠上了鲜艳的红纱巾。这样的装扮使公驴如同新郎一样，踏上了迎娶新娘的道路。

李要民眼睛里充满了泪水，他沉浸在父亲的思念里，大声地发着誓言：“老爸，你混了大半辈子，才搞到了一个二手货，我一定要让咱们家里有个女人，一个正儿八经的女人。”

几个老人感慨万千，一个老秀才在一棵老树下捋着稀稀拉拉的胡须，吟诵着老掉牙的词句：“江山代有人才出，一代新人换旧人。”

李要民把此行的第一站放在村长的大门口，他把公驴拴在村长家的槽头上，从驴背上卸下两瓶酒，他突然想起了什么，从公驴的笼头上扯下了一个红布条，把两瓶酒拴了起来。

在村长老婆惊讶的目光中，李要民大大方方地走进堂屋，在一把破旧的太师椅上坐了下来，他弹了弹裤脚的灰尘，梳理了一下头发，认真地打量起这个家来。

“我们家不配种。”村长老婆提醒这个子承父业的年轻人，“你应该找有母驴的人家。”

李要民的耳朵好像被驴毛塞住了一样，他继续打量着村长的堂屋，然后把目光停留在了一张照片上，这是村长的女儿小翠的玉照。

这两年时兴艺术照，小翠衣服穿得很少，胳膊、大腿全裸在外面，胸部的衣服里面如同藏了两只兔子，即将跳跃而出。

李要民咽了一口唾沫，他点了一根烟，把烟圈徐徐吐在小翠的照片

上，烟雾里的小翠好像突然复活过来，她在淡淡的雾霭中冲李要民妩媚地一笑。

李要民傻傻地笑了，他脸部的肌肉还保持着僵硬的姿态，迅速挂上嘴角的笑意完全打乱了肌肉之间的协作，口水流了一地，这使他的笑如同哭一样愚蠢不堪。

李要民把酒放在桌子上，他谦恭地冲村长夫人鞠了一躬，李要民告诉村长夫人，“我是来拜师的。”

正在炕上睡觉的村长突然醒了过来，“三十年河东，三十年河西，李勇强抓了一辈子驴伊，却养了一个上进的儿子，这个王八蛋不抓驴伊想抓村里的大权了。”

“这就很好吗，说明这小子有悟性，要想在村子里当官，你就得走上级路线，你得在村里站好队伍，要不然，别说将来抓公章，估计你连驴伊都抓不稳，你配种的这个行当怎么着也属于第三产业，老子不给你发执照，你要私自出去配种，我拿你没办法，但公驴就犯了强奸母驴罪，我扒了它的皮，抽了它的筋就是伸张正义。”

“哎，政治上的学问是最深的，冲你进门的这第一步，你这个徒弟我收下了。”

“不过，能不能学到我身上的精髓，这就要看你小子的悟性了，政治不像你爸搞公驴，政治是搞人，只要能把全村的人搞清楚了，你就离我的位子不远了。”

“那你先给我说说，我现在最需要啥，说对了，你的第一道坎算是过了。”

李要民冲村长招了招手，神秘地一笑。

村长把耳朵凑了过来。等村长听完李要民的回答，这个经历了无数沧桑的老人无比惊讶，继而脸色发红，一屁股跌坐在炕上。

多年以后，当李要民当爹的时候，他才揭开了谜底，他当时回答村长的话只要两个字——壮阳。

李要民乘着酒兴给我做了进一步说明,“村长是村里最大的领导，村里的一把手连个情人都被我老爹抢走,说明了什么？答案只要一个——阳痿,王寡妇能让我老爹上床,图什么,图他有钱?一个耍驴伊的能有几两银子?图他长得帅？那×姿势你清楚,图得只有一样东西。”

我还是一脸疑惑。

李要民干脆地告诉我:“就那点×事。”

村长装腔作势地冲老婆一挥手,“我有工作上的话要说，家属回避一下。”

村长紧紧抓住自己的裆部，虚汗爬满了他疲惫的脸,“村里的工作太忙了,她就像个婊子,把我搞得彻底阳痿了。”

李要民不慌不忙地递上了一坛驴鞭酒,“我爹经常喝这东西，这下你搞明白在寡妇那里吃败仗的原因了吧？”

“真是好东西呀。”村长抚摸着光滑冰冷的死驴鞭。心中感觉到无限亢奋。

村长抱起酒坛子，狠狠地灌了一大口驴鞭酒。一股刺激的热流顺着村长的肠子迅速蔓延,热流在村长的血管里来回冲撞,最后准确地找到了村长的命根子。村长感觉到裆部一阵发疼,涨得他气喘吁吁。

李要民看了一眼冰冷的死驴鞭,他摇了摇头,又自信地点了点头,他暗暗发誓:“我要拿死驴鞭重建家园！”

李要民家传的驴鞭酒治愈了村长的心理创伤,他半夜里重复的一句话梦话就是,“一万年太久,只争朝夕啊。”

夜色和李要民同时跨进了村长的家门。李要民惊讶地发现，村长老婆的态度对他明显好转。

村长一把拉过李要民,对他悄悄地说:“他娘的,孩子一大,×事也干不成。”

“给小翠找个婆家不就解决问题了。”李要民适时地给出了中肯的建议。

村长没有流露出反对的表情，李要民挠了挠后脑勺，“师傅，像我这样的，到底怎么样才能讨到老婆？”

“问的好！”村长对李要民的问题鼓了鼓掌，他做这个动作的时候像个领导，“你再提一坛驴鞭酒来，咱边喝边说。”

李要民坚定地摇了摇头，“不说出来，驴鞭酒一滴没有。”

“他娘的，我没酒喝，脑子乱得像鸡在刨。”村长捶着自己的脑袋，“思想乱套啦。”

“那就明天晚上再说。”李要民这阵就像个毒品贩子，狠狠催了村长一板。

村长强咽了几口唾沫，艰难地把酒瘾压了回去。他告诉李要民，首先要做的就是把地种好，种好了地才能有吃的，然后想办法挣点钱，才能出得起彩礼。“这样你就可以娶到媳妇啦。”村长擦了一把唾沫，“说完啦，拿酒。”

“这道理驴都懂，等这些事情都解决了，我还用得着问你。”李要民说，“我说的是现在。”

“办法倒是有。”村长脸上显出一丝邪恶而又下流的怪笑，“你把你爹赶下王寡妇的床，你随后上去。”

李要民一摔大门，扬长而去。

村长着急得在外面哇哇大叫。

李要民学了一句官场用语，他告诉村长，“什么时候想出切实可行的措施，什么时候就可以满足你的要求。”

半夜的时候，村长拿着一块石头砸开了李要民家的大门，他站在月光里对李要民说：“有两个办法。”

李要民给村长倒了一大碗驴鞭酒。

村长马上亢奋了起来：“第一，你先来文的，上门去提亲。”

“武的呢？”李要民着急地问。

“那你就想办法搞大他女儿的肚子，到时候，他比你还急。”村长洋洋得意地说，“我的老婆当时就是这么进门的。”

李要民用泉水洗去了脸上的污垢，他在泉水里望了望自己的影子。看到了一个精壮的李要民。

这个刚刚跨入青年门槛的小伙子有一个雄心勃勃的计划，他要创造历史，给这个光棍了十多年的屋子里，光明正大地迎进一位女主人。

李要民笑了笑，他仿佛看见了一堆鸡鸭跟在小翠的屁股后面，唧唧喳喳乱叫，他正坐在屋子前面，漫不经心地抽着烟，欣赏着小翠怀孕的身子。一股炊烟飘散上了蓝天，锅里煮着热气腾腾的早餐。

李要民被这种温暖的计划感动了，他擦去了眼泪，坚定的把行动的计划制定在了今天早晨。

李要民把露水打湿的头发抹平在脑勺上，这使他的头看起来像被牛舔过了一样湿滑。

他双手抱着一坛子驴鞭酒，疾步行走在三道湾的村道上。

李要民对惊讶地人群说：“我要上门提亲啦。”

他又回过头来对一脸惊愕的村民大声地喊叫：“今年腊月，你们到我家喝喜酒。”

李要民走了几步，他好像又想起了什么。“你先借我两根烟。”李要民对一个抽烟的村民说，“上门提亲，怎么着也得给岳父敬支烟吧。”

李要民的脚步最终停在了村长的家门口，他摸了一下自己的发型，满怀信心地扣响了村长家的破门板。

村长刚刚披上干部服，打算在村子里溜一圈，恰好和李要民碰了个满怀。

村长抹去了眼屎，他第一眼就看到了李要民的驴鞭酒。

“你他妈真是为人民服务，都知道送货上门啊。”村长冲屋子里大声地喊叫，“贵客来啦！”

村长殷勤地把李要民让进了屋子，“你托人带个信，我来取就行了，还用

你亲自上门送过来。”

李要民殷勤地给村长倒了一杯驴鞭酒，他把村长老婆也请了过来。

李要民看了看空空的屋子，“小翠出去啦。”

村长两口子感觉十分奇怪，他们细细打量了一下李要民。

“呵呵。”村长惊讶地对老婆说，“这狗日的现在看起来还人模狗样。”

“是比他老子李勇强出息多了。”村长老婆对李要民的发育状况表示满意。

“你的酒我就收下啦。”村长看了看李要民，“现在没事了，你走吧。”

李要民掏出了两支皱巴巴的纸烟，郑重地对他们说：“岳父岳母大人，我是来上门提亲的。”

“呀——”村长的老婆像被蛇咬了一样，尖叫了一嗓子，她看了看屋子外面没有人，大声地喊叫起来，“真是羞死人啦。”

“没办法啊。”年仅16岁的李要民显然没有足够的世故，他对村长夫人的尖叫理解出现了偏差，“这种事多经历几次，就不羞了。”

“啊——”村长的老婆狠狠掐了丈夫一把，“你是死人啊，把这丧门星赶出去。”

村长一把打掉了李要民热情的纸烟，他严肃地指着门外，“快，你快。”

李要民一回头，小翠刚好从外面回来了，她的衣服被露珠打得精湿，浑身散发着一股潮湿的气息。

小翠被屋子里的三个人搞糊涂了，穿着一身新衣服的李要民脸色越来越红，而村长和老婆两个人的脸上越来越苍白，最后变成了青紫色。

年轻气盛的李要民打破了僵局，他赶忙让出了一条缝隙，很绅士地做了个请的姿势。

小翠一扭屁股，进了屋子，她一摔辫子，辫稍扫在了李要民的脸上，一阵发痒的疼痛使李要民一阵骚动。

屋子里出现了五分钟的安静时间。四个人好像全成了哑巴。

“我向你正式提亲来啦！”李要民脸上挤出了一点笑容。

小翠抱起驴鞭酒，冲李要民砸了过来。村长赶紧夺下女儿手中的酒坛。

“上门都是客。”村长小心地放下酒坛子，他深深吸了一口酒香，“呵呵，抬手不打笑脸人。”

李要民稍微缓和了一下神色，他大大咧咧地坐在村长家的门槛上，点燃了被村长踢得掉在地上的香烟。“这就对了。”

李要民深吸了一口香烟。“关系搞得这么僵，将来这亲戚可就不好处了。”

村长老婆抓起顶门杠，冲李要民屁股上砸了一杠子。

李要民没事一样拍了拍屁股，“出手重了，出手太重了，哪有丈母娘跟女婿动手的道理。”

李要民认真地对村长老婆说：“教育女婿也不是这么个方式。”村长老婆气急败坏，把顶门杠砸向了李要民的脑袋，李要民赶紧躲到了村长的屁股后面，“岳父，你该管管老婆子了，太不像话啊。”

村长气得一脚踢向了李要民，蹲在他屁股后面的李要民手疾眼快，就势抓住了村长的小便，村长疼得一点也不敢动弹。

“岳父大人。”李要民彬彬有礼地说，“亲事就这么定了吧。”

李要民手上一用力，村长疼得“啊啊”直叫。

“小翠，你看岳父都同意了。”李要民抬头羞涩地看着小翠的脸，“你给个意见。”

小翠又气又羞，转过了身去。

“新社会了，还得尊重你的意见。”李要民对着小翠说，“捆绑不成夫妻嘛。”

村民围得越来越多，村长脸上冷汗直流。

村长老婆抱起酒坛子，扔出了院子。

村长老婆抓起驴鞭，扔出了墙外，“大清早的抬着个死驴鞭上门，操你十

八辈先人。”

李要民走出了院子，他对围观的村民说：“你看这老婆子，怎么着也是个干部家属，一点也不注意印象。”

李要民大声地喊叫着：“小翠，你先坚持一段时间，我肯定会回来解放你。”

李要民对怒气冲天的村长说：“岳父，你省省吧，我今天先来文的，明天就是武的了。”

每天早晨，只要村长在家，这样的求婚闹剧就在家门口上演。

被寡妇耗尽了精血的李勇强就像个出土文物，他亲眼目睹了儿子的求婚过程。

李勇强泪流满面，“老子不死儿不大，儿子已经大了，我也就成个活死人了。”

悲伤的李勇强对寡妇王彩云说：“我们翻身的日子快到了，用不了多长时间，我们就和村子里的头面人物平起平坐了。”

17

对面的炮山上，曾经和刘赶山对抗天空的那口残炮被斑斑锈迹完全封锁，被岁月存进了历史档案。

夕阳的最后一抹余光从残炮上消失的时候，这口孤独的老炮充满了无限伤感，昨天还炮声隆隆、惊天动地，而今天却和一个死人一同被人们埋进了记忆的棺材。

在月光下远远望去，残炮的影子仍然清晰可辨，他好像刘赶山伤心的眼睛，孤独地注视了三道弯村很多年。刘赶山已经脱离了时间的轨道，他那颗烧焦的头颅就是留给我最后的印象。

在夜风中，我听到了一声沉重的叹息，好像来自遥远的天边，虽然没有回头，我已经感知到了身后的影子。

在月亮的淡光里，刘赶山轻轻地飘来，他的身子显得十分轻盈，顶端安放着他那颗烧焦的头颅。空洞的眼眶里渗透着无边的黑暗。

刘赶山向我伸出了手，我友好地握了一下，我突然感觉到，当年他把我救出洪水的时候，那只大手永远是温暖的，现在却消失了。今晚，他的手传达着寒彻心骨的冰冷，我回想起了那个毁坏一切的冰雹之夜。刘赶山的手是僵硬的，他那烧焦的眼眶里透出的光也是一样的冰冷和悲凉。

刘赶山点燃了一支香烟，他伤感地说："我们抽烟吧。"

刘赶山的手几乎拿不住烟卷，他点烟的姿势很痛苦，但烧焦的脸上看不出一丝痛苦的表情，显然，风雨已经冲刷掉了他的感情和表情，他心底的温度已经被大炮上的锈迹完全封锁了。他的话从烧焦的嘴里出来，好像从风洞里呼啸出来的寒风。

刘赶山平静地回忆着过去，"我当了九年的炮手，常年和火药打交道，从来没有吸过烟，现在，我可以点上烟思考一些问题了。"刘赶山吐了一口烟，这股烟像炮口的硝烟一样迅速升上了天空，变得和月光一样透明。

刘赶山焦黑的头颅歪斜着想了想，他试图打消我对死亡的恐惧，"其实你思考的问题也就是我今天想告诉你的。你们活人一直感觉到人死是一件恐怖的事情，你们想到的是尸体在坟墓里腐烂变质，骨头在泥土里分化消失，想的是被土堆和野草分割开来的寂寞与孤独，你们虽然不断地接触死亡，但是你们内心深处却害怕死亡。"

刘赶山高傲地看着我。

我的脸一阵发黄，恐惧弥漫了我的双眼。刘赶山焦黑的眼神盯了我好半天，烟头随着他的呼吸忽明忽暗。

刘赶山终于打破了沉寂的气氛。"我活着的时候也是和你们一样的想法，害怕死亡，害怕被脱离的孤独，但是，当我死了以后。我发现我错了，你们也错了，死亡意味着脱离，也意味着解脱和升华，我离开了你们，孤独地站在炮山上，这也使我头脑清醒地反思我过去的生活，审视你们现在的生活。"

刘赶山回望了一下冰冷的月亮，"你自己很清楚，你刚刚二十岁，但却背

负了五十多岁的人具有的沉重和烦恼。你讨厌身处的环境，讨厌周围人的落俗与狭隘。对现实的无奈让你迷失，你甚至无法说清楚活着的目的。沉重给你带来了什么？或者说你的沉重给别人带去了什么？如果没有答案的话，你这二十年的沉重有什么意义？千万不要告诉我说你读了几年书，吃了很多的粮食，拉了很多的大粪。这些都不算，我说得太远了，这些追问你现在或许无法理解。”

“我们说简单一点吧。”刘赶山又装了一锅烟，“比如你二叔李勇强，他在人家游走，却活在一个驴的世界里，这使他在简单的生活里血脉膨胀，生龙活虎。”

“对，你不喜欢他的生活方式，但你更讨厌现在的生活。你不想在田地里劳动耕作，在寂寞干旱的田野中耗尽自己的汗水，也不想在贫穷的窑洞中等待老年时光的来临，然后让自己的尸体走进地下的窑洞。也忍受不了城市的苍白和浮躁。就是你整天要想逃避和跳出的那种现实的生活。这些年，你从书本里找路，从城市里找路，但没有路，你无法从你们人类的意识造就的牢笼里突围，年轻人，我告诉你，跳出痛苦的路只有一条，那就是死。”

“你看着我干什么，你不要误会，我不是来拉一个替死鬼来消除我的孤独，我独自坐在炮山上的日子很舒服，每天的风都跟我歌唱，我每天起床的第一件事就是坐在炮山高峰上沐浴阳光，那穿透蓝天的阳光照亮了我烧焦的眼睛，使我看到了天使的微笑，闻到了花的芬芳。”

“我的讲述使你认为我是一个思想者，但你不要把罗丹的雕塑和我联系起来，思想者是不需要固定的造型的，我的头脑虽然烧焦，眼睛虽然也烧成了黑孔，但自由的思想是不拒绝丑陋和简单。”

“我唯一痛苦的就是我看到你们在田地里刨食的场面，你们早上把自己的粪便撒在犁沟里，让植物健康的种子吸收你们的粪便，本来像小姑娘一样俊俏的麦子、玉米被你们的粪便弄得肥大丑陋不堪，那就是你们的粮食，如果你们的思想生锈，你们吃的就是自己的屎，这就是你们的生活，你们天天这样，年年这样，一直要到你们死。”

“有时候我万分急躁，我替你们着急心慌，我身边的大炮，就是和我相处了九年的大炮兄弟说，算了吧，你难道忘记了我们死后那些人的眼睛，但我，唉，我们还是抽烟吧。”

我狠狠吸了一口烟，但没有闻到二叔吸烟时的臭味，反而和鲜花的气息一样的芳香。我惊讶的表情显然逃不过刘赶山黑洞洞的眼睛，其实他的眼睛只是头颅上的两个深邃的黑孔，但却有着穿越时空的力量。

刘赶山叹息着说：“你感觉到了吧，我吸的烟是田野里鲜花的气息，当然不是你们人所吸食的那种东西。那种东西使你们人类的嘴和烟囱一样发臭，所以你们说出的话基本上是又假又空，就像一股屁一样的青烟。”

“这种话今天你们不止一次地批判，甚至很多成了政治笑话，你们嘲笑大跃进时代的荒唐，嘲笑‘文化大革命’时的愚蠢，为自己所处的时代感觉到幸运。”

“我告诉你，你们错了，假大空不是大跃进时期的特产，你们以为拨乱反正以后这些东西就消失了，其实这些东西并不可能像阑尾一样被你用手术刀轻轻地切割掉。”

“记住，人只要活着，劣根性就永远无法消除，身边不是有明显的例子吗，大跃进时代的大话靠的是直白的广播，而你们今天的炮制者却是发现真理的记者，明明是一坨屎，但传媒反复咀嚼几次以后竟成了美味佳肴。”

“说得明白一点，这些空话大话过些年以后就又成了笑话，因为你们人类在不断地进化，尾巴越来越断，但嘴巴却越来越大，所以，你们说空话的方式也在不断地进步，你们说互联网给你们带来的民主，缩小了人与人之间的距离。但你们却把自己锁在一个个黑暗的屋子里，在一个虚拟的世界里发泄内心的黑暗与恐惧，在攻击别人的过程中寻找一点可怜的快感。今天这个事件让你们惊喜不已，明天又为那个口水不断，你们的思想完全被阉割了，几个网络推手就可以左右你们的情感。说情感有点太人性了。我怀疑

你们现在是否有这种高贵的感觉。”

“年轻人，说到你的二叔你不要不好意思，我猜到了你的心思，你为你二叔每天晚上的行为感觉到羞愧，其实，自从我死了以后，我就不认识那个女人了，时间在把我停留在炮山上的那一刻，也把我死之前的王彩云停留在了那里，准确地说是在那个黄昏，就是你们小孩子看到的我和王彩云交合的那个黄昏。”

“对不起，你还没有结婚，但我实在找不出一个更准确的词来说明这件事情。我们顶天立地地交合，那种健康就像风雨雷电相逢时的天地交融，与你二叔和这个王彩云的行径有天壤之别。你们活人把这种行为叫做‘爱’，你们以为这就可以使你们活人产生高兴，这让我想来十分好笑，你们活人的头脑的快感难道就剩下用性器官来激活这一条狭窄的途径，你不会否认我的话。”

“你在城市的边缘像鸿毛一样掠过了一次，我相信你也有了同样的感触，是不是大街小巷到处都是卖性用品的商店，卖淫女充满了高档的酒店。唉，人对生殖器的关注越来越严重，却对思想的关注越来越少。思想甚至成了生殖器的附属品。”

“不要笑话你的二叔，他和你们整个活人一样，就靠这个来苟延残喘了，他和我妻子的影子在肮脏的土炕上的这种行为，实际上是你们整个活人都在进行的一个最终的自我挽救，不要说我的嘴巴太刻薄，用准确的词来说是回光返照后的一种无意识的挣扎。”

“还不明白吗?我怎么发现你知识越学得多，越丧失了生物具有的灵性。对不起，我一着急往往就说一些过激的语言。我们还是把讨论的主题回到性上吧，你前几天不是去城市了吗，对你是想逃避农村死一样的生活，可是结果怎么样呢？你觉得那里比农村还要可怕。”

“对，你的感觉是对的，那些水泥高楼就是墓碑，很多农村的女孩在农村的时候，是一个个青草一样健康的女孩子，你那时好像有点很喜欢她们其中的一个,可结果怎么样了呢,这些女孩子成了城市人找刺激的一个刺激体。”

“当然,我们那时候也交合,对不起,为了说明问题,我这个长辈必须用你们活人创造的术语。我也和王彩云交合,你看见了,我们和那是有本质的区别,我们充分享受自然的快乐,但你们就不同了,你们那是靠性来刺激仅存的一点快感,让你们感觉到活着还有一点快乐。”

“所以,人们发疯一样地想方设法来挣钱,靠丧尽天良的手段,而腰缠万贯的人成了你们这个时代的英雄。这恰恰是你们痛苦和悲哀的根源。”

“英雄功成名就以后,感觉到空虚,所以找卖淫女来寻找大脑里残存的一丁点快乐,但你们肮脏的行为导致了很多的疾病,比如让你们深感恐惧和绝望的艾滋病,这种迹象早就暗示给你们,让你们自救,但经过几千年的文明,你们发明自救的东西竟然是避孕套。”

“让我怎么说呢?对了,咱们不要说这个话题了,你是说那些沦落的女孩子怎么办吗?这就是活人的悲哀,你小时候放过驴,当驴陷进泥潭的时候它会挣扎着跳出来,即使被泥潭吞没了生命,它仍然保持着搏斗的尊贵姿势。”

“经过几万年以后,你们活人也许就会为挖出它的化石而写很多文章,获得很多的荣誉和实惠,但你们只是认为多少年前,地球上存在这样的一个物种,却不知道这种动物以什么样的尊严活着,所以你们越来越退化。和动物不同的是,你们活人陷进了泥潭以后,却喜欢上了泥潭的舒适,所以她们就和烂泥一样在世界上消失了。悲剧,你们的悲剧让我也沉重起来,我的大炮朋友越来越不理我了。”

“你的意思是让我们逃避,像胡阴阳那样介于阴阳之间呢,还是拿一根草绳,结果自己的性命?”我不解地问。

一只热乎乎的爪子突然搭在了我的肩膀上,原来是王寡妇的白脖子狗安静地来到跟前。

狗拍着我的肩膀说:“你念了这么多年的书,脑袋竟然不如我的头脑。

说得难听点，你的头不如狗头，你不要生气，我来告诉你这个秘密。”

“胡阴阳在很年轻的时候，就是一个糟蹋村里年轻女子的坏蛋，当他在一个夜晚对第十个姑娘下手时，恰好被我碰到了。”

“我丢下嘴里的兔子冲了过去，胡阴阳连裤子都没有来得及提就开始逃命，我照准他甩着的恶心的男根就是一口，我咬空了。”

“原来这厮的男根早就被我的祖父——金毛犬用嘴巴无情地骟掉了。你奇怪你二叔为什么没有被骟掉吗？我来告诉你，并不是你二叔跑得快，也不是我没有我祖父的正义感，而是我主动悲伤地放弃了，你们活人连起码的道德都丢弃了，把乱性当为人性的回归，你们自己迷失了，你们的价值体系难道要靠一只多管闲事的狗来建立吗？”

“我，一只狗来介入价值体系就是对你们活人的反讽，所以我也就难过地退出了，我并不是为我的祖父用极端的手段伤害胡阴阳感到忏悔，这个失去了男性能力的家伙他唯一的出路就是阴阳，阴阳阴阳，就是不阴不阳，这种不伦不类的东西还被你们活人当神仙来进贡。”

“这只是一个个体，你以后观察一下，你们供奉的那些榜样和模范哪个是健康和真实的？你们老是活在自己虚构的真实中，你们老是不断地给自己树立榜样，然后又糟蹋掉代表你们梦想的榜样，你们的眼睛不知是怎么了，我为你们如此的简单和低能羞愧。”

“我现在看得很清楚，哪个坏蛋想夹着可恶的脏鸡巴干坏事，我一眼就看了出来，我爱憎分明的品格会让我冲上前去，骟掉他们。可是，被我骟掉的人往往会编出美丽的谎话，鼓动你们人来杀掉我，你们的耳朵真是退化得厉害，谎言往往被听为真理，所以正义者通常会被你们像仇敌一样赶出现实。”

“至于死吗，一直是你们活人逃避的一个现实，所以，你们前怕狼后怕鬼，这主要是你们自私和仇恨所导致的内心深处的恐惧，是一种扭曲的病态心理。”

狗擦了擦嘴角的口水说:“给活人讲道理,永远是这么的难。”

不知什么时候，黑头公狼竟然来到了我们中间，加入了激烈的讨论行列,黑头公狼梳理了一下脖子的长毛说:“由于你们害怕死,所以你们几乎灭绝了我的同类,现在,我们其他的动物都死了,你们找不到自我恐惧的工具,说明白一点就是找不到你们证明自己活着的参照物,所以你们恐惧孤独。”

“你们很多人大喊着保护动物,保护环境,你们以你们的觉醒而高尚,算了吧,让这些鬼话滚蛋吧,那是因为我们的死使你们看见了自己的死,绞索已经悬在了你们的头顶,你们想方设法要使绳索在空中停留一刻。所以,你们竟然期盼我们活着,因为对方的死才能证明你的活,对方的错才能证明你的对。”

“你们一直虚伪地活了好多年,现在,所有的动物在你们的以活为中心的活人的威胁下,我们都死了,你们为了证明你们活着的空虚,造出了另外一种怪胎,这就是令你们恐惧和兴奋的恐怖分子,你们人类自发地分成了无数类,自相残杀,有的人说对方是吸血鬼,有的人把对方叫外星人,你们自我残杀的快感好受吗?唉,这样深奥的道理你今天晚上是搞不明白的,我相信,你今天是不会死的,而且你和你的同类一样,害怕面对死。”

我点了点头。

刘赶山空洞的眼睛里流露了无奈的同情,他说:“我的眼睛已经被烧干了，要不然，我同情的眼泪也许会滴落在你的心上，让你的脉搏充满温情。”刘赶山在月光中消失了,我回头一看,那眼残炮口上萦绕着屡屡忧伤的青烟。

祁伟成小说

无名花

三嫂是菊香的婆婆。

菊香是三嫂小儿子后生的媳妇。三嫂为娶这儿媳愁麻了眼。

三嫂的男人是给队上抬木头时被砸死的。三十来岁的三嫂正怀着后生，从此就守起了寡。

守寡的滋味是醋水辣子苦苦菜。守寡的日子里太阳就是月亮，月亮就是太阳，难哪！

日月泡在碱水里，三嫂的头发漂白了。

后来，三嫂率着五个儿女走进了责任田。

三嫂喂鸡、养猪，上山挖药材，下地务园落，好不容易攒齐了礼银为大儿子娶了媳妇。大儿媳妇念过书心眼儿稠，在枕头边调唆男人："瓜松，锅大了饭不香哩。"男人不是他们生的，男人却又是绵羊头，软的。听了婆娘话，头一昏，就分出去另过日月了。

三嫂没说啥。树大了都要分叉嘛，三嫂说啥呢？

作者：祁伟成，中共党员，大学学历。20世纪60年代出生于宁夏彭阳县城阳乡长城塬畔。1994年开始发表文学作品，有小说、散文散见于《朔方》《宁夏日报》《宁夏法制报》《宁夏税务》《六盘山》《固原日报》《彭阳文学》等区内刊物。

日子过起来比翻着日历还快呢。

三个女儿出嫁完了,三嫂就惆怅了:三嫂把三个女儿的彩礼都攒下了为后生说媳妇,眼看后生都快三十了,还瞅不下对象。三嫂就急麻了眼。

后生有个说不成,是个瘸子,瘸得厉害。后生是在当精沟娃时,上树捋榆钱跌下来弄折了腿。当时缺医少药,三嫂请人给接了骨胡乱一绑就长成了瘸子。

爹娘嫁闺女是啥心思?总愿女婿攒劲些。再说,三嫂心里也清楚着:村里手臂腿胯健壮的小伙子还有好几个都打着光棍呢,谁家犯了傻会把闺女嫁给一个老实得十耙子也打不出一个屁来的瘸子呢?

“瓜子头上有青天哩。”

菊香一进三嫂家门,人们就这样说。

瘸子后生娶得是糜子壕里王麻子的小女儿。这桩姻缘有说头呢。

那天是个逢集日。菊香背了一袋杏干子去集上卖。这时节,杏干、杏核、黄花菜下来了,集上的贩子多得能碰死人。后生今年学着当贩子也在其中。菊香认得后生,知道他不日鬼捣棒槌,就把杏干子卖给了他。菊香接了钱也不数就装入裤口袋里,刚一转身走就被小偷偷上了。

后生眼尖。后生瘸了一条腿箭似的扑过去,一把钳住小偷的手腕。小偷被他捏得跪下了,尿了一裤裆。

菊香又装了一回钱。菊香红着脸看一眼瘸子,后生却见菊香眼仁仁黑魆魆回去了。

菊香跟完集往回走时,在街口等后生。

菊香就瞅上了后生。

三嫂请人去提亲,菊香的大是有名的王麻子,王麻子却死活不放口话。王麻子说,女儿跟个瘸子太丢人了,要管呢。菊香说,我癞蛤蟆吃秤砣哩——贴(铁)了心了。

十个麻子九个怪。

这王麻子一看女儿打折牛肋子不向里弯了，就拿大礼银来抗三嫂。偏偏这三嫂愁的不是钱。王麻子没扛住三嫂，一张麻脸像打蔫了的青葫芦……

菊香过门三年了不见有喜，三嫂就把牛耳朵塬上的白衣娘娘请来了。白衣娘娘在香案前净手焚香，念了一卷《子孙经》。尔后，白衣娘娘披头散发，吹一通火纸，就口中念念有词，做出向冥冥中祈求祷卜之状。言毕，直对菊香说："烧香弟子，记着，你前世欺天骂地，闫君已判你永无子嗣。吾当给说了下情话，闫君总算给下话来，要你做三年善事，听明白了么？"

菊香想：莫说三年，就是三十年也做得！人么，活一辈子，谁个不图要多做些善事？

白衣娘娘白吃了两天，揣上三丈红布和几十块钱走了。三嫂又让菊香去山神庙里还了愿。

三嫂和菊香就一个心思盼着白衣娘娘的话灵验。

后生自娶了菊香后，就常年在外跑生意潮，把家里的活丢给了菊香。菊香也泼了命料理家务活照顾三嫂。

三嫂是过来人，很会暖摸人。一个锅里搅了几年勺，婆媳俩没有红过脸。

东山里有句俗言："媳妇子再好是别人家的女子。"可菊香对三嫂好，三嫂时时心里刻着过不去。

有一天，菊香病倒了。三嫂叫来村上保健员，大夫捉了脉告诉三嫂，菊香得的是女人病，血虚得很，要好好补带呢。

三嫂麻着眼去山外给菊香抓回了药。还杀了一只乌鸡熬得烂烂的给菊香吃。菊香稍微能动弹就下炕来，拾掇撂下的一堆子家务活。

三嫂的大女儿巧子来看娘家妈。

巧子一到娘家大门口上，就听见三嫂在院里数落菊香。

"……快给我拿去退了！亏你还老实呢。"

"妈，就这一回么……"

“太不像话了,我把你当闺女看,你咋价不跟我喘一声?”

巧子听不下去了,心里想,是弟媳在缠娘家妈的脚后根。肚子一胀气,就扭身回去了。之后,菊香胳肢窝下夹了一卷黑绸布从门洞里出来。

菊香是去商店里退布的。

三嫂曾经叨咕过, 活了一辈子还没穿过一件绸夹袄哩。菊香就把这话记住了。

菊香是用后生捎回的抓药钱为三嫂扯的黑绸夹袄面子。

巧子憋了一肚子气,把菊香的事说给了二巧。

二巧就来了。

吃饭时,二巧一看菊香盛了半碗端给娘家妈,登时就眉毛一竖,脸一扯,说:“今年粮食缺了还是咋的?”

三嫂赶忙解释:“我要的。怪我来。你看我瞎摸着吃,能端个满碗么?再说,滴汤洒水的,弄脏了衣服光是整人呢。”

“衣服脏了不会叫她洗?哼!”

菊香窘了。

菊香是个没嘴葫芦,有话尽在肚里闷着,说不出来。

二巧瞪一眼菊香,不高兴地回去了。不久,三巧又跑来看娘家妈。

那一阵, 菊香正在梁盖上急着收荞麦。荞麦割得就剩下沟子大的几坨了。菊香想一个劲收完了再回去给槽上的乳牛粉饲料。粉饲料还要到山外的川道里去。

菊香就想动力电了。

唉,啥时嘛咱这山里也能通上动力电呢……

正想着,三巧气呼呼奔到了跟前。

三巧长一副刀子嘴,又快又利。

三巧对菊香说:“哟!你在这儿磨滑滑,拿我老妈在家里当驴使唤!你这么个心肠,还想抱上娃娃?”

"……"菊香怔住了。菊香脸色红了又白。

菊香就放弃子往家里跑。

菊香一进院门，就见三嫂正抱着磨棍用石磨推饲料。菊香一把拉住三嫂的手,拖了哭腔,说一声:"妈——"

菊香鼻子一酸,眼窝一热,泪水就喷成花花了。

"娃子,你苦着哩,妈还顶事……"

三巧一旁看不惯,撂一句"精仙仙",就回去了。

三个女人一台戏。

三嫂的这三个女儿在一块商量着,啥时找个茬儿去收拾"精仙仙"菊香。春暖花开的时节了,茬儿还没找着,娘家有人捎来话,说菊香死了。

菊香去沟道里担水,一勾头舀水,就栽倒了。栽倒在泉沿上再也没起来。

菊香得的是血崩病。汩汩血水染红泉沿。血水流到泉里,水面便洇出一片无名花,灿灿烂烂地开放着。

有人给三嫂说了,三嫂的双眼就全麻了。

三嫂像一头丧失了儿女的母狼，彻天彻地嚎着往沟道里跑。三嫂凭着感觉跌跤爬扑来到沟边上。然后，是一脚踏空坠下了沟崖——是一丛牛尾巴树接住了三嫂。

（刊于2008年第1期《彭阳》）

东山谣

"伪县长活阎王,催命鬼是乡长,抓兵要款鬼保长。有钱人买得祸事过,穷汉娃娃命抵挡。你哭我哭泪汪汪,不见大大(爸爸)不见娘。一声长痛一声天,天高地厚不管闲。"

——东山民谣

那是民国二十三年的事。

那一年,长城塬花园子里的杨没耳子正恋着车家堡子车豁豁的女儿双娥。杨没耳子是远近出名的箍窑行家杨土匠的独生儿子。

杨没耳子生就头大口大耳朵大,庄里人都说杨土匠,你养了个福娃子。杨没耳子是在跟大(爸)去车家堡子学箍窑时恋上了车豁豁的女儿双娥的。车豁豁在黑窑滩耍赌输惨了,就把女儿双娥抵了赌债,八月十五赌棍就要来领人。

双娥死活都不依,车豁豁就瞎话好话死皮赖脸哄劝。杨没耳子急得能尿醋,就和大四处找亲戚借钱保人。

亲戚家跑遍了没借到钱。亲戚家的钱都被保长逼着缴给了乡公所。杨没耳子就借到了赵山畔大富户赵万有家。

这时间,赵万有正为自家的黑骡子急得满院转磨磨。黑骡子得了结症,卧倒了爬起来,爬起来又卧倒,翻过来又翻过去不停地打滚。

这黑骡子是赵万有老娘的命蛋蛋命根根,好得不得了,你就是拿金砖去换,她也不。赵万有是个大孝子,这黑骡子是他专为老娘花大价钱买回骑的。这赵老太太缠一副小脚,她喜欢到白杨城赶集看戏趁红火。儿子孝顺就托双娥姑父从三个窑集上给买回了一匹黑骡子。

赵老太太喜欢得说不成!

这匹黑骡子毛色黑亮黑亮的。赵万有前前后后卖出买进了十几匹骡子了都不钟老太太的意。赵老太太说,十个骡子九个奸,还有一个是贼蛋,而双娥姑父买回的这个骡子可就不一样了,贼精是贼精,还是个通人性的怪物!

每当赵老太太穿戴一新迈着碎步还未走到槽跟前,黑骡子就前腿跪地,跟听话的骆驼一样,让小脚老太太骑上去,然后是小心翼翼地起来,一路上不乱跑不胡吃不撵牲直光光往白杨城跑。到了集上又小心翼翼跪下前腿让老太太下来,惹得跟集的人直叫好。

此刻,黑骡子疼得在地上打滚,小脚老太太心疼得骂儿子,快想办法吧,把人疼死了。

杨没耳子进来了。杨没耳子说这好办得很，我能成！快熬些花椒水来。赵万有不信，说，你个黄嘴鸭娃子，你能成个球？

杨没耳子看出这骡子是后结，说，我治不好就倒着从你门里走出去！

花椒水熬好端来了。杨没耳子叫人用结实的麻绳绊了骡子的四条腿后，就把花椒水噙在嘴里用空心竹筒吹进骡子的屁眼门。过了半个时辰，杨没耳子就把自己的一只小手慢慢伸进骡子麻醉了的屁眼门。一直伸进去，直到摸着了那个草结块，就把草结块拉了出来。

这一手是他小时候跟爷爷在卧虎山给牲口看病时学的绝活。

黑骡子站起来了！

赵老太太高兴得笑出眼泪。老太太一听杨没耳子是来借钱保双娥的，就赶紧叫儿子取来五块大洋给了杨没耳子。

总算保住了心上人双娥。

杨土匠没钱给车豁豁送彩礼，车豁豁还是没有答应这门亲事。

一天后晌，杨土匠正在给儿子剃头，国民党匪兵队伍上长城塬来了，抢粮抓兵追得鸡飞狗跳。一听到枪声叫嚷声，杨土匠一个激灵，就一刀狠心地割掉了独生儿子的一只耳朵。儿子疼得哭爹喊娘满地乱滚。

这以后，人们就叫杨土匠的儿子杨没耳子。

杨没耳子心想，自己少了一只耳朵，双娥还能跟他好吗？

双娥呢？死活就要跟杨没耳子。车豁豁说，你贼日的要跟个没耳朵的，我就打断你娃的腿！

双娥没听。双娥就跑去问杨没耳子啥时娶她。杨没耳子看着怨情似水的双娥，说，等我挣够了钱就一定回来娶你！

人穷得连裤子都穿不上，谁还能箍起窑！杨没耳子跟大学的手艺荒了。

杨没耳子就去乔渠渠给大财主乔积善外号乔红头家放羊了。

双娥大车豁豁这回在黑窑滩押宝（摇碗子）又输了，输瓜了。庄家连着三个"单"，单花九。车豁豁押的却都是"双"，三遍都输。

车豁豁做了庄家。他端上“宝碗子”，自信地摇了。连着输钱，车豁豁就脸红板筋粗，像只斗败的公鸡。他招呼赌徒说，买单？买双？想好了就摆钱！三单之后必有一双！我还买双，双上捎上我的双娥！

车豁豁一旦信准了点数，上唇的豁豁就跳动了，仿佛蝙蝠的一对红肉翅膀在欢快地扇动。赌徒们都斜着眼睛溜溜车豁豁跳动的豁豁，都笑眯眯地。

车豁豁“呱嗒呱嗒”摇了一阵，碟子拔开了，杨没耳子傻了：亏了先人了！连老天爷也欺负穷汉人……

车豁豁这回把双娥输给了一个老光棍赌徒。双娥死活不从，车豁豁就用熟牛皮鞭子没头没脸地打，说，比你跟个没耳朵的强！

双娥一看大不是人了，就气疯了。双娥妈一根绳子吊在了后山歪脖子柳树上。

赌徒一看领不成人了，就逼车豁豁要钱。老婆死了女儿疯了，车豁豁就当着赌徒的面一刀剁掉了一只手，牛吼似地大叫一声，狗日的！拿去吧！举刀直向赌徒，赌徒吓得屁股脉没都了。没命地飞了。

车豁豁没脸在车家堡子待了。车豁豁就上了崆峒山吃斋念佛赎罪去了。

第二年收荞麦时节，去白杨城赶集的人跑回来说，不知从哪儿来的队伍在城里正要搭锅做饭，被南边飞来的飞机扔下的炸弹炸乱了，有一股子队伍从川道里下来要过长城塬到东面子去。

乔红头经常肇土匪国民党队伍的祸。

乔红头赶紧叫伙计藏好粮食，锁好窑门，拉上牲口，叫杨没耳子赶着二百只羊跟上他们一家子人往后山沟里跑。金银财宝早就埋在连伙计也不知道的地方。

庄里的人也在往后山沟里跑。

鸡儿上架时分，一对衣衫褴褛头戴八角帽红五星的大兵开进了乔渠渠。

队伍饿极了。

饿极了的队伍就刨吃了乔红头的八亩洋芋喝了涝坝里的水。

半夜里，乔红头让杨没耳子回去打探消息。

杨没耳子前脚走，羊儿竟然悄无声息地跟了上来。他刚在庄口一露头，就被暗哨给逮住了。哨兵把他和羊带到大院里，又把他带到一孔窑洞前，哨兵喊了“报告”后让他进去。

放羊娃杨没耳子怯怯地走进灯光昏暗的窑洞，就见一位大背头官儿端着清油灯伏着身子在案板中间铺开的地图上画着红杠杠蓝杠杆。

大背头官儿起身看着面前的杨没耳子，说话了，用浓重的湖南口音说，放羊娃，不用怕嘛，我们的队伍不是土匪，更不是国民党匪兵队伍！我们是红军，是穷人的队伍，是为穷苦人打天下的队伍！

红军大背头官儿高高的个子，面庞清瘦，慈眉善目，下巴偏左有一个痣。他摸着杨没耳子的头说，你的另一只耳朵哪里去了？是不是放丢了东家的羊，叫人家割了一只顶账了？少了耳朵，就不好找堂客(婆姨)喽……你要打光棍的！

惹得一旁的军官笑了。杨没耳子一点也不害怕了。

杨没耳子红着脸对大背头官儿说，他的另一只耳朵是大为防队伍抓壮丁在剃头时给割掉的。

红军找到了乔红头藏粮食的地方，没收了二十石粮食，带走了两百只大绵羊。

红军大背头官儿问杨没耳子，愿不愿给他们的队伍带路到东面去？

天麻麻亮时，红军走过了长城塬。

红军走了，庄里躲队伍的人回来了。回来不见了杨没耳子。就都说，杨没耳子把东家藏的粮食给说了，红军还赶走了两百只羊，他肯定吓得跑远出躲去了。也有的说，杨没耳子当红军去了。

见过世面的乔红头就不信。

乔红头说，他驴日的少了耳朵，国民党队伍都不要，红军能要么？

乔红头恨死了杨没耳子。乔红头更心疼他二十石粮食和两百只大绵羊。乔红头就包着红头睡了好几天。

杨没耳子一路上知道不少戴红星帽队伍革命的道理。把红军带到了三岔,他就不想返回了,就跟着红军来到了陕北,就知道那个大背头红军官儿是穷苦人的大救星。

杨没耳子受训了一段时间后就加入革命。他有手艺，组织上就让他和陕北老乡为红军箍窑洞。

胡宗南打陕北败退后，组织上就派杨没耳子到三岔红区接受新任务。红区让他回去想办法打入国民党城子阳乡公所做内线迎接解放东山县。

杨没耳子回到了花园子。

杨没耳子知道了做土匠的大被乔红头逼死了。双娥疯了，双娥大车豁豁上崆峒山了。舍命不舍财的乔红头被土匪给烧死了。

花园子里的老人手问杨没耳子，这些年你碎狗日的跑哪儿混去了？咋不回来看看死活要跟你的双娥呢？

都十二年了,庄里人问的对啊！杨没耳子早就想好了,就说,红军强迫他带路,他带到三岔人家就不要他带了,陕北那边已派人过来等着接应。还说,他不敢回家来,他怕乔红头,就在那一带胡日鬼着混呢。

杨没耳子还知道了让他气炸肺的事情:当年他跟红军走后,双娥满塬疯疯癫癫寻他，被乔红头骗说在白马庙里。骗到白马庙里的双娥就被乔红头给糟蹋了。

双娥那个疯啊,不顾羞丑见人就骂就打。造孽呀!

双娥白天四处游荡晚上就钻在白马庙里。杨没耳子点着马灯找到白马庙里,他日思夜想的双娥披头散发衣服又脏又烂,脸黑得没一点人样样了。

杨没耳子牙齿咬得咯嘣响,喊一声“双娥”就把拳头砸向庙里的净台。

谁想到这一喊一砸竟把疯了十二年的双娥给震灵醒了!双娥撩开乱发直勾勾地盯了杨没耳子这好半天,好半天,突然“哇”的一声就晕倒不言喘了。

双娥是睡在杨没耳子的怀里醒来的。

乡长王麻子叫花园子保长把杨没耳子给他传来。杨没耳子来到乡公所才知道这年伏天大暴雨下塌了几个窑洞，压死了团丁和电话员。乡长王麻子就说，听人说你窑箍得好，给老子我显显手！杨没耳子一看碰到了“白货石”，说不成，就接活干了。

乡长王麻子是从平凉队伍上逃回来的兵痞子，他把自己的妹妹献给了国民党东山县党部书记长而由一名流氓一跃成为城子阳乡乡公所乡长。这个乡公所有十几个团丁守备队员和便衣，十多条枪几个兵油子，多数是东山的“土豹子”，平时打开大门睡觉，哨兵也吊儿郎当，满不在乎。

马上要过冬了。杨没耳子也把塌了的窑洞箍好了，活儿做得一点麻瘩都没有。乡公所按工期打发了杨没耳子。乡长王麻子看这小伙子人实诚又舍不得让杨没耳子走，就把他留在乡公所做了电话员。

从红区三岔回来的杨没耳子正愁没办法打进乡公所，这下子真是瞌睡遇上枕头了。

疯了十二年的双娥不疯了。洗了脸梳了头换了新衣服的双娥就做了杨没耳子的新娘子，再也不用分开了。

他俩就住在乡公所办公窑的隔壁。杨没耳子守电话，双娥就给团丁守备队便衣兵油子做饭。县党部、县政府常下来开会检查工作，马家队伍隔三差五催粮要草抓壮丁。来了，王麻子就特地派心眼实的杨没耳子去办。杨没耳子就得硬着头皮和团丁跟上保长到庄间里去抓鸡拉羊。庄里的人都恨死了杨没耳子，都咒他不得好死，咒他婆姨将来生的孩子没屁眼。

杨没耳子把乡公所筹集到的四大马车粮草要在三天内送往东山县的消息通过乡公所勤杂工四宝传给了麻子沟圈地下党，地下党快马加鞭赶到红区三岔，红区游击队过来在通往县城的险要路口设伏截获四车粮草。

电话员杨没耳子的异常举动骗过了乡长王麻子却没有逃过守备队长虎子机警的眼睛。前两天，四宝请假说要去麻子沟圈给老娘买药。四宝走了，守备队长虎子也松了一口气。

民国三十七年隆冬的一个晚上，天下着细沫沫雪。国民党东山县城子阳乡公所，一阵急促的电话铃声惊醒了熟睡的电话员杨没耳子。电话是东山县党部打来的，党部书记长要乡长王麻子立刻带人前往麻子沟圈抓捕正在开会的共党分子。

杨没耳子报告了王麻子，王麻子就叫守备队长虎子带人去抓。虎子出去准备去了，杨没耳子赶紧叫来四宝。四宝是个穷苦人家出身的小伙子，父子俩给乔红头家当长工，就剩他妈一个人在家里。那一年下大雪，四宝大幺着牲口去沟道里给东家驮水。路滑，摔死了一头驮水的大骡子，被乔红头打了一顿，回家时间不长就死了。

杨没耳子就暗中给四宝讲陕北讲红区的事情，说，红军大背头官儿马上要领着队伍打过来了，咱们东山快要解放了。四宝就成了杨没耳子发展的第一个地下革命者……

杨没耳子给了四宝八块大洋耳语了一番。四宝出了大门就对虎子他们说，天黑路滑，县党部整人也不拣好时间！我出钱，咱们去黑窑滩玩几把。回来乡长问，你们就说去了，共党分子早就开完会不见音信了。

四宝领着他们几个便衣就悄悄去了黑窑滩。虎子又一次松了一口气。

四宝刚一出去，杨没耳子就叫醒了双娥，不得不将自己这十二年的情况告诉心爱的妻子。

情况危急！得马上通知麻子沟圈地下党转移。杨没耳子脱不开身，他着急得在地上光转磨磨。看着急坏了的丈夫，双娥果断地说，就让我去吧！

杨没耳子一震：你去？你挺着个大肚子天这么黑又这么冷，你能行我还不行呢！

双娥生气了，说，都这个时候了，什么行不行，快让我走吧！

杨没耳子一把搂住了双娥。双娥眼里荡漾着坚定沉着的柔情。

窑门外的院里，雪落了厚厚一层。杨没耳子搀扶着双娥要出大门，守门

的团丁懒洋洋地问去哪里，杨没耳子说，双娥肚子不适到看病先生那儿去。

出了大门，杨没耳子叫双娥去骑上她二舅家的青骟驴子，双娥不，说来不及了。双娥挺着大肚子放小奔子奔进了暗夜。杨没耳子返回来搪塞了守门的团丁，就进窑里和衣睡下了。

鸡叫头遍时，县党部又打来电话催问，抓到共党了没有？杨没耳子连忙说，早就抓去了，路滑现在还没回来。杨没耳子想着双娥早就把消息送到了。杨没耳子又去报告王麻子，说，县党部来电话要你亲自带人去抓共党。王麻子搂着新近娶来的小老婆酣睡的正香呢，被叫声惊醒了，极不情愿地骂道，还要老子睡不睡觉？虎子他们不是去了吗！共党又不是半脑子，鸡都叫了还开个球会！去去去！真是没事找事，搅得老子都睡不好！

杨没耳子从王麻子窑门口刚转回身，就迎上了送信回来的双娥。双娥是被两个便衣押着从大门进来的，满身是雪。双娥在回来的路上被两个外出偷鸡摸狗的便衣给碰上了。双娥想跑，肚子大跑不动，便衣追上用电灯一照是双娥，就问，这个时候，从哪儿往回跑？

双娥不能说实话。就灵机一动装成气疯的样子，抓住两个便衣的衣服哭叫开了，你两个要给我做主，我男人不是人，狼心狗肺的人，猪狗不如的人，把我哄出来说给我扎干针，他却不见信了……

双娥又哭又笑了，唔……唔、唔，他不要我了，我要杀了他，他个不是人的东西……哈哈嗬嗬咯咯……

当院里，双娥一见杨没耳子，扑上去狠劲捏了一把，给了个暗示。随即又是撕又是打破口胡言乱骂乱闹杨没耳子，好个没良心的你！你不是人，你是鬼……你把我送出去看病……先生给我扎针、扎针、你……你死哪儿去了？我的命好苦啊……我的妈呀……哈哈嗬嗬咯咯……

双娥边哭闹边把自己的衣服扯了个稀巴烂。上身的肉肉都露了出来。

乡长王麻子披着大衣出来了。王麻子一脸怒气，不问青红皂白把所有的人一顿臭骂，不想干了，就给老子滚他妈的蛋！

双娥又疯了。双娥这回是装着疯了。

奈何天一亮，杨没耳子就把双娥送到吴塬她姑父家里。双娥姑父是个脚户,赶着胶轱辘大车给方圆百里的商户运送货物,挣点辛苦费养活着一家老小,兵荒马乱的,日子几乎要过不下去了。

上次给县上运送粮草就有双娥姑父。四车粮草被游击队截取了，县党部书记长亲自骑马来到乡公所大骂他这个亲戚乡长王麻子是饭桶。王麻子连屁都不敢放,忙点头如捣蒜认错,下次不敢下次不敢。

……让杨没耳子和虎子都吃惊的是便衣队把双娥她姑父和一个拄拐棍的男人押来关进了乡公所的看守窑里。

那个拄拐棍的人是十二年前双娥姑父收留的红军娃子。那天红军娃子在白杨城被飞机扔下的炸弹炸断了一条腿。双娥她姑父是天黑回到吴塬的,庄里人都跑出去躲队伍了,他走南闯北见的世面也多了就没出去,就在家里缓着。看着红军抬着个缺腿娃子疼得哭爹喊娘怪可怜的就悄悄收留了。

后来左邻右舍问家里的缺腿人是从哪儿来的,双娥她姑父就说,是四川一个大脚户领着儿子送货上来被飞机炸的。娃子的大被炸死了，车马也炸得不见信了,他就把可怜的没人管闲的娃子给拉回来了……

是保长一直觉得吴塬上脚户家的这个缺腿人很有问题不正常,就说给了乡公所便衣。

乡长王麻子就对守备队长虎子说,你狗日的给我看好了,跑了人,老子我就跟你新账老账一起算!

王麻子给县党部书记长打电话低声下气地讨好说,他准备了十只大肥羊送上来孝敬孝敬。王麻子还兴冲冲地说,他要把捉到的一个红匪和一个共党分子在大年三十晚上一同神不知鬼不觉押来交给县党部严加审讯。

杨没耳子马上把乡公所要送羊送人的事说给了四宝,叫四宝快去叫麻子沟圈想办法救人。四宝走了,虎子提悬的心再一次放下了。

大年三十晚上。夜，黑得伸手不见五指。穷人富人都在过着年，虎子率领乡公所的便衣“土豹子”们押着车队悄悄出了大门。车队在杜家沟口被游击队截获了。

虎子暗想，来得太及时了！

虎子为了回去好交差就趁混乱开枪打伤了自己胳膊。车队被押到了三岔红区，受伤的虎子和“土豹子”们连夜逃回了乡公所。

王麻子把虎子一顿臭骂。臭骂后就觉着不对劲：难道共党神机妙算？

四宝是在睡梦中说梦话时泄露了他和杨没耳子夫妇的秘密。一个便衣听了四宝的梦话就去给王麻子说了。王麻子叫来守备队长虎子说了乡公所几次吃亏的事。

王麻子当着虎子面麻脸扯得有二尺长，说，真没想到真没想到啊！我姓王的英明一世，竟看走了眼，被一个没耳子给要了。看老子咋收拾！哼哼哈哈！

王麻子是只阴险的老狐狸。他命令那个便衣和虎子要给他好好盯着杨没耳子和四宝千万不能露了马脚打了草惊了蛇走漏了半点风声。

王麻子想放长线钓大鱼。王麻子想叫国民党东山县一举消灭红区和这一带的共党。

他故意当着乡公所里的人面说，咱们的好日子快到了！三岔红区的卧底传回消息说，红区近日要召开山城堡战役胜利十三周年庆祝大会，据可靠情报共军高级领导人要来参加，希望大家做好准备随时配合县保安大队彻底干净消灭麻子沟圈共党，再跟上马家队伍过去里应外合消灭红区共匪。嘿嘿哈哈……小蟊贼把我姓王的折腾得够呛啊！

王麻子还很神秘地把一封信交给一个便衣送往东山县党部去了。

杨没耳子信了。杨没耳子和守备队长虎子都着急了。

晚上，杨没耳子正要让四宝去麻子沟圈送情报，虎子支开了在杨没耳子门外来回转悠的眼线便衣，闪进门将实情告诉了杨没耳子，说，你们的情况已被王麻子知道了,他早就派人盯着你们了。王麻子在设计要将咱们这一带地下人员一起收拾了呢！你们找个机会快走吧！迟了就来不及了！

原来，守备队长虎子也是三岔党组织打入国民党城子阳乡公所的地下人员。那一年王家洼子土匪来袭击乡公所,是虎子机智勇敢地指挥乡公所人员顽强地打跑了土匪。王麻子就提拔虎子做了守备队长。

王麻子小老婆的生日到了。

王麻子没花彩礼就娶来个美人儿。王麻子对小美人小老婆言听计从,小老婆要月亮王麻子不敢给星星。王麻子要讨小老婆的高兴,想风风光光给过一回生日,就派杨没耳子和四宝来张罗。

虎子也凑上来帮忙。杨没耳子就在乡公所备办了十桌子酒席还请来了穆家塬上的牛皮灯影子。乡公所几十号人吃喝玩乐了美美半夜。

第二天日头两杆子高了，王麻子的眼线便衣慌慌张张跑来报告王麻子说,电话员杨没耳子和勤杂工四宝不见了!

王麻子气急败坏拉长了麻脸说,虎子呢?虎子干啥着呢?眼线便衣忙说,他昨晚喝多了酒到现在还醉得死死的。

当王麻子满院咆哮如雷时,杨没耳子和双娥、四宝他们早已撤出了长城塬向东去了。

一行大雁奋力向北飞去,双娥怀里抱着刚过满月的女儿继红……

（刊于 2009 年第 3 期《彭阳》）

韩海霞小说

花在风中飘

1

汽车行驶在公路上,从省城到我所在的学校大概得七八个小时的时间,到达白沟也就凌晨三四点了。开始车里的人还喧闹着，到了十点以后大多数乘客都睡了,没有睡意的也静静地闭着眼坐着。

我向来腰椎不好,坐着更是难以入睡,何况车主开玩笑说坐在副驾驶员座儿上就得跟司机聊天,要是司机打起盹儿来,咱的小命就都没了。

司机是个三十多岁的年轻人,很健谈,不停地抽着烟,闲聊中我才知道他就住在我们学校对面。他迷惑不解地问我,你到白沟教几年书了,我咋一次都没见过你。我说七年了,可我也没见过你呀。我心里想,那又有什么稀奇的,他就整个一月亮晚上放光,我就整个一太阳白天照耀,能见得上吗？他说我开三年车了,天天见着你们学校的老师,奇怪就没见过你。我就是那种扔人堆里分不出来的那种人,别说七年,我待十年,你碰见我同样会说:"嗨,你啥时来白沟的？"我没好气地反驳着,心里有点惶惶,难怪我二十八了还没男朋友。司机像老鸹一样"咕咕"笑着表示歉意。

作者:韩海霞,1983年1月4日出生,籍贯彭阳县古城镇。曾在《黄河文学》发表小说《风中的花》,《彭阳文学》发表《长在河里的庄稼》等。

“不过你们学校有位女老师在我们家租的房子，是今年来的吧？长高高的。”司机停了会儿又问我，我迅速在大脑里排查了一下学校里——高个子的——女老师，除了李春泥还会是谁呢。

“是新来的，叫李春泥。”我想快点结束和司机无聊的扯淡，于是闭了眼躺着，听汽车轰轰向前行驶的声音。

提起李春泥，这个年轻的师傅却来了兴致，握方向盘的手都灵活了几分，也不管我听不听就扯开了话匣子。

“城里人吧？”他问道。没想到这家伙了解的还挺多的。“你不都知道吗？”我没好气地说。借着微弱的车灯射进来的光亮我瞅了瞅他灰黄的脸、凌乱的头发有点好笑，什么样的男人都喜欢聊女人，尤其是漂亮的女人。

“最近她家男人好像来着，抱个娃娃。以我看好像关系不正常，没见两口子转过。”他挺认真的转过头来问我。李春泥闹离婚，我听到过一点，至于她家男人来没来我还真不知道。

“你天天跑长途，怎么知道这么多？我们虽在一个学校可有些事真不知道。”我也有点好奇地说。

“嗨，白沟街上的人都知道，哪有咱哥们不知道的呢。”他颇为得意。

“我们学校李春泥漂亮吧？”我故意将“我们学校”压重了问他，其实心里还真有点酸涩，有点忌妒李春泥，我都快把青春耗给白沟的教育事业了，还没人来半年的出名，可又觉得好笑，这是两码子事，贡献永远不等同于魅力。

“我说不准儿。说漂亮吧她不属于杏眼柳眉，说不漂亮吧她却很受看。那女人像什么我真说不准儿，反正让你见了像喝了凉水一样，浑身清爽。嗨，我要有那样老婆这辈子就算没白活！”司机觉得有点失言，忙用后面一句调侃的话带过，作为一个敏感的女人谁不能明白他那点意思。没看出来这师傅评价女人倒挺内行的，“喝了凉水一样”没见过哪个作家会有这么精辟的评论。

他说得不错，连我们学校德高望重的李顺德老师都说“春泥这娃长得让人心疼的”。她的确好像是个不同一般的女子，我想起她就无端会想到杜牧那句“烟笼寒水月笼沙”的千古名句来，用时髦的词怕就叫“朦胧感”吧。她长得高，不瘦也不胖，头发剪得短短的，长瓜子脸，淡眉俊眼的，乍一看好像看不出有多么漂亮，可是当她穿着泛白的蓝牛仔裤，赭石色小圆领束腰带上衣，或者穿着白色的领上绣一圈蓝粉相间的小碎梅花的T恤，深蓝的牛仔裙，单肩挎一个橙色休闲包从你身旁莞尔一笑走过时，是那么素雅而又迷人，你不得不和她一样细声慢语地说话，嘴唇稍微上翘着微笑，而且这一切你都是在不知不觉中受她影响做的，所以当她从省城大学毕业来到我们白沟，所有的人都觉得她是那么的不同一般。

我和她之间从来没有过于亲密的交往，我能想起来较密切的接触大抵只有一次。那是她刚来收拾房子的时候，那会儿我兼做着学校里保管员，她要两张桌子、一张床板，我叫了几名学生负责给她抬过去。她住在校长的隔壁，门前有一小块菜地，校长太太王敏种着许多四季豆、西红柿和茭瓜，还用一圈扫帚杆儿围着，许多牵牛花儿探头探脑地顺着杆儿往上爬着。

李春泥手忙脚乱地指挥学生，一会儿让学生将桌子抬里面靠墙放着，一会儿又让把床给支窗户下面，我一看就知道她没多少生活经验，就让学生将桌子放在窗子下面，床支后面，并告诉她床放后面睡觉不冷，桌子放前面看书改作业敞亮，而且要是做饭炒菜的话还可以将电磁炉放在桌上，让油烟顺门口飘出去。我又热心帮忙和她将床铺收拾整齐。她两手搓着，有点不好意地说：“真麻烦你了，我没弄过这些。”

我们俩打发走了学生，靠着门口的墙壁对着小菜园聊了会儿，她说她挺喜欢门前这个菜园的，赶明年自己往里面也种上菜，另外种上各色太阳花。她说喜欢太阳花，她们家就种了许多。

她的愿望还没有实施我们教师的那些宿舍都被拆了，因为学校要盖实验楼了，校长给寄宿的老师们提供了两间大教室，都在教学楼上，西头住男老师，东头住女老师。

我和李春泥、小何、马宁、小苏五个人搬到了里面。床铺、书桌、灶具乱七八糟摆了一屋子,就李春泥的东西少:一张床、一箱书。不过她往床头上挂了张油画到是非常漂亮,给我们杂乱的宿舍添了点情调。画上一个着红裙的女子被风吹得遮住了脸,红裙也被风向后拽着,就在女子的手前方被风吹着飘飞着几朵快要枯萎的玫瑰,整个画面弥漫着一种梦幻般的气息,画面右下角有几个小而刚劲的字,要是不注意,你根本就发现不了,上面写着“风中的花”。

李春泥没过几天就搬出了混合宿舍。学校对面一家往出租房子,王敏一家已租住到那儿了,正好有一间不足二十平方米的房子可以匀出来,李春泥就搬进去了。教学楼里太冷,学生们也喜欢窥视老师宿舍,所以我们大家相继也都搬出来了,我和马宁租了乡政府一间房子,小苏和小何让校长将校门口的小库房腾出来,她们俩挤进去了。

本来我们就不相往来,这样就更疏远了。不期然碰见了问问好,点点头或者“吃了吗”“干吗去”这一类礼貌而客气的话语。

可是不相往来并不等于我就不知道她的事儿,不专门打听,关于她的事也会传进我的耳朵里。四十多个教师的校园,芝麻粒儿那样小的事顷刻就会传遍学校:小则某老师昨晚喝酒打了媳妇;某老师晚上十点提着礼品包上校长家了;某男老师半夜敲某女老师的门;某老师要升职了;某老师要外调了;某大龄老师对象又吹了。关于最后这个说法,多数是冲我的,因为跟我找对象算数不算数的都快十个了。俗话说:“虱子多了不痒。”刚开始谈对象吹了我还怕其他老师知道,后来我才发现,我一个谈对象的人和来找对象的人说了什么都忘了,可他们却能背得出来。我的坐姿、神情、手势……一切都没逃过他们的眼睛,后来我才知道我们宿舍隔墙上面是相通的,索性就让他们大谈特谈去,甚至这种风言风语连学生都加了进来,像李春泥闹离婚的事就是我的学生告诉我的。

那帮中学生都大了,什么都懂,他们借着请教问题或和老师谈心,就想

窥探或者传播一两则老师的事儿。马丽娜很乖巧，是我的课代表，那天从我房子抱一摞作业却不准备走，闪着一对大花眼睛，对我说："老师，李春泥老师很好看！"我惊愕地望着她，希望从她眼中搜寻出她要表达的究竟是什么意思，可她还那么闪着亮净净的毛杏眼儿，说："王敏老师说她离婚了。我不信，她那么好！"离婚跟人好有什么关系！我有些好奇又有点恼怒，这么好的少年怎么也关注老师的婚姻问题来了，还公然发表自己的看法。我故意严肃而又语重心长地对她说："马丽娜，你是好学生，老师不说你什么，但不管其他同学咋样，你可不能学他们的样儿瞎打听，老师离不离婚和你没关系！"

"不是我打听的，是数学老师让我登分时她跟小何老师说的。我觉得李老师人好，不可能，一急就问您了。"马丽娜都被我说得要哭了。我只好说："以后别听老师们瞎说，好好学习。"

马宁告诉我真有这回事，李春泥大学时就和一个军校的南方学生恋爱，毕业后迅速结婚，没有半年生下一个男孩，丈夫被调到新疆了，孩子由南方的婆婆照顾，大概是分居的时间太长，感情难免疏远，才闹腾着离婚。可李春泥不和老师们交往，谁知道是真是假。马宁告诉我这些事时，还笑着问我："这会儿知道李春泥刚来为什么总穿件'道袍'了吧？那是生了娃娃怕落下病。"她刚来一直穿件灰色大衣，头上戴顶黑帽，把头发捂得严严的，我以为她头上有疤或者头发剃光了呢，她那样子很像沟庙里那个身材修长的道士，马宁私下里一直叫李春泥"道士"。

车继续向前行驶着，我感到困极了，凌晨时分的车里已经很冷，我翻出早已准备好的大衣盖在身上，想着明天困得要死可还得上课就觉得心烦，我已经在白沟教了七年书了，除了将年龄熬到了二十八岁，我一无所有而且累得要死，我不想再站在讲台上了，至少是这两年，所以学校里怎么反对我上学，我还是要了名额依然参加了成人考试，我想看看除了上课、找对象是否还有其他的生活方式。

“吱……吱……”我的手机响了，已经凌晨两点了，那上面有一条简短的信息：“一路平安！”是最近给我介绍的对象刘民发来的。对于他，我只记得一笑牙很白，黑色上衣像上漆了一样闪着亮光。

2

回到学校，我又开始了往日的工作。那司机说得没错，丈夫抱着孩子真的来看李春泥了。李春泥似乎瘦了。虽然平日里她跟我们不会扎堆闲聊，也不会像我们一样遇点可笑事就疯狂的无所顾忌地大笑，可人是会随着环境的变化而改变的。她似乎跟马宁很好，这不仅是她们俩办公桌在一块儿距离近就容易亲近，更多的是马宁的好奇心，她天生对数学感兴趣，她将学数学得来的经验像重推理重探索都用在了研究同事身上，不同于我们的李春泥自然成了她“研究”的对象。李春泥有电磁炉电饭煲，可她只会熬粥喝。校长太太王敏心善，做了饭菜常常叫李春泥，可时间长了李春泥也就不好意思去了。马宁嫌灶上顿顿洋芋面吃着胃里泛酸，就常去李春泥那儿两人做饭一块吃，一来二去成了无话不谈的好朋友。我了解马宁，她永远是不会闲着的。她永远喜欢把长出自己高出自己的人降到和她一个水平上。她要将李春泥给人留下美好印象咂得狗屎不如，她的能力在于像科学一样撕破一切表象，只留下真理赤裸裸如同未穿衣服的女人一样暴露在光天化日之下。她对我说：“妓女就是妓女，用什么都掩盖不住被千人万人践踏过的事实。”我觉得她这样说李春泥太恶毒了些，可是一个人残忍和恶毒的一面是与生俱来的，我只能说：“别把人都想歪了。”

李春泥沉默多了，早晨来到办公室常有哭过的痕迹，她的V字形白色秋衣上面罩着米黄色小西装，写字时低下头来，不时会把皮肤上抓伤的青痕露出来，可马宁怎么打探，李春泥总不会告诉她原因，这让马宁很愤怒，偷偷对我说：“我猜他们俩肯定打架了。”

我上街买菜时碰见李春泥丈夫戴天刚抱着小孩转悠，典型的南方人，身

材纤细，三角脸，嘴向前噘着，好像老有什么事惹他生气似的，几颗门牙也稍向前倾斜。从相貌看来李春泥嫁给戴天刚真就应上那句老话“一朵鲜花插在了牛粪上”了。

李春泥无声地来无声地去，让很多老师疑惑不解，到底他们夫妇咋样了，没人能说得清楚。女老师们都暗暗有点幸灾乐祸，有人就悄悄说：“我看李春泥就不是个好货，整天一个媚惑男人的样子，说不定她男人扫着什么风声来了！”男老师们都有些憎恨女教师的恶毒尖刻，李春泥是他们梦中的好女人——温柔而又娴雅，朴素而又美丽。甚至有男老师说：“这屃，天天打春泥，只要春泥给听咱们透点气，我上去废了他。”说这话的是年轻的冯勇，他曾经开玩笑说，白沟中学最有女人味儿的就李春泥一个，李春泥跟戴天刚头天离婚，第二天他就追李春泥去。于是冯勇那点小秘密大家都知道了。连平时不爱搭理青年教师生活问题的王宽堂校长都说：“可惜这么个好女子了，戴天刚算什么东西？”校长说话可有一个人不高兴了，那就是王敏，她黑青了脸狠狠剜了校长一眼，她再心善，也不能看着自家男人替别的女人说好话。

我给学生取落下的作文本时，又看见李春泥一个人爬在办公桌上淌眼泪，我心里一紧，这个女人太不幸了，人生才刚刚开始，生活却一塌糊涂。我不会劝慰别人，拍拍她的肩膀，对她说：“李老师，有什么不顺心的说出来吧，别憋坏了。我们年轻，不会处理问题，可咱学校还有会处理问题的人呢！”说出了口，可我忽然觉得自己说得太荒唐了，好意地安慰变得就像要从人家嘴里探出秘密一样。

“我知道，你是好人，李老师，学生们都夸你呢，好好过吧，人没什么过不了的坎儿。”我劝她，但还是觉得言不由衷。

她用手擦了擦微红的双眼，用笑容掩饰着无限的伤感，说：“谢谢你，韩老师，我没事”。我看出了她眼中的真诚，心中一丝暖意闪过，随后又涩涩的，再次轻轻拍了拍她的肩，说：“有什么需要帮助的尽管说。”

3

在她丈夫来得那几天里，偶尔李春泥会把孩子带到办公室里来，八个多月的小娃娃挺可爱的，高兴了小脚乱蹬着，小脸笑得开了花一样；不高兴小嘴噘成花骨朵，所有的老师看着都爱，可怜这孩子才八个月父母却闹得那么僵。我们逗弄孩子的时候，李春泥不无歉意地说，自己不会带孩子，刚生下不会给孩子穿衣服，她老公说她那穿法会把孩子捏死的。小何马上制止她说："傻姑娘，不能这么说娃娃！"李春泥不好意思地笑了笑，马宁抿嘴有深意地也笑了，李春泥上课了她俯到我耳边说："谁不知道这话是冲咱们的，意思是她跟老公关系好得很，没事儿，我看她还能撑多久！"

的确，没过几天，校园里就都传开了，李春泥和戴天刚打架，李春泥拿把剪刀自卫，还有人说李春泥拿剪刀将戴天刚刺伤了，更有甚者说戴天刚将李老师一条肋骨弄折了，可李春泥还天天来上课，只不过是匆匆来上完课就走了。这话语最先还是从和李春泥一个院中的校长太太王敏那儿传出来的。下午李春泥没在，一个男老师也没有，我们一堆女老师都在三楼办公室门口晒太阳聊天，再有知识有学问的女人聊起天来也无非是老公、孩子、衣服、化妆品，永远是家长里短的。她们问我最近对象找的怎么样。我简洁概括了一句："就那样！"

"什么就那样！黑夹克不是最近来得挺勤的嘛！小伙子帅气得很，差不多就行了，别落得跟李春泥一个样儿！"王敏狡黠的眼睛似笑非笑地望着我，一幅天下事无所不知无所不通的样子，我心里虽气，可碍于她是校长的太太，就笑笑算了。

王敏的心思根本就没在我那黑夹克的新对象上，她们把话题一下引到李春泥身上，王敏神神秘秘让大家伙围过来，她慢慢说李春泥跟戴天刚打架不为别的，而是不跟戴天刚一块儿睡。戴天刚来的这几日，李春泥一直都在白沟旅舍住着，前晚上李春泥要走，戴天刚死拦住不让，说什么也得让李春泥履行妻子的职责。说到这里王敏故意慎怒一下，看看我说："大姑娘家，

可听不得！”我说得了，电视上演得比这还精彩，不让听就坐办公室里说去，我还要晒太阳呢。女人们听了我的话，一个个都像下了蛋的母鸡一样呱呱地笑得前仰后合。她咽一口唾沫，接着说李春泥宁死不从，他们俩撕扯起来，孩子吓得哇哇大哭着，迷迷瞪瞪就把她和王宽堂校长吵醒了。王宽堂几下穿好衣服就往出跑，她稍晚了点跑进李春泥的房间。屋里娃娃吓得哭不出声来，两脚乱蹬着，她抱起了孩子，才发现李春泥的衣服好多处都被撕破了，手里紧紧地攥了把剪刀，浑身打着战，眼泪就那么直直往下淌着。王宽堂进去就将李春泥揽到了自己的身后，就给戴天刚一记响亮的耳掴子，骂戴天刚，你还算个男人吗？王敏用舌头舔了舔发干的嘴皮，眼睛环视了一下周围的姐妹。小何不露神色地说："亏是校长打了一巴掌，要换别人那后果可就不堪设想了。"言外之意，你校长凭什么打人家戴天刚呀。王敏从小何的言语中听得对自家男人的挖苦，气得直出粗气，其他同事都问后来呢，后来呢，王敏才回过神来，惊道："我说哪儿了？"她自己都忘讲到哪里了，王敏最后草草说晚上她拉李春泥和孩子在她们屋挤了一晚上，她问啥话，李春泥只是哭什么也不说。

又过了几天，那个瘦男人抱着孩子回去了，听说他的假满了，部队里都打电话催好几回了。丈夫走后，李春泥母亲从城里来白沟和女儿住了很长一段时间，那也是一个个子很高，慈眉善眼的女人。这可忙坏了马宁，她有事没事总往李春泥那儿跑，平时买两斤豆腐都嫌贵的她竟然有一天称了三斤肉跟李阿姨一块儿包饺子去了。但是我看得出来，李春泥不是一般的女子，当然她的母亲也不是，她们母女都有点贵族的气质，高傲而又谦逊，你说什么她们都会微笑着倾听，可一旦牵扯到她们的隐私，她们会对你更加客气，客气得让你没有探寻秘密的机会，也许这就是她们不同于一般女人的所在吧。她们对自己的经历守口如瓶，好坏功过、耻辱光荣都烂在肚子里，不向外人开口，我猜马宁一定吃了闭门羹，要不李阿姨走后她怎么再也不去李春泥那儿了呢。

4

李春泥慢慢有了笑容，时间稍稍弥合了她的创伤，她不再消瘦，课间十分钟的时候，偶尔和大家站在一块儿说说笑笑，空闲时间她会抱本书趴在办公桌上看，偶尔也写点东西，她给我看过一篇她写的关于《雷雨》中有关繁漪的读后感，文字清新而又感伤。我说：“不错，我更喜欢侍萍！”但她说：“韩姐，我喜欢繁漪，她太可怜了，她敢爱敢恨可什么都不能做，活着不如死去。”我觉得她说话的神情有些凄怆。

不久，学校组织文科组全体老师听课，因为德高望重的李顺德老师要退休了，可语文教研组长一职就空缺下来了，所以校长想利用听课机会选出一位“能拿得出手的组长”来，在这乡下中学什么叫能拿得出手的组长啊，无非就是课讲得好，上面听课时能够应付检查，其次能将各种表册和资料负责装订整理填写好就得了。要说白沟带语文的老师挺多，按学历真正具有大学本科文凭的只有小何和李春泥，小何工作经验丰富，教学能力强，在老师中口碑不错，所以大家都认为非小何莫属。校长私下找我们谈话，当我说起小何时，校长一愣，轻轻地说：“小何虽然不错，可老师们对她印象不好，说她说话爱刺伤人，再说现在教育形式是往前推年轻人，我看李春泥就不错嘛。”我心里觉得李春泥干不了这事儿，这工作说简单其实很复杂，它复杂在跟本组教师的利益发生着直接联系。像选评优质和差等教案吧，优质教案好评，差等教案摊谁头上呢？何况教案都是老师们从参考书上抄过来的，内容一样，只是有些教师字写得整齐漂亮有些潦草罢了，以前李老师的折中办法是教案分数低的其他出勤啊论文啊教学能力啊这类分数给高些，这样老师们的总成绩不至于有太大的差距，可有人对李老师的良苦用心还是不理解，还是有人指着他的脊梁骨偷偷骂：“老东西，要进坟墓了还这么苛刻！”有些话更不堪入耳。在人们的眼中校园是圣洁的，可是校园里毕竟也住得是人，是人就会和所有的人一样好品德、坏毛病都有，甚至有时候还变本加厉。

评选的结果出来了，李春泥多小何一票。经校委会研究通过李春泥当上了教研组长。这事在全体教职工会议上一公布，所有人都炸开了花儿：有人相互彼此会意一笑，大概个中的秘密他们都知道；有人很干脆地说："文科组，就该有个装门面儿的"；有人保持沉默，看不出任何表情；有人嘲讽地耸眉噘嘴。校长很轻地说了句："这是校领导一致研究过的，就这么定了。看看同志们还有什么事吗？"他望着大家，所有人都沉默着，只有男老师们喷出烟圈浓雾一样笼罩着办公室。"那就散会吧。"校长扔下一句话，装起文件第一个迈出了办公室，随后李春泥也尾随着跑了出去，至于他们是怎么谈的，谁也不知道，以后的日子李春泥就接过了李顺德老师的这份工作。

男老师倒没怎么样，女老师的情绪反映挺大的，连王敏都不搭理李春泥了，看来这一决议事前没有经过夫妻协商。马宁是嫉妒，小何是愤恨，所以大家最后一致要李春泥庆贺。在学校庆贺一件事，说白了就是"放血"，每人搭点钱(当然这钱永远只够所有菜钱的五分之一)，主办方带大家上饭馆海吃一顿。李春泥没有办过这类事，没经验或者她不想像以往别人那样做，她买了几大包金丝猴奶糖，给我们每一个人分发了一些。吃着糖，甜在心里，可有人却依然尖刻地当李春泥面说："喜糖吧？喜糖我可要多吃两块儿！"我看李春泥的脸色都变了。马宁连忙接着说："这叫双喜临门！"小何虽然恨着李春泥，可看大家太阴损，忙岔开话头说："得了，糖都塞不住你那炕眼门啊！"

李春泥的处境是越来越糟糕，每周星期五第六节是教案签字时间，结果她等了一下午却没人给她拿教案来，明明星期一第三节是王敏的公开课，她好不容易将文科组的成员招集起来，可王敏轻轻一句："复习课，我没准备，下次吧！"把我们都晾那儿了，我看见李春泥的泪水在眼里打圈圈，脸憋得通红，她不是那种厉害的女人，只好对我们大家说："算了，那改天吧。"王敏做得太过分，虽然有人幸灾乐祸，可大多数人心里都很气愤，你要李春泥，也不能把大家伙儿带一块儿吧。可没办法，谁让人家是校长太太呢，王宽堂虽然管着好几百号人，可是王敏却管着他呀。

5

天气一天冷似一天,可学校工作却越来越忙,教师们一方面忙着给学生进行期末复习,一方面忙着年终检查的事宜,没几天校长开会又带回来消息说全县“普九”工作明年元月份一致通过检查,学校里所有的档案要齐全,另外还得培训三个女解说员。

李春泥没有来到白沟中学的时候,这项工作一直由小何、马宁和我进行,我要去进修,所以大家都认为这份工作非李春泥莫属,她长得好,普通话又好,何况又是大学中文系毕业的。讲解员这份工作体面又受能力的牵制,形象是天生的,语言不是两天就能练就出来的,而且校长还特意强调县上还会评出十佳讲解员的。以李春泥的条件所有的老师都觉得非她了,可谁知道最后李春泥却没选上,却让冯勇逮着了,可县上明文规定,要求是女解说员,冯勇不愿抢李春泥的差事,当着王宽堂的面儿,直接就说:“校长,咱一个大男人,干不了那事,再说咱校长又不是没人,我看李春泥就很不错,大家说是吧?这是有目共睹的事实嘛!”所有的老师都被逗笑了,只有校长微红了脸,说:“李春泥还有其他安排。”王宽堂没看他的太太,倒是她太太王敏冷若冰霜地望了望校长,所有的威严和寒冷都掩藏在看不清神色的脸上,李春泥低着头一句话也没说,她大概也想着这份工作。

散会后,马宁和我一起上办公室,故作神秘地说:“我猜这里又有文章!”我忽然恨起了马宁,这个和我同窗五年共事都快八年的老朋友怎么会这么无聊啊,窥探别人的秘密怎么会带给她那么多乐趣?真的,她有老公、孩子、房子就该知足了,却将所有的闲暇时间全部用来关注别人。像只蝴蝶一样飞来飞去采集新鲜事忙得不亦乐乎,不觉得累吗?可我又一想,我周围的人哪些又不是这样活着呢?生活中缺乏惊天动地的事,可我们不甘寂寞的心却时刻渴望有所刺激,这种矛盾自然导致人们在平庸中找寻快乐,在无聊中挖掘新鲜。人可不可以另找一条寻找快乐的道路?不去伤害别人又能使自己伟大起来?

马宁还是如愿得到了李春泥没能获得解说员资格的原因。这事是李春泥的房东也就是我坐车去省城参加成人高考时那司机师傅的老婆告诉她的。王敏不同意李春泥去解说，为这事儿还和校长打了架，难怪几天前我汇报工作发现王校长的左耳朵掉了块皮，王敏好几天都噘着嘴黑青了脸和谁也不说话。

李春泥依然孤独着，和马宁渐渐地疏远了，这个时候已经是深冬了，在学校周围大片农田的小径上，我常常看见李春泥穿着红色的羽绒服一个人散步。那衣服在灰黄阴沉的田野里显得那么醒目，红的就像一团火一样。有一天下午，她表现出少有的热情要拉我去田野散步，我也想出去走走，一连连失败的谈对象让我疲惫不堪，那个刘民我稍有点好感，可他委婉地说他们家嫌我年龄大了。我不知道是该哭呢还是该笑，二十八岁，青春的残冬，我不再年轻，可我依然孤身一人。

我们在冬天黄昏的原野里走着，谁也不说话，只有她红色的羽绒服和我白色外套互相摩擦的声音。她忽然转过头来问我："韩姐，你怎么看我？"

"很不错，见了你就像喝了凉水一样，浑身清爽。"我想起了司机的话语，答道。

她咯咯地笑起来，稍停了会儿说："我还没听人这么说过。我命不好，我妈说我是破月生的，我属鸡，十月生的，'十月的鸡不上架'。"

"人本来都是受苦的，有几个命大的，至少我没见过。"我依着心里想的说。

"其实，咱们学校对我怎么看我都清楚，可我不在乎！"她依然笑着说。

昨晚下了点薄雪，脚下很泥泞，我差点摔了一跤，她伸过手来牵住我。

"我大学毕业是可以找个好点儿的工作的，可我不喜欢，我就想简单地生活，我爸都说我傻，可我乐意。我不想活得复杂，我就想简简单单的，我不理别人，别人也别管我。"她眼睛望着远处，我看不清她眼睛有着什么，可那眼睛明净得像一眼泉水。

“韩姐,你有男朋友吗？”她问我。

“男朋友很多,不知道你要问现在的还是以前的？”我自我解嘲地笑笑对她说,心里一丝悲哀。

“我给你介绍一个？怎样？”

“哈,算了,没那激情了。”我忽然想她能会为我介绍谁呢?看着她那没了下文的神情,我知道她像所有的人一样只是好意却无心的提提,拨弄我的情弦,别让我忘记再去寻找我的另一半。

6

我的录取通知书来了,我长长地舒了口气,终于有两年的时间供我挥霍:休息,学习。我要好好地利用这仅有的两年,过了这两年我就三十了,三十对于大多数人来说是成家立业,可对于我这样一个错过结婚年龄的女人是什么？容颜的枯槁、爱情的无望、父母的哀叹……只要想到这些,我会突然觉得苍老不堪,绝望悲哀至极。

在我慨叹年华流失的日子里,校园里又一件惊天动地的大事发生在了李春泥身上。一个高大帅气留着长头发戴一对白金大耳环的男人来到了学校,那天正好是课间操时间,我从来没见李春泥那样高兴过,她几乎飘出了校门,两人见面的亲热劲儿不亚于久别重逢的恋人。我不敢想象那会是平日里矜持的李春泥。她飘上楼来俯在我耳旁小声说:“韩姐,有课吗这节？帮我看会儿学生。”那笑容灿烂得就像连阴几日后初出的太阳,一转身她又走了。

办公室里的议论声就像冬天枯树上一群聒噪的麻雀,马宁永远是第一个发话的。

“瞧,去了老公又来了情人！”

冯勇冷冷地回敬马宁一句:“这叫嫉妒！懂吗？我服你们女人了！”

“嗨,我嫉妒什么啊?老公、孩子我缺啥?不像有些人真怕是妒嫉!”马宁抢白了冯勇。

“哎，那长头发到底是谁啊？你见过吗？”小何问着埋头改作业的王敏，王敏头摇得像刮风天的蓬草。

“从她来校，我就没见这么个人！”她说。

“你认识吗？我看你们俩走得挺近的，没给你说起过？”马宁问我。

我说：“不知道，操操你自个儿的心吧，小心你那胖老公带个大美女回来。”我夹着教案走出办公室，马宁后面狂怒地嚷着：“他敢，我把他不撕烂了！”

就在所有老师纷纷猜测之余，王敏又带来了一个更加惊人的消息。“李春泥和‘大耳环’睡到一块儿了！”这话犹如晴天里的一声霹雳，使所有的人几乎目瞪口呆。

“李春泥可是有老公的人，怎么这么随便啊？至少也得和现在的老公离了再和那个男的好啊！”马宁依着她自己的习惯考虑着这个问题。

“王老师，咱可不敢胡说，人家李老师可是有夫之妇！”冯勇虽然对“大耳环”有点嫉恨，但他还想给李春泥挽回点什么。

“得了，冯老师，大姐活了四十几个年头，是那种顺便给人造谣的人吗？人家李老师根本就不避人。”王敏对冯勇的怀疑有点生气还有点委屈，似乎受了莫大的伤害。

小何拽了拽王敏的衣袖压低声音问：“真有这回事啊？李老师文文静静的，不像是那种随随便便的人！”

“什么不是，刚来我就看不入眼儿，整个一媚狐子！”王敏不时把声音高了起来，我不知道这个平素很善良的女人为什么会这么恨李春泥，她们俩不存在任何利益冲突啊！王敏又在和小何咬着耳朵说话，小何不时抿着嘴笑笑，不时又惊讶地大声说：“咋那样啊？”

冯勇很沮丧地玩弄着手中的钢笔，这个年轻的老师比我进校的时间迟点，身上还有许多孩子气的地方，所有的老师都知道她暗恋李春泥，平日里满办公室就他一个海阔天空的侃着，可只要李春泥一来就缄口沉默，像个文静的姑娘一样，要是碰见李春泥向他问点事儿，他说话都会吞吞吐吐。李春泥大概看出点端倪，也有意回避着冯勇，所以明眼人都能看出冯勇的痛苦来，连李顺德老师都劝他，说："小伙子，实际点儿，称着的就赶紧了找，那没希望一辈子舀不到你碗中的永远也别去想！"可恼人的爱情谁又能说得清楚呢？

李春泥满面春风地来到办公室，豆绿的小风衣配着条非常漂亮的丝巾，是那种像云南蜡染那种的，玄紫色的底子上有着大片的黄和素蓝，实在配着那衣服好看，更显得李春泥高贵而又脱俗，冷静中有着些许的热情，高雅中隐蔽着娇艳。没想到这么一块丝巾还有这么大的魅力。

"好漂亮的衣服、丝巾啊？小李，是不男朋友给你买的？"王敏毫不忌讳地问李春泥，眼里蕴含着无限的藐视。

"不，是我一个同学送的！"李春泥没看王敏一眼，这种人似乎不值得她去看一眼。

"韩姐，谢你帮忙啊！给！"她扔给我一个心形的巧克力。

"校长让你去一趟，昨天替课的事他发觉了。"我接过巧克力不无歉意地压低声音说。

"没事，我不去！不就一节课，晚自修我都给学生把落下的内容补上了。"她还是那么快乐，我从没见过她那样高兴过，脸色红润，步履轻盈，就像森林里的小鹿一样。一个人如果永远这么开心着幸福着那该多好。我只在懵懂初恋那会儿体会过那种甜蜜而又美好的感情。我虽然接连谈了十多个对象，可那些全不是爱情，我有点糊涂，我一次次相亲到底是去找寻什么。

校长在周末例会上委婉地批评了我和李春泥。这有什么呢？只要他不说明，我就装作不知道。要计较，生活中冤屈的事太多了，谁还能计较得过来！

"大耳环"一住就十多天，天天跟李春泥腻在一起，早晨他们会一起在田野上的小径跑步；中午李春泥早早上完课和"大耳环"散步；下午他们会在夕

阳中的白沟河里牵手滑冰，那种浪漫和快乐令我都不敢想象两个相爱的人在一起会那么好。

就像王敏说的，他们不回避人，他们如同一对亲密的恋人一样玩耍嬉闹。要知道白沟还是一个刚刚解决了温饱，两个新婚的夫妇牵着手上街都会受到周围人的嘲笑和轻视的偏僻的西北山沟里的小镇，李春泥和“大耳环”他们无疑对小镇是一次不亚于八九级地震的冲击。

那天我沿着河边散步，他们俩正在冰面上疯玩，“大耳环”一会儿背着李春泥往前跑，一会儿李春泥又拖着“大耳环”往前走，两人滑稽而又笨拙地起来又滑倒，笑声像铲子接触到了锅巴一阵乱响，刺耳而又尖利。我不由脸红心悸准备调头悄悄走开，李春泥发觉了我，喊我：“不玩玩吗，韩姐？”那声音没有一丝尴尬和羞愧。我羞红了脸笑笑摇了摇头走了，那一刻我和所有的女人一样忽然就憎恶起李春泥来，虽然他们像两只笨狗熊一样撕扯在一起玩得天真烂漫，可我那不能抑制的羞怒像荒原上燃起的熊熊大火，我想骂句最粗野的话“婊子，妓女！”可我所受的教育制止了我。我知道他们的肆无忌惮、两情相悦、天真无邪伤害了一颗老姑娘的心，那种张狂那种恣意比拿刀砍我还要疼！因为有了李春泥这样的女人，所以我不敢奢望浪漫的爱情，我也在那个下午明白为什么那么多女老师恶毒地诋毁她，幸灾乐祸地观望她的不幸，她无意却天生地伤害了每个普通女人的自尊。

就在我和所有的老师一起嫌恶李春泥的时候，李春泥却特别亲近我，大概是自从她来到白沟后我是唯一一个没有伤害过她甚至还给她帮过不少忙的人吧。她常拿一些小玩意给我：巧克力、大白兔奶糖、果冻……一些女孩爱吃白沟街上却买不到的东西。“大耳环”要走的时候，李春泥将一个非常漂亮的发夹送给了我，我不想接受她的礼物，可她执意要我拿着，说自己短头发用不上，我配这发夹肯定好看。最后我收下了，漂亮的闪着七彩光泽的水钻发夹哪个姑娘不喜欢，至少戴着它别人在我身上还能看到些许耀眼的地方。她说那是李永峰买的(哦，他叫李永峰)，他也愿意送给我。我说没看出来李永峰还真会给女孩子东西。她莞尔一笑说李永峰是搞艺术的。

“大耳环”走了，他给李春泥带来了短暂的幸福，也把长长的寂寞和孤独撂给了她。老师们对于李春泥生活不检点感到恼怒和憎恶。女人们庆幸自己早有预见，李春泥不是个好女人；男人们愠怒他们的偶像怎么会委身一个怪异的男子。冯勇更是怒不可遏，不过他暗暗还是庆幸自己在这个女人身上投资不多。李春泥成了孤家寡人，她的快乐、幸福、痛苦、寂寞，都渴望有一个人耐心去听她倾诉，我似乎成了最合适的人选。她熬了粥，买了熟肉邀我去她小屋，那晚我们都没课。我是第一次去李春泥的房子，所有的印象只有一个——乱。大概是我要来，她才略将地扫了扫。床头上堆放着许多书，被子散开着像从来就没有收拾叠起过，衣架上挂满了上衣、袜子、小包和内衣，桌上花瓶、小工艺品零乱地夹在没改完的作业中。

那晚她穿了件灰蓝色的毛衣，样子很漂亮，我们喝了粥，吃完肉，她从桌底拖出一瓶葡萄酒，说是上次李永峰拿来的。

我有点不可思意会和这个女人一起喝酒。我和她的脸都红彤彤的，大概是炉里的火太旺了的缘故，她不厌其烦地告诉我李永峰有多么爱她，给她买了多么好的衣服和饰品。我也的确见到了，褚石色的连衣裙可用陶土烧制的项饰来衬托衣服主人的飘逸和暗藏的几分野性，亚麻布似的小方格白色大衣加条麦绿色的围脖可使李春泥的沁人的朴素雅致有种亲切却有拒人千里之外的感觉，更不用说那些紫色的长毛衫，藏式银饰以及各色围脖、丝巾等等，李永峰在买这些东西的时候肯定把李春泥当成了世上最美的模特，他很会用衣服和饰物去开掘一个女人的气质，让她本有的风度不断点缀妩媚、粗犷、高贵、清纯等等个性。这样的男人注定不会爱一个女人的心。嫁给李永峰永远只有激情、浪漫和刺激，却没有平和与安全，可一个女人一辈子需要的最多的会是什么呢？我想到了我的父母、姐姐，以及学校里的老师……他们活得平淡、琐碎，却不离不弃，也许上苍在让人们饱尝甜蜜、温馨、激情后更多的是让我们不再孤单，让我们相濡以沫地走下去，在平

凡、卑微、琐碎中去酿造,感悟生活的香甜,要不这不长的人生还有什么意义可言？这样想时,我才猛然明白我还有的希望。生活就像一碗饭,激情、浪漫和刺激就像饭食中的佐料,平和安全却永远是面和蔬菜。吃素还能将就,不吃却不能生存。

“你打算以后怎么办？你爱谁？李永峰还是戴天刚？”我知道这个问题才是最实际的。我们从上小学开始就在做选择题,A和B得选一个。“我不知道,我爱李永峰,可我没有归属感;我不爱戴天刚,可我们却有了孩子。”这个女人陷入了深深的矛盾和痛苦中。她热爱着的人却娶了艺术，跑遍了中国找寻着美。她不爱的人却是自己的丈夫,孩子的父亲,爱她想让她履行妻子的职责,她却讨厌他。

瞧,我们的想法和现实有着多大差异啊。难怪古人说“鱼和熊掌不可兼得！”有了美貌就少了德性,有了财富就失了幸福,有了跳舞的天赋却没有唱歌的权力,有了写作的才能却没有行走的机会的人多的是,纵使上帝不会嫉妒,天使也会嫌恶你有和她一样的本领的。如果不想让你的老景凄凉,不想让你过早被情欲摧残,你还渴望得到点真正的幸福,那么就得实际点儿。没有哪朵早开的花儿会结出硕大的果实,没有哪只候鸟会在寒冷的北方冬天快活的。

我盯着她那双蒙胧的眼睛,认真地问她:“你想活得幸福吗？”

“想,做梦都想,可幸福像天上的星星……”

“离开李永峰,去找戴天刚吧。把孩子带上,四分五裂永远是找不着家的,别说幸福的门了。要不就两个男人都别理,离婚嫁个实在人！”

“地扫干净,被子叠起,学着做饭,孩子带在身边,别的女人怎么做你也怎么做,我没见过哪个幸福的女人只天天恋爱不吃饭不做饭不养孩子的！”

“爱情不是天上的星星,是馅饼,是土豆炒大白菜！”

我几乎嚷嚷着对她说。

她似乎不懂我在说什么,若有所悟的,然后又摇头说:“你不懂,你不懂,你还没结婚,你什么都不懂!”

我不再跟她说话,我才明白我们虽然都是女人,却是生活在地上和天上的两种不同的人。天上的美好,却捉摸不定;地上的实在却如本地的马铃薯一样不好看。她是在梦里找幸福的女人,我却要抓住一份现实的摸得着的幸福,我们谁也说服不了谁。

故事就要结束了,李春泥的心门从此对我封闭了,因为我无意中也伤害了她,因为任何一个女人都不喜欢别人当面指责她邋遢不整洁。

我离开了我呆了八年的地方重新去读书了,李春泥还在那里,我不知道她会选择一条什么样的路,但不管怎样我依然祝福她,希望她能幸福。

(《黄河文学》2011 年第 2 期)

姬莉红小说

羊的骨　棋的髓

二狗生活中最重要的两件事就是羊和棋，羊是要放的，棋是要下的。

二狗放了一辈子的羊，也下了一辈子的棋。

二狗放羊是从十几岁开始的，那时队里的一个老羊倌得突发病死了，一大群羊一下子没人放了，二狗当队长的舅舅就找上门对二狗的父母说："我看让二狗子去队里饲养室放羊，一来可以帮着家里挣点工分，二来晚上还可以在饲养室的那个窑窑睡，这样把家里二狗和大全睡的这个炕腾出来，就能给大全娶媳妇了。"

大全是二狗的大哥，快二十岁了，家里正张罗着给瞅媳妇呢。前阵子上庄二姨娘给当媒的那家传来话就嫌地方窄小的很。

二狗的父母一听队长亲戚这么说，想了想觉得能行。反正这二狗子在家里也帮不上个啥忙，干啥一拨一转，不拨不转，你说让他今早在窑门上站着，他保证连位置都不挪。哎，一愣一愣的，老实得没办法说。

二狗就这样被他舅舅队长领到饲养室当羊倌去了。这饲养室除了二狗还有一个羊倌，这人不是本队的，说是外地哪个县上下来的一个有啥问题

作者：姬莉红，宁夏彭阳王洼镇人，1980年3月出生。酷爱文学，2011年开始创作，有少量作品发表，现执教于彭阳县王洼小学。

的干部要在这个队里改造。他的脸比这个地方的人白,大家都叫他“白面”。这白面不太爱说话，指着让他干活也干不好。让背粪去还没背到半坡就喘不上气,得缓半天,一天下来也背不上几回。有一次腿一软粪背篓和人就一起滚了,要不是队长眼尖,手脚麻利地一把抓住,说不定就会滚到沟里去。让耕地去他不会按犁,也不会吆牛。收麦更不要提了,在麦趟里连滚带爬,鼻台子的鼻都收不住了,还是叫人家几个妇人搁到“墙头上”放下了(超过了)。

队长一看不行,这人不是干农活的料,弄不好还会出麻达,改造又不是改命。寻思来寻思去,队长就让白面跟着饲养室的老羊倌放羊去。好在白面也好像明白这是队长的一番好心,他就对放羊这个事很上心,一两年下来也没出啥事,和老羊倌一起把羊放得很好,队上都没人说闲话,这事就算安顿好了。

队长将二狗带到饲养室的那个窑里就对白面说:“我给你找了个伴儿,我外甥,这孩子有些愣,你给帮忙照看着让学着放羊去。”

白面看了看二狗,朝队长点了点头。这二狗也不知咋的,跟着白面就像当年白面跟着老羊倌一样,也把羊给放得很好,给他队长舅舅没丢人。用队长的话说,咱们队里剪的羊毛、出的羊粪、羊羔成活的数字比其他队里的都多。

还有一个最重要的事就是这一老一少在放羊之余,白面给二狗教会了下棋。不是刻意地怎么去教,只是在羊收了圈的时候闲坐着没事,白面就爱一边翻看着他带在身边的一本残棋谱,一边再摆开那盘他心爱的棋一个人下起来。二狗也没事干就悄悄地趴在棋盘跟前看。后来看的时间长了,他不知哪来的灵光,白面一走红子,他就跟着走黑子,走着走着一盘棋走光了,白面忽然发现他的“将”被困住了,抬头二狗正朝他傻傻地笑呢。白面再看棋局也就愣住了,干吗不愣呢？一个连羊都不会数的人会下棋？

真的,二狗真的不会数羊,数着数着就乱了。但二狗很会记羊。每当羊进圈的时候,他眼睛盯着羊,嘴里不停地念叨着:“麻头子在呢、奁儿子在呢、黑

头子在呢、大尾巴也在呢……”就这样几十个羊在二狗心里都是有名字的数，刚开始白面让二狗跟他一起数数，但总是数不来，白面就不再强求，由着二狗念着名字记去，心想只要能把羊记下，管他用啥办法，不弄丢就行了。

接下来这一老一少有意思的很，除了放羊就是下棋。夏天，天热羊懒得吃的时候他俩就在树阴下或是崖洼阴凉处席地一坐，就对阵开了；冬天，羊在山头吃，他俩在避风的阳洼岗岗摆开那盘棋就开战了。他俩要么席地而坐，要么狗蹲子一蹲，眼睛是始终不离棋盘和棋子的，有时肚子一涨冷不丁地还会痛快地放个响屁，响屁被山风一吹啥都闻不到，他们二人就哈哈地笑了。

遇上下雪的日子，二狗用些烂草芥子把饲养室的炕填得烧烧的，再煨上几个洋芋，用秕谷子把羊安顿在圈里，他俩盘腿坐在炕上，一边吃着热洋芋一边指挥着棋子，真有一番不同寻常的意境。

这样的日子持续了一些时候，白面要走了，说是政策变了，他的事平反了，他要回城了。白面临走的时候和二狗下了好几盘的棋，下到最后，白面问二狗："你走的这棋是啥？"二狗眼睛盯着棋盘，食指和中指夹着一颗是"车"的黑棋子往前一放，想也不想地说："棋是羊。"

白面有些吃惊地又问："棋咋能是羊呢？"

二狗指着棋盘说："棋就是羊呀，你看这个'将'就是头羊，把头羊守住了其他的羊就好管了，这个'卒'子就是小羊羔，他会长大，长大了就增了(厉害)，这个'车'就像个老骚虎，好像谁都把它没意制(没办法)……"

白面又一次看着二狗老实的脸愣住了。

据说，白面第二天走的时候把他那副很爱而且很值钱的象棋留给了二狗，只把那本残棋谱带走了，反正二狗不识字，棋谱留着也没有用。二狗一直背着白面的铺盖，把他送上了长途汽车。白面在车上回头给二狗招手说再见时，看见了二狗的眼泪一颗一颗地挂在脸上，他就忍不住转过头悄悄地擦着眼角……

白面走了，饲养室只剩下了二狗一个人了，他的队长老舅想给他再安排一个伴儿进来，可二狗说他谁都不要，除非来人会下棋。队长一听挥着手说："算了算了，你小子楞犟楞犟的，还能上了，我上哪达给你找这么个人去，这又不是选才，没人抢着来和你住，能很就你一个人放羊去。"

其实，二狗一个人放羊谁都放心着呢，你看他把羊放得听他的话呢，放羊铲铲往东一指羊就去东边，往西一指羊就往西，二狗前面走着呢羊就在后面整齐地跟着呢，偶尔有个小羊羔贪吃碎草草落下了，二狗只要学着母羊叫两声那小羊羔就蹦跳着来了。还有就是这羊也就像通人性呢，只要二狗的脚步声在羊圈边响起，羊就涌到栏杆边咩咩地叫了起来，二狗就说叫几声是渴了，叫几声是饿了，然后就去给羊按需准备。还有就是哪几只羊要是下羔，二狗就非常注意。要是夏天的夜，他就呆在羊圈门口，看着羊把羔下了舔干了，然后再把奶给配上。要是冬天，二狗就把估摸着今夜要下羔的母羊放到他窑里看着下羔，他怕天寒把羊羔冻死，就把羊羔放到他的烧炕上给暖着，用面汤一点一点地灌羊羔。你说谁能耐下这个烦，有谁能和他住到一起。

二狗开始一个人放起了队里的这群羊，但二狗还有一件事也没停下来，那就是拿着白面留下来的那盘棋下棋，左手走红子右手走黑子。

后来队里包产到户，把那一大群羊分到各户了，二狗不用给队里放羊了，就放分给他家的羊，还有亲戚捎的几只羊，二狗的父母说："娃，好好放羊，放好了给你娶媳妇。"

二狗忽然开始想了，羊放好了还能娶媳妇，那娶媳妇干啥呢，娶媳妇能和我一起放羊、下棋吗？他没敢问父母，人家说他瓜着呢。

二狗就跑去问舅舅的儿子，舅舅早就不当队长了，老了。队长现在是舅舅的儿子当着呢，比二狗还小几岁，可人家是三个娃娃的大(父亲)了。

听了二狗的问话，队长表弟就说："对着呢，把羊放好了，羊就能换成钱，钱就能换来媳妇。"二狗问："那娶媳妇干啥呢，能下棋吗？"

队长表弟笑着说:“下你个头,就知道下棋。娶媳妇睡觉,然后养娃,养的娃娃把你叫大。”

二狗摸了摸头,嘿嘿笑了,说:“睡觉,睡到哪不是睡,还要花钱娶个睡觉的,我和羊都还不是睡了十几年了,不过这个娃娃我得想要,那乖得很,就像圈里的小羊羔。”

二狗因着娃娃乖,其实还是为一件事的来头,那就是他队长表弟的大儿子一次下午放学从学校回来,恰巧见他这个放羊的二狗表伯赶着羊往回走。当时夕阳西下,晚霞映红了整个山头。二狗前面拿着放羊铲走着呢,几十只羊跟在他后面整齐地跟着呢。红的红,白的白,二狗穿的一身黑衣服叫白羊一衬也是黑的黑。这孩子看呆了,他等着二狗走到跟前就说:“二狗表伯,你像我们书里写的那个将军,那个带领千军万马的将军。”

二狗一听这娃娃这么说他都有些吃惊了。这孩子怕他没明白就接着说:“就是像你棋里的那个‘将’”。

二狗忽然大笑着说:“小子,说得好,我就是那个‘将’,身后的都是‘车’、‘马’、‘炮’、‘象’。你这个小屁孩也算我的一个小羊羔,我的‘小卒子’”。

二狗放了十几年的羊从来还没有人这么说他像个啥，而这个孩子说得多好,说得他多爱听呀。

从那以后二狗放羊就一脸的得意,对那个孩子也就格外地好,有点糖果啦、瓜子啦都给着吃了。

队长表弟听了二狗不要媳妇光要娃娃的话，把喝了一口的茶水全喷了出来,呛得咳嗽了半天,等气缓顺了,准备还想再给二狗开导地说点,但回头看到二狗那一脸的认真劲,就把到口的话生生地咽了下去,指着二狗的背影说:“这个瓜辰。”

二狗依然放他的羊,当然也下他的棋。不光是左手和右手下,还抽空到乡里的街上和别人下，村里和街上的人就看到了二狗上街和放羊时的行头是一样的。左手拄着他的放羊铲，右手在胸膛前按着那个搭在他右肩的褡裢，知情的人都知道那个褡裢里装的是两个玉米面饼子和白面留给他的那盘棋。自从白面走后这盘棋被他一直这样带在身上。

后来从街上传出话来说和二狗一起下棋的人都不嫌弃二狗，在把二狗下赢了的时候都会提出让二狗把那盘好棋拿出来下一下。二狗要是碰见高手输的多了，就眼睛一红，扯下褡裢把那盘好棋一个个地往出一拿，小心地摆上和对手下。

棋下赢了的二狗会带着一脸的满足拄着他的放羊铲，摸着褡裢走回去放羊。

二狗的羊放了几年，一圈羊真的给他家娶来了一个媳妇，不过这个媳妇不是给他娶的，是给他弟小宝娶的。那天还是和往常一样，二狗早上放了一会儿羊，回来把羊圈到圈里，吃了点饭，他才没管家里那么多人呢，一直到下午，二狗从街上回来准备赶羊，可到羊圈一看，羊圈空空的，听不到了熟悉的羊叫，二狗一下子就愣了，觉得一口气一下子就堵在心口窝了，愣是上不来，憋了好久，鼓着眼大吼了一声："我的羊呀，没有羊我还算个啥'将'呀！"紧接着往后一躺啥都不知道了。

听到羊圈门上的响动，窑里的人都跑出来了，七手八脚地把二狗抬到窑里放到炕上，但二狗手脚冰凉，怎么也喊不言传，把一窑的人都吓坏了，大家七嘴八舌地说："这怕是本来要拿这圈羊给二狗娶媳妇的，现在给小宝娶了，二狗怕是想不开就……"二狗父母还有小宝都哭了，好赖这还是家里的一口人么，咋的喜事还能办成丧事。可这都是没办法的事，媒人给二狗当了几个媒了，人家女子都不愿意，说谁还会眼睁睁着嫁个瓜子。今天娶来的这个女子就是前一次给二狗相亲，人家偏偏看上小宝了，不嫁二狗，女方提出的彩礼就是二狗家的这一圈羊。

二狗父母想了一夜，咬牙答应了女方的条件。毕竟小宝也不小了，是该给娶媳妇的时候了，不然天不收地不管的，害怕跟上街上的那些二流子学坏了，学的不过光阴咋办呢，给娶个媳妇他对日子就有趁头了。没办法只能

委屈二狗了。

但他们犯了一个致命的错误，一圈羊这么大的事没和二狗说，只催着让二狗去街上下棋。

这二狗下棋从来是不忘放羊的，他在街上下棋就感觉右眼皮老跳，就连今天输了几盘棋都没在乎，就赶快往家里跑，回来就看到了空空的羊圈。

躺到半夜的二狗又发起烧来，嘴里还迷迷糊糊地说着啥，小宝凑上前贴上耳朵才听清，二狗说："奓耳子、麻头子、碎羔子、将、卒……"

小宝听了啥都没说，骑上那辆新买的自行车就走了，小宝去他丈人家了。他跪到他丈人和丈母娘跟前说了二狗的事，说二狗是羊变的，羊就是二狗的命。让丈人、丈母娘把圈里的羊给二狗还几个，说他以后有了钱一定加倍还。

小宝的丈人和丈母娘头回听到这事，就觉得奇了，想想也是人命关天，就把羊圈里那只头羊、一个母羊和两个小羊羔让小宝赶去了。

小宝把羊赶回来已是第二天天擦黑的时候了，他径直把羊赶到二狗的窑里，这羊在外面就叫了起来，一直叫到窑里，羊这一叫就把二狗叫醒了，昏迷了一天一夜的他听到熟悉的羊叫，眼皮真的睁开了，睁得大大地看着他的羊。

全家人这才舒了一口气，二狗就又接着放他的羊了，很高兴地放了。因为小宝给他说了，那些有名字的羊换成媳妇了，有媳妇了就会养孩子了，养的孩子就是小羊羔，就是小卒子，要把这些羊放好，让羊把小羊羔下得多多的，好给你的孩子，你的卒娃子娶媳妇，娶媳妇养的孩子把你叫爷爷。二狗就冲着小宝认真地点了点头。

小宝在随后的生活里把一个儿子和一个女儿过继给了二狗，让把二狗叫大，反正都在一个家里呢，要给应个名呢。二狗找个媳妇的想法看来是不可能的了，给二狗过继个儿子让他老了也有个靠头，老百年后出门告也就有写头了。再说羊是越来越值钱了，有个人放羊终究不是坏事，没有二狗的羊也没有小宝的今天。

这样的日子又过了几年，乡里新来了一个乡长，这个乡长有意思得很，说是要活跃村民文化，有一年的正月十五举办了首届全乡农民文化娱乐大赛，要求各队根据实际情况参赛，有的队办社火、有的队唱秦腔……噢，对了，还有全乡象棋比赛。

二狗的队长表弟就寻思着让他二狗表哥去下棋吧，没准还能捧个大奖回来呢。

可是当队长给二狗说了的时候，二狗头摇得跟娃娃耍的拨浪鼓一样，说代表乡里比赛他害怕得不敢去。

队长说："怕个屌呢，你只管下你的棋就行了，我告诉你，头等奖可是一个大羯羊，你要是赢回来，给你儿子娶媳妇又不是多攒了一些钱？"

二狗一听奖羊就笑开了说："行，我去赢羊。"

到了正月十五，乡府院里红火得很，参赛的、看热闹的挤得很。

二狗在队长和小宝的带领下向下棋比赛的房里走去。

小宝今天特意把二狗武装了一番，给穿了一身藏蓝的中山装，一双新棉鞋，把经常缠在头上的烂带子也给取了，把头发用一袋浓缩牌洗发膏洗了个干净，戴了一顶簇新的黑蓝帽子。

三人走进房间一看，房子中间放着一排桌子，桌子上面整齐地摆着几盘象棋，白棋盘、黑子、红子看起来还好看。

紧接着抽签，落座，对战。

但在二狗的这桌上出现了一个景致，只见坐在高椅上的二狗腿颤开了，头上也渗出汗了，手里举起的棋子也不知往哪放了，就那么定在空中了。

评委、对手、观众都愣住了，这不像平时下棋的二狗，知道的都说，二狗只要到棋盘上就好比狗碰到了骨头，今天这是咋了，就像中邪了，大家越纳闷，二狗表现得越厉害，你看这会儿脸涨得红的，脖子上青筋都暴起来了。

队长一看不行，今天丢队里人呢，心里也跟着着急起来，你别说这一急，

还急出了一个想法。队长一拍脑袋就冲二狗大喊："二狗哥，棋下好了，就能赢羊。"

这一喊不要紧，真把二狗给喊醒了，他朝队长表弟看了一眼，就从椅子上站起来，走到空地上把帽子一摘，把新上衣三两下地脱了扔到小宝怀里，把桌子上的棋盘纸往地下一扯，重新铺好，迅速地摆好棋子，人往地上狗蹲子一蹲，重重地放了一个响屁，长长地出了一口气，朝对手说："这下咱俩开始。"

大家都看傻了，那对手也没管那事，就自己找了个小板凳坐上和二狗下开了。其他的人都屏住呼吸看了起来。

比赛的最终结果出来了，二狗胸戴红花上台领奖了，乡长亲自把大羯羊的缰绳交到了二狗的手里，还和二狗握了握手。二狗看到身边的大羯羊脸上露出的是满意的笑容。

街上那个照相馆的小师傅被乡上叫上来给活动照相呢，他就快速地按下快门定格了这个画面：一个人胸戴红花张大嘴笑着，跟前站着一只头挽红花的大羯羊。这张照片随后也被小宝拿回家贴在了二狗的窑墙上。

日子过得真快，二狗也真有些显老，常年在外面风吹日晒的，皱纹也比同龄人深，头发都白了，但无论怎样说从二狗的脸上看不出忧愁。二狗还在继续放他的羊、下他的棋。

正在这个时候，上面忽然间出台了政策，说是要封山禁牧呢，牛羊要圈养，还说谁家的羊要是在外面放，抓住了拉羊罚款。没办法小宝就在家里盖了个羊棚，由于他家的羊多，乡里还给了3000元养殖款。

可是这样一来小宝家里还是有问题的，羊有些多，往出卖点吧，二狗死活不同意，说等儿子大学毕业了，娶媳妇时再卖。养着吧，这张嘴的东西，一顿一顿地要吃呢，怎么喂过来?

无奈，小宝就让二狗学着个别人的样，晚上偷着放。二狗也没管，心里想着只要能放羊就成，才不管白天黑夜。

没放多久,一天天麻亮,二狗的羊还是被乡上巡逻队给堵住了,拉了三只羊走了。这下可把二狗气死了,急死了,这些羊一个都不能少呀,如果少了,儿子娶媳妇不是少钱了?

二狗急急忙忙地把其他羊赶回圈了,就朝乡上院里跑去,误打误撞地跑到了书记办公室,二狗一看这书记他认得呢,就是当年给他发奖握手的乡长。当时书记正在电脑前和一个网友下棋呢,二狗也不知人家升成书记了,就说:“乡长,我要我羊呢。”

书记说:“干啥的羊?”

二狗说:“我的羊让你的人抓了。”

书记明白了,看了看电脑,又看了看二狗说:“咱俩下棋,你赢了,羊你拉回去。”

二狗一听书记要和他下棋,棋下赢了给羊,他为啥不干呢。

于是这两人就在书记办公室下开了,据说下了整整一夜。

到第二天早上的时候,二狗就真的领着他的三只羊回家了,奇怪的是二狗把他带在身边的白面给他的那盘棋留在了书记办公室。

还有就是书记给巡逻队的队长说了,以后二狗要是偷着放羊你就睁一只眼闭一只眼让过,出了问题他担待。

二狗天黑时又接着放羊了,但自从和书记下棋回来的二狗,只放两三个小时就把羊圈了,不像以前放的时间那么长,他白天还弄点草给羊添上。

事情的发生往往是意料之外的,这年深秋的一个下午二狗死了,二狗是让拉煤的大货车碰死的。那天二狗向小宝要了几十块钱,说棋下惯了,这身上没棋装,咋心慌的,想去街上买一盘象棋,小宝把钱给了,二狗把棋买上在褡裢里装好往回走,走到半路上就被一辆拉煤的大车从后面碰死了,褡裢里的新棋撒了一地。

小宝为二狗操办葬礼,专门去城里拉了一口松木棺材,遗像是他当年下棋参赛时奖羊的那张,二狗一辈子就照了这么一张像。小宝过继给二狗的

儿子披的全孝跪在前面。

在二狗的葬礼上还来了一个特殊的送葬人——书记。书记还带来了一样东西——二狗曾装在身边后来落在书记办公室的那盘棋。

书记将那盘棋恭敬地放在了二狗的棺材里，然后朝着死去的二狗鞠了三个躬。

后来的时日里，从乡上传出话来，书记和二狗下棋的那个晚上，他俩还扯磨(聊天)了，书记说："我就是当年那个白面的小儿子。"

二狗就哭了，并执意要将棋还给书记。

还有人说了，书记从那个晚上以后决定不再下棋。因为那个晚上他问二狗："啥是棋？"

二狗说："羊是棋，我的棋赢你了，羊就是我的。"

书记就记起了回城来的父亲教他下棋时给他讲的二狗的故事。

书记不下棋了还因为他想不通自己下的棋是个啥，啥是自己的棋……

后 记

《彭阳文化丛书》是彭阳建县30年来第一套较为完整的文艺作品集成。编辑工作始于2012年9月,完稿于2013年7月。在不到一年的时间里,编辑们席不暇暖,星夜劳作,终于成书。定稿之日,如释重负,感慨系之。

彭阳古有“东山文化之乡”的美称,历史文化积淀丰厚,地域文化光彩夺目。长期以来,彭阳文艺工作者在对传统文化继承、体验和感悟的同时,加强对现代文化的开发、积累和应用,促使了彭阳文艺工作的蓬勃发展。在党的十七大提出“推动社会主义文化大发展大繁荣”精神的引领下,彭阳文艺工作者自觉坚持“二为”方向、“双百”方针和“三贴近”原则,牢牢把握繁荣先进文化、建设和谐文化主题,自觉担当重任,在演绎彭阳文化的前世今生、古今延续,诠释彭阳文化的开放性、包容性、兼容性、不可替代性和发展当代先进文化上勇于创新,成绩斐然,成果纷呈。《彭阳文化丛书》的编辑出版,便是最有力、最具体的证明。

《彭阳文化丛书》全书共有七卷,分别为小说卷、散文卷、诗歌卷、报告文学卷、文学评论卷、书法卷和美术工艺卷。书中收录的作品大多出自彭阳本土文艺工作者之手,同时也收录了部分区内外著名作家、评论家有关彭阳的文艺作品。作家们通过对彭阳的深情描述、叙写以及书法、绘画的形神兼备,集中地再现了广大文艺工作者在建县30年来不同发展阶段的不同历史情怀。因之,这是一套经典的彭阳之书,一套厚重的彭阳之书,一套值得收藏的彭阳之书。适值彭阳县建县30周年,谨将这套特殊的礼物献给所有关心彭阳、热爱彭阳、建设彭阳、奉献彭阳的人们。

《彭阳文化丛书》的编辑出版，倾注了各级领导的心血和智慧。彭阳县县委书记张国彦、县长赵晓东在百忙中为该书作序，在内容选编上提出了明确要求，并给予了精心指导；县委常委、宣传部部长马文山始终关心丛书的编辑出版，多次组织召开编纂会议，协调解决该丛书编辑中存在的困难和问题，并以序的形式，对该书做了高度的概括和定位；县文联领导既组织协调，又亲身参与具体工作；文联各专业协会成员在丛书稿件收录、编排、校对上全心投入，废寝忘食；宁夏人民出版社责任编辑刘建英、陈浪、管世献和李彦斌等对丛书进行了认真编校、审读；银川天之健文化传媒有限公司相关人员对丛书进行了精心设计、排版。在此，一并表示深切谢意！

对于编者们而言，编辑出版这样一套涵盖彭阳建县30年来优秀的文艺作品丛书是第一次。可以说，编辑《彭阳文化丛书》的过程，也是编者们学习、赏析、推介彭阳文化的延续与拓展的过程。中国作家协会主席、著名作家铁凝曾说："好的文学有能力表现一个民族最富活力的呼吸，有能力传达一个时代最生动、最本质的情绪，有能力呈现一个民族在自己的时代所能达到的最高想象力。"文学作品如此，艺术作品亦如此。《彭阳文化丛书》做到了。然而，由于编者水平有限，这套丛书还远未真正做到客观、全面地反映彭阳文化发展的状况，难掩挂一漏万、"冰山一角"之嫌。尤其在编辑过程中，遇到一些实际问题又不得不进行技术处理，难免留下遗憾的地方，祈望专家和读者指正。

编　者

2013年7月